가두리

가두리

김창애 소설집

도화

가두리

초판 1쇄인쇄 2022년 6월 12일
초판 1쇄발행 2022년 6월 15일

저 자 김창애
발행인 박지연
발행처 도서출판 도화
등 록 2013년 11월 19일 제2013 - 000124호
주 소 서울시 송파구 중대로34길 9-3
전 화 02) 3012 - 1030
팩 스 02) 3012 - 1031
전자우편 dohwa1030@daum.net
인 쇄 유진보라

ISBN | 979-11-90526-83-8 *03810
정가 13,000원

도화道化, fool는
고정적인 질서에 대한 익살맞은 비판자,
고정화된 사고의 틀을 해체한다는 뜻입니다.

차 례

작가의 말

　100세 시대라 한다. 인간의 수명은 늘어가는데 지구의 유통기한은 촉박하다. 지구시대가 끝나고 우주시대가 열린 전망이다.
　어느 순간, 인류가 길을 잃은 것 같다.

　매일 들길을 걷는다. 계절에 따라 자연은 변화무쌍하다. 말없이 피고지고 열매 맺고 또 어느 순간 형체도 없이 사라진다. 그것은 소멸이다. 소멸된 것에 대해 미련이 없다. 그것이 자연이다. 생명의 탄생과 소멸, 그 끊임없는 순환의 질서가 아름답다. 회색 주검이던 겨울이 지나면 봄과 함께 새 생명을 소망한다.
　모든 만물은 그 질서에 순응한다. 그것이 순리다.
　오직 인간만이 그 순환에 역행한다. 삶과 죽음, 생로병사를 순환으로 받아들이지 못하고 인간의 가치가 오로지 돈과 편리와 욕망의 늪에 빠져 있다.

세상은 상처투성이의 말이 난무하고, 채워지지 않는 욕망은 꿈을 지워버리게 한다.

세상에 대고 해야 할 말이 참 많다. 그러나 또 할 얘기가 없다. 아무도 들으려 하지 않기 때문이다. 그럼에도 불구하고 혼자 소리 없이 외치고 있다.

소설을 통해 그 말을 나누고 싶었다. 조금은 어둡고 무겁지만 어차피 우리가 가는 길은 정해져 있다. 우리 모두에게 찾아올 소멸의 시간들을 소생의 희망으로 받아들일 수 있어야 함을 말하고 싶다.

이 소설이 사랑하는 이와의 이별로 가슴 아파할 누군가에게 위로가 되길 바란다.

응원해주시는 가족들, 친구들, 교우들께 감사하다. 특히 열악한 환경 속에서도 부족한 엄마를 믿고 잘 자라준 딸에게 사랑의 마음을 전한다.

2022년 봄날에.
작가 김창애

녹두 꽃이 떨어지면

여름은 메마르고 지루했다. 입추가 눈앞이다. 쉬 물러갈 기미를 보이지 않는 더위의 기세가 끈질기다. 마주 보이는 봉황산 꼭대기에는 가을바람이 머물고 있지만 절기와 상관없이 버티고 서 있는 더위의 기세에 눌려 선뜻 마을로 내려올 엄두를 내지 못하고 있다.

선풍기가 쉼 없이 돌아가는 집안 공기는 무겁고 적막하다. 에어컨 바람은 뼈가 시리다는 김 소장의 만류로 그토록 극성이었던 삼복더위에도 에어컨 가동을 하지 못했다.

한동안 병문안을 오던 이웃들의 발걸음도 이젠 뜸해졌다. 텔레비전 뉴스에는 가뭄 피해를 걱정하고 있고, 유명인사의 부끄러운 사생활이 폭로된 사건이 어수선하게 보도되고 있다. 거기다 경색화 된 남북관계는 비핵화에 대한 사태 추이를 분석하고 있다. 텔레비전은 누가 보든 보지 않던, 또 듣든지 듣지 않든지, 쉬지 않고 뉴스를 내보내고 있고, 쇼를 하자고 보챈다.

여자는 텔레비전에 눈만 주고 있든지 귀만 열어 놓고 있든지 한 가지만 한다. 세상사 복잡한 현안들이 그녀에게는 아무 의미 없이 느껴졌기에 오히려 소음이다. 그에 반해 시아버지인 김 소장은 매일 눈만 뜨면 텔레비전에 눈을 고정시킨다. 그저 한낮 가십에 지나지 않는 그 뉴스들이 죽음을 눈앞에 둔 김 소장에게는 심각하기 그지없는 뉴스가 되고 있다. 김 소장은 텔레비전으로 전해 듣는 세상 소식에 경제를 걱정하고 국가의 장래를 염려한다.

김 소장의 흐느낌은 짐승의 울음처럼 섬뜩하다. 밭에서 고추를 포대 가득 따서 손수레를 끌고 집으로 돌아왔을 때 그 소리가 여자를 맞았다. 거실이 온통 선홍색 핏물로 흥건했다. 여자는 부랴부랴 수건으로 그 피를 닦아 낸다. 수건에 적셔진 피를 짜놓은 작은 대야가 반쯤이나 찼다. 아무리 닦아내도 거실에 배인 비릿한 냄새가 가시질 않는다.

"커어어엉…… 커어어엉……"

김 소장은 이불을 뒤집어쓰고 벌벌 떨며 엎드려 있다. 그 모습이 너무나 초라하여 여자는 고개를 돌리고 잠시 눈을 감아 본다.

그것은 가족으로서의 정이라기보다는 연민이다. 삶에서 멀어지는 나약한 인간을 향한 연민, 시아버지와 30여 년을 같이 살아온 며느리의 입장에서 느끼는 것이겠지만 사람의 수명도 그 사람이 살고자 하는 의지에 따라 조금은 더 늘어나기도 하고 줄어들기도

하는 것 같다. 생에 대한 욕구가 강하다보면 목숨도 더 질겨지는가
싶다.

　오후 네 시가 조금 넘었을 무렵에야 짬이 났다며 마을에 있는
가정의원에서 왕진을 왔다. 의사는 키가 훌쩍 크고 몸집은 아주 가
늘다. 같이 온 여 간호사가 상대적으로 작아 보인다. 간호사는 어
깨까지 내려오는 조금 긴 단발머리를 하고 있다. 뼈만 앙상한 창백
한 손의 김 소장은 그보다 조금 덜 마른 의사의 손을 부여잡는다.
의사는 그런 김 소장의 배와 가슴을 꾹꾹 눌러 보고 청진기를 귀에
꽂고 김 소장의 몸 이곳저곳에 대본다. 그리곤 별 말이 없다.
　"영감님, 뭘 해드릴까요?"
　의사가 환자에게 무엇을 해주었으면 좋겠느냐고 묻는다. 그 어
떤 것도 이제 가망이 없다는 표현을 그렇게 하고 있다.
　"영양제나 한 대 놔 드릴까요?"
　김 소장은 어린아이처럼 고개를 끄덕인다. 주사를 맞으면 소생
할까 기대하는 눈치다. 동행한 간호사가 얼른 가방을 열어 영양제
를 주사하려 준비를 하고 있다.
　하늘색 얇은 긴 팔 티셔츠를 올리자 김 소장의 팔에 거죽이 메
밀 반죽처럼 밀린다. 말라빠진 소나무 표피 같은 피부다. 진액이
빠진다는 표현이 무엇을 말하는지 그의 육신이 그것을 설명하고
있다. 여름 내내 햇볕에 바짝 말린 나뭇가지 같은 앙상한 뼈 위에
거죽만 붙어있는 육신을 대하는 며느리인 여자는 눈을 창밖으로

돌린다. 시아버지를 대하는 며느리의 마음이 둥둥 바다 위에 떠 있다.

창밖은 바다다. 바람이 불지 않는 바다는 호수처럼 평온하다.

지난해 까지만 해도 김 소장의 마음도 평화로운 저 바다처럼 잔잔했다. 그렇게만 건강을 유지하면 백수도 가능하지 않겠나 생각했다. 체질 자체가 건강 체질인데다 평소의 건강관리도 타의 추종을 불허했다.

망백의 삶을 살아오면서 특별히 잔병이나 큰 병에 시달리지 않고 무난하게 살아온 전력으로 봐도 무리한 욕심은 아니리라 싶었다. 하지만 이젠 그런 기대가 욕심이었음을 느끼고 있다. 곧 폭풍우가 몰아칠 바다 같은 두려움이 집안 곳곳에 스며있다. 그것은 집안 식구 그 누구도 같이 공유할 수 없는 김 소장 혼자만의 것이다. 그는 그것이 두려울 터였다. 혼자만 가야 하는 그 길, 아무도 동행할 수 없다는 것에 대한 공포가 그를 떨게 하고 있다.

살아오면서 맞닥뜨려야 하는 폭풍우가 어찌 쉽기만 했겠는가, 지나 보면 한낱 옛이야기에 불과할지라도 겪어야 하는 그 시기에는 그것이 참으로 넘기 어려운 큰 고개턱이 아닐 수 없고 때론 그 폭풍우에 휩쓸려 깊은 바닷물 속으로 빠져들어 가는 절망과 암흑의 시기를 견뎌내기도 했을 것이다.

김 소장은 언젠가부터 그런 폭풍우는 대수롭지 않았다. 다 견디었다 여겼다. 세상에 견디지 못할 폭풍우는 없다. 목숨만 붙어 있으면 태산 같은 높은 산도 집채만 한 파도도 다 옛날이 되는 게 삶이다. 그렇게 견뎌 왔다. 그것이 그의 인생이다. 남은 것은 이제 죽음을 받아들이는 일만 남았다. 그러나 아직은 미련이 많다. 주변 사람들, 특히 병시중을 들고 사는 며느리가 들으면 욕심 많은 늙은이로 치부할 터이지만 이런 상황이 깨어날 수 있는 꿈이었으면 참 좋겠다고 간절하게 소망한다.

한 방울씩 떨어져 내리는 영양제의 액체가 꼭 당신을 살려줄 것 같은지 김 소장은 뚫어져라 그 주사액만 응시하고 있다. 간호사와 의사는 소리 없이 자신들이 해야 할 임무를 마쳤다는 듯 황망히 가방을 꾸린다.

"한 시간쯤 걸릴 거예요. 그때 다시 제가 올게요."

간호사의 말이다.

며느리가 진료비를 내밀자 간호사는 난감한 표정으로 동행한 의사를 바라본다. 의사가 고개를 끄덕이자 간호사는 멋쩍은 웃음으로 진료비를 받아 가방에 넣고 거실을 나선다. 수런거림 속의 배웅이 끝났다. 집안에 다시 적막이 흐른다.

삶이 공존되지 않은 듯 집안은 고요하다.

"테레비 좀 틀어봐."

김 소장이 며느리를 향해 나지막하게 요청한다.

"영양제 맞을 동안 한숨 푹 주무세요."

여자는 시아버지의 그런 요청이 대수롭지 않다. 김 소장은 말 잘 듣는 어린아이처럼 고개를 끄덕인다.

"뭐 볼 게 있다고……"

부쩍 귀가 밝아진 김 소장은 며느리가 혼잣말처럼 중얼거리는 말도 알아듣는다.

원래 김 소장의 노화는 귀부터 찾아 왔다. 재작년까지만 해도 보청기를 착용해야 겨우 알아듣던 귀였다. 가족들 간의 의사소통도 큰소리를 질러야 가능했던 김 소장이 기적처럼 청력을 회복했다. 김 소장은 그런 현상을 자신의 회춘으로 받아들였다. 사람이 죽을 때까지 그 기능이 정지되지 않는 곳이 귀라는 얘길 얼핏 들은 듯하지만 김 소장은 그것을 받아들일 수 없다. 혹, 희박하지만 당신의 모든 장기가 그렇게 살아나고 있는 건 아닐까, 그렇게 믿고 싶다. 삶의 의지를 놓지 않는다면 소생 가능성은 얼마든지 있다고 스스로를 추스른다.

여자는 평생 쒀야 할 죽을 지난 일 년 동안 다 쒀었다. 환자인 시아버지가 좀 더 쉽게 음식을 목으로 넘길 수 있는 방법을 고심하다 생각해 낸 것이 죽이었다. 밥을 먹으며 물을 몇 잔이나 같이 마셔야 넘어가니 아예 죽으로 밥을 대신하는 것이 영양적인 면이나 환자의 불편함을 덜어주는 것이 아닐까, 싶었다.

죽은 종류도 다양했다. 처음에는 전복을 사와 전복죽을 쒀었다. 전복의 내장인 게우를 갈아 죽을 쑤면 꼭 녹두죽처럼 겨자 빛으로 색이 아주 고왔다. 시아버지는 전복 살은 씹히질 않아 짜증스러워했지만 게우만 갈아 넣은 죽을 아주 좋아했다.

낙지죽, 굴죽, 조개죽, 생선살죽까지, 죽을 쑬 수 있는 해산물이라면 안 쑤어본 죽이 없을 만큼 며느리는 매일같이 죽을 쒀댔다.

그러다 해산물이 질릴 때쯤에는 팥을 삶아 앙금을 내어 쌀과 함께 팥죽을 쑤었다. 죽은 점차로 그 범위가 넓어져 갔다. 녹두, 팥, 강낭콩, 완두콩, 고구마, 호박, 그리고 깨로 쑨 깨죽까지 시기적으로 밭에서 나오는 작물들이 다 죽으로 사용되었다. 죽의 종류가 그렇게 많다는 것도 여자는 그때 알았다.

그중 김 소장이 가장 좋아하는 죽은 단연 녹두죽이다. 녹두를 삶아 믹서에 갈아 쌀과 함께 끓이면 꼭 게우처럼 그 빛이 곱다. 녹두죽을 쑤는 날이면 김 소장은 마치 어린아이처럼 얼굴빛까지 불그레해지곤 한다.

와중에도 김 소장은 한사코 미음을 거부했다. 그 이유는 미음은 환자가 먹는 음식이라는 것이다. 당신이 환자가 아닌, 곧 자리를 털고 일어날 거라 철석같이 믿고 있는 김 소장은 결단코 스스로를 환자로 인정하려 들지 않았다. 아직은 당신 다리로 고샅을 걷고, 화장실 일도 혼자 볼 수 있다는 것, 거기다 가장 중요한 것은 정신이 말짱하다는 것이다. 단지 기력이 없을 뿐이라는 것이 그의 생각이다.

마을에 노약자들을 찾아다니며 이발봉사를 해주는 이발사가 다녀갔다. 이발을 한 김 소장의 얼굴이 한결 밝고 깨끗하게 보인다.

"총각 같으세요."

여자는 싱거운 우스갯소리로 시아버지의 기분을 맞춘다. 김 소장은 며느리로부터 젊어졌다는 소릴 들으니 기분이 아주 좋아 보인다. 텔레비전에서 날씨를 예보한다.

가을을 재촉한다는 비가 내린다고 한다. 화면을 채운 여 기상캐스터의 건강이 싱그럽다.

"이제 가을이 오는가?"

김 소장이 혼잣말처럼 중얼거렸다. 여자는 대수롭지 않다는 듯 냉장고에서 베지밀 한 팩을 꺼낸다.

"좀 드서 보실래요?"

여자는 빨대를 베지밀에 꽂아 김 소장 앞에 내민다. 멍하니 여자를 바라보는 김 소장의 눈동자가 초점을 잃었다. 설핏 허무한 미소를 머문다.

"나 약 좀 사다 줘 봐."

"무슨 약을……"

"잠자는 약!"

"잠을 못 주무세요?"

"아니, 정수처럼 되면 편안하게 죽으려고."

"그건 편안하게 죽는 게 아니에요."

"내가 더 오래 살아있으면 자네가 고생이야."

매사에 꼬장하기 이를 데 없고 무뚝뚝한 김 소장은 며느리를 향한 미안함을 그렇게 표현한다. 그 말에 여자는 설핏 미소만 짓는다. 대꾸할 말이 없어서인지, 아니면 그렇다는 것을 인정한다는 뜻인지 시아버지로서는 애매하게 느껴질 웃음이다.

"나 빨리 죽고 싶어."

가쁜 숨을 내쉬며 독백처럼 하는 그 말은 마음에 있는 말이 아니라는 것을, 아직은 더 살고 싶다는 간절함이라는 것을 여자는 알고 있다. 서로가 마음을 편하게 해주기 위한 마음에도 없는 말을 하는 그 시아버지의 눈빛도 하루하루 불안하게 초점을 잃고 엷어져 간다.

"하늘에서 오라고 해야 갈 수 있어요."

여자는 하늘 핑계를 댄다.

김 소장이 부쩍 노래처럼 약을 찾는 것은 며느리에게 당신이 더 살고 싶은 욕심이 없다는 것을 보여 주고 싶은 것이다. 욕심 많게, 살만큼 살며 누릴 만큼 누렸으면서도 구질구질하게 삶을 붙잡고 있는 것을 며느리에게 들키고 싶지 않은 까닭이다. 당신이 느끼기에 며느리는 말은 하지 않지만 무슨 낙을 보려 저리도 삶의 끈 놓기를 무서워할까 싶을 것이다.

"정수는 소변을 옷에다 지리고 노망을 하다가 죽었거든, 나는 아직 정신은 멀쩡해 '……. 그래도…… 그래도' 이제 나도 곧 죽을 것 같지?"

"아직 건강하신걸요. 더 오래오래 사실 거예요."

김 소장은 며느리에게서 아직은 멀었다는 대답을 듣고 싶다. 그것이 위로가 된다.

여자는 맘에도 없는 소리를 한다.

김 소장은 두 번의 결혼을 했지만 한 번은 생이별을 했고, 또 한

번은 아내를 먼저 저세상으로 보냈다. 생이별은 한 아내와 함께한 아들과는 그 이후 얼굴 한번 보지 못했고 생사도 모른다. 다만 외가의 보살핌으로 성공한 삶을 살고 있겠거니 할 따름이다.

김 소장의 아버지가 머슴을 살던 집의 딸이었던 아내와는 처음부터 맺어져서는 안 되는 인연이었다. 신분의 차이라기보다는 계급의 차이였다.

아버지가 머슴을 살던 집안의 막내딸인 아내는 같은 고등학교를 다녔어도 김 소장과 그 어떤 노력으로도 메울 수 없는 건너지지 않는 계급의 강이 존재했다. 그 아내와는 5년을 같이 살았다. 가족 그 누구도 몰래 한 사랑이었기에 늘 불안했고 종래는 현실이 되었다. 여자가 홀연히 떠났지만 김 소장은 애달프거나 미련을 두지 않았다. 어차피 올 것이 오고야 말았다는 체념이 그를 담담하게 받아들이게 했다.

재혼해서 낳은 큰아들은 광주에 난리가 났을 때 대학생이었다. 그 아들은 지금 망월동에 묻혀 있다. 지금도 그 아들 생각만 하면 김 소장은 가슴에 체기가 느껴진다. 그 충격으로 시름시름 앓던 아내도 5년쯤인가 후에 그 뒤를 따랐다. 두 명의 딸 중에 하나는 결혼하자마자 사위를 따라 미국으로 이민을 가버렸고, 막내딸은 고등학교를 다니다 불량배들과 어울리더니 졸업도 하지 않고 딸을 낳았다. 혼자 아이를 키우느라 얼마나 애를 쓰며 살았을지 김 소장은 그 딸만 생각하면 가슴이 아프다. 그나마 고생한 보람이 있어 손녀는 잘 자라 벌써 결혼도 했다. 다만 아직도 홀로 살아가고 있는 딸의 처지가 안쓰러울 뿐이다.

그의 곁에 남아 있는 사람은 30년을 같이 살고 있는 작은 아들과 며느리가 유일하다. 작은아들은 무기력했다. 무능하고 모자라 보일 정도로 포부가 크지 않았다. 고등학교를 졸업한 아들은 인근 공단의 일용직을 전전했다. 그러다 결혼하고 아버지인 김 소장의 집으로 돌아왔다. 건강이 여의치 않았다. 몸을 쓰는 노동으로 생활을 꾸려야 하는 사람에게 허리 디스크는 치명적이었다. 다행이 며느리가 마을에 있는 작은 가정의원에 조무사로 취업을 해 생활비를 충당했다. 디스크 수술을 한 아들은 10여 전부터 김 소장이 꾸려가던 부동산업을 이어받았다. 비록 인구가 그리 많지 않은 소읍이지만 그럭저럭 밥이라도 먹게 해준 일이 김 소장의 복덕방 업이었다. 처음엔 젊은 사람이 할 짓이 되지 못한다고 극구 만류했지만 작은아들은 공인 중개사 자격증 공부를 하고 정식으로 사업자 등록을 했다.

며느리는 아들만 둘을 낳았고 그 아이들 중 큰 녀석은 몇 년 전에 공무원 시험에 합격했고 작은놈은 대학을 졸업한 지 3년이 지났는데 아직도 공부 중이다. 취업시장이 어렵다고 하지만 아직도 부모 등골을 빼고 있는 손자가 야속하다.

김 소장은 자신의 팔자가 참 기구하다는 생각을 하지만 그래도 아직은 더 살고 싶다는 욕구에 시달린다.

"고추는 다 익었든가?"

자리보전을 하고 부터 김 소장은 며느리에게 종종 존대를 한다. 왜 그러는지 이유는 알 수 없으나 자연스레 그렇게 되었다.

"깨밭은 다 맸는가?"

커피를 다 마시고 목 아래까지 너울거리는 요상한 꽃무늬의 모자를 머리에 쓰는 며느리를 향해 김 소장이 묻는다.

"깨밭에는 꽃이 떨어져서 못 들어가요. 녹두나 거둬 오려구요."

"벌써 녹두가 익었는가?"

녹두 얘기에 김 소장의 화색이 밝아진다.

요즘 매일 며느리가 들에 나가 하는 일이 곡식을 거둬들이는 일임을 알고 있으면서도 짐짓 모르는 척, 다시 한번 묻는다. 아직도 농사일을 당신이 관여하고 싶다는 간절함은 아직도 그의 생이 저승에 닿아있지 않고 이승에 머물러 있음을 상기시키고 싶은지도 모른다.

"나 밭에 한 번 데리고 가봐 주면 좋겠네."

"날씨가 좀 선선해지면 모시고 갈게요."

김 소장은 며칠 전 맞은 영양제 기운인지 곧 날아갈 것 같은 기분으로 며느리를 향해 속내를 드러낸다. 여름 내내 한 레퍼토리를 또 읊고 있는 시아버지를 향해 며느리는 별 감정 없이 웃으며 대답한다. 대책 없는 노인네다.

녹두가 익어 까만 꼬투리가 토옥토옥 터지고 있다. 인근에 있는 밭들에서는 스프링클러 돌아가는 소리가 씩씩하다. 봄부터 비다운 비 한번 내리지 않는 대지에 그나마 그 소리가 활력을 준다. 하늘에서 비를 내려주지 않아도 농사를 지을 수 있는 것이 요즘의 농법이다. 밭마다 지하수를 개발해 아무리 가물어도 물 걱정을 하지 않는다.

이제 여자는 녹두 농사를 포기하려 한다. 김 소장의 기력이 예전 같지 않으면서부터 내내 마음으로 다져온 생각이다. 녹두 농사뿐 아니라 고달프기만 한 농사를 아예 그만둘 작정이다. 시아버지인 김 소장 생전에만 농사를 짓는 척이라도 할 뿐, 기실 그녀는 농사에 별 흥미가 없다.

─새야, 새야, 파랑새야, 녹두밭에 앉지 마라. 녹두 꽃이 떨어지면 창포장수 울고 간다. ─

녹두밭에 선 여자의 입에서 흥얼거려지는 그 노래는 그녀의 친정어머니 18번이다. 기억도 가물한 유년의 기억 한 자락에 앙금처럼 가라앉아 있는 노랫가락은 여자의 어머니를 생각하면 자연스레 같이 재생되는 프로그램이다. 학교에 갈 나이가 되지 못했던 어린 딸을 데리고 채 날이 밝기도 전에 밭으로 나가 홀로 노래를 부르던 어머니, 그 노래가 무슨 뜻인지 여자는 지금도 이해되지 않는다. 왜 새가 녹두밭에 앉으면 창포장수가 와서 울고 갈까 이해되지 않는 노랫말이다.

여자는 친정어머니가 그랬던 것처럼 녹두 꼭지를 한 움큼 따서 포대에 넣는다. 그리고 노래를 부른다.

그리 많지 않았던 당신의 농사일을 새벽에 해 놓고 남의 집에 품을 들러 가야 했던 어머니의 고달팠던 생활이었다.

노래는 한숨과 함께 휘파람처럼 들려 왔었다. 어머니의 내면에 잠재되어 있는 고달픔을 허공 위로 내보내는 일종의 의식 같은 것이었다고 여자는 기억하고 있다.

환갑 즈음에 남편을 먼저 저세상으로 보낸 여자의 어머니는 남편에 대한 그리움에 눈물을 훔치곤 했다. 느끼기에 뭐 그리 고운 정이 남아 있을까 싶지만 그 역시도 부부만이 아는, 미움이나 원망으로 해결되지 않는 애증이 아닐까 짐작할 뿐이다.

만년 한량이었던 여자의 친정아버지가 어쩌다 한번 밭에 나오는 날이면 부부는 늘 말로 투닥거렸다. 순종적 어머니로 인해 별 마찰이 없던 부부가 싸우는 일은 밭작물 때문이었다. 친정아버지는 밭에 농사를 주요 작목만을 고집했다. 그 외에 어떤 작물을 넣는 것에 반대했다. 고구마면 그 고구마 농사로 끝내야 했다. 하지만 어머니는 고구마 이랑 사이사이에 참깨도 심고 옥수수도 심고 콩도, 녹두도 그루콩으로 심었다.

친정아버지의 변인즉 곁다리 작물들이 양분을 빼앗아 가면 본작물이 흉년이라니 그 말도 틀린 말은 아닌 듯싶지만 그건 아버지의 생각일 뿐이었다. 어머니는 언제인지 모르게 참깨나 옥수수 동부, 녹두, 팥 등을 뿌려 놓기 일쑤였다. 그래서 아버지와 어머니는 큰소리로 의견대립을 하곤 했다. 끈질기게 고집을 부리는 어머니가 늘 이겼기에 어머니의 곳간은 늘 풍성했다.

여름 내내 거둬들인 팥도 한 동이 가득, 참깨도 가득, 녹두도, 수수, 조, 동부까지 넘치게 거둬들였다. 그것은 어머니만의 가용으로 쓸 수 있는 현찰로 대신 되기도 했고 어머니가 고마운 마음을 전하고 싶은 친지들이나 이웃에 한 되씩 선물로 나가기도 했다. 그것만이 어머니의 마음을 대신해 줄 수 있는 유일한 통로였다. 농사를 지을 수 있는 농토는 한정되어 있고 어디든 숨 쉴 공간을 마련하고자 했던 어머니로서는 고구마 밭이랑이 가장 좋은 피난처였으리라.

철저한 가부장적인 집안 가풍상 모든 경제권이 남자들에게 있었던 시대임을 감안해 볼 때 그렇게 아버지의 구박에도 끄떡없이 그루콩 농사를 고집한 이유가 거기 있었음을 여자는 이제야 깨닫는다.

여자의 친정어머니는 올해 구순을 지냈다. 여자의 아버지가 저세상으로 떠나고 친정어머니는 그때부터 새야, 새야 파랑새야라는 노래를 부르지 않는다.

아버지가 죽은 후 어머니는 도시로 이사를 했다. 어머니는 도시의 노인 대학을 다니기도 하고 같은 아파트의 또래 노인들과 노인정에서 내기 화투를 치기도 하고 관광버스를 타고 팔도를 유람하기도 했다.

이제 어머니에게 고추당초 매웠던 시집살이는 맵기가 그지없는 청양고추를 일부러 찾아 먹는 것만큼이나 매콤한 추억일 뿐이며, 새야, 새야, 노래하던 파랑새도 멀리멀리 날아가 잡을 수 없는 한 마리의 새에 불과하지 않을까 여자는 생각한다.

여자의 어머니에게 아버지와 함께 살았던 옛 시절은 이미 초침이 멈춰버린 시계처럼 적막하기만 하다.

그렇게 어머니의 봄날이 오래 지속되기를 여자는 소원하고 있다.

주머니에 넣은 휴대폰이 울린다. 손에서 장갑을 벗겨낸다.

"왜?"

물음이 건조하다.

심신의 고달픔이 그 목소리에 다 묻어 있는 것 같다.

"엄마가 쓰러지셨어."

통화는 잠시 침묵한다.

"또?"

"가슴이 답답하다고 하시더니…… 지금 병원 응급실이야."

"알았어. 저녁때 가볼게."

여자는 털썩 바닥에 주저앉아 한 손으로 녹두를 따 포대에 담으며 대답한다.

"며칠 전부터 엄마가 그 노래를 불렀어."

여동생의 목소리가 쓸쓸하다.

"사돈 어르신은 아직도 그러고 계셔?"

"……"

여자는 대답 대신 한숨을 내쉰다.

"돌아가시면 당신도 편하고 언니도 편 할 텐데······"

"무슨 복으로······"

여자는 말을 잇지 않는다. 저변의 속마음을 익히 눈치챈 여동생에게 더 이상 못난 언니가 되고 싶지 않다.

"알고나 있으라고."

여동생은 전화를 끊는다. 무심하다 탓할 수 없는 언니의 형편은 듣지 않아도 짐작이 되기에 더 이상 부담을 주고 싶지 않을 터였다.

여자의 친정어머니는 5년 전에 뇌경색 진단을 받았다. 일 년에 한두 번씩 쓰러져 위기가 오지만 그때마다 입원을 하고 또 치료를 받아 오고 있다. 그럼에도 여자는 시아버지를 핑계 삼아 친정어머니 간병 한번 제대로 해 보지 못했다. 그나마 간병인 없는 병실을 운영하는 병원이어서 애면글면하지 않아도 어머니는 병원 생활을 잘 견뎌내고 있다. 그렇게 노년을 잘 견뎌내고 있다고 생각했다.

여자는 이제 조금씩 불안하다. 어머니가 세상을 떠난다 해서 뭐 그리 애닯을 상황은 아니다. 이미 장수했다고 여기고 있다. 그럼에도 그것이 현실이 되는 게 두렵고 무섭다.

처음, 몸에 기운이 없고 몸이 축이 날 때까지만 해도 김 소장은 당신이 죽을병에 걸렸을 거라고 생각하지 않았다. 같은 연배의 마을 친구들이 하나둘씩 저세상으로 떠나고 이제 마을에 당신과 같은 연배의 노인은 몇 남지 않았다. 젊은 사람들의 기준으로 봤을 때 그는 충분히 장수했다. 그런데도 김 소장은 아직 당신의 죽음을 받아들일 준비가 되어 있지 않다. 미국에 사는 딸 얼굴 본 지가 몇 년인지 기억도 나지 않는다. 그 딸이 아비 얼굴을 보러 한국에 한 번 들어오마고 약속했으니 그 딸네 가족을 만나고 죽어야 한이 없을 듯싶다.

죽기 전에 꼭 한 번 생이별한 아내와 아들의 얼굴을 볼 수 있다면, 그것만으로 살아야 할 이유가 됨을 김 소장 자신에게 설득시킨다.

여자는 밭에서 돌아와 거둬온 작물을 갈무리하느라 부산하다.

"빈대떡이 먹고 싶다. 지져 주라."

그래, 녹두 빈대떡을 먹으면 기운이 날게야. 유년 시절, 김 소장의 아버지가 머슴을 살던 주인집의 대표 음식이 녹두 빈대떡이었다. 명절날이나, 집안 행사가 있는 날이면 어김없이 그 녹두 빈대떡 지지는 냄새로 숨이 멎을 것 같았던 시절이 있었다. 어머니는 주인집 일을 봐 주고 돌아오면서 앞치마에 녹두 빈대떡을 두어 장 숨겨 오곤 했다. 그때 먹었던 빈대떡은 세상에 그 어떤 음식을 먹어도 그 맛을 흉내 낼 수 없을 만큼 감동적인 맛이었다.

여자는 노곤한 육신을 잠시 거실 벽에 부려 놓았다. 친정 여동생의 전화가 못내 마음에 걸렸다. 그럼에도 몸은 노곤했다. 눈이 감겨 온다.

─툭!─

팽팽하게 당겨졌던 활시위가 끊어지는 소리,

그 소리는 여자를 화들짝 일으켜 세웠다. 잠이 든 건 아니다. 그냥 좀 피곤해 눈을 감았을 뿐, 마치 꿈처럼 그러나 너무나 선명하게 온몸의 세포를 일으켜 세우는 소리, 그것은 탯줄이 끊어지는 소리였다.

ㅡ쿵!ㅡ

가슴이 내려앉는다.

엄마가 돌아가셨다.

언니의 전화는 간결하다. 여자는 갑자기 허둥대기 시작한다. 정신이 멍하다.

부동산 사무실에 있을 남편에게 전화를 한다.

며칠 집을 비울 것 같아.

그것은 통보다. 왜냐고 남편이 묻는다.

다녀와서 말할게. 여자는 주섬주섬 옷을 챙겨 입는다.

김 소장의 아들은 아내의 상황이 이해되지 않고 그 행동 또한 받아들이기 힘들다. 사무실을 정리하고 집에 돌아왔을 때 아버지는 여전히 텔레비전을 시청하고 있었다. 아니, 그냥 텔레비전은 혼자 떠들고 있었다. 이미 김 소장의 눈과 귀에는 아무것도 보이지도 들리지도 않았다.

"화……장……실 좀."

김 소장은 아들을 처연히 올려다본다. 아들의 부축을 받으며 화

28

장실에서 볼일을 보고 나온 김 소장의 마지막 숨이 턱에 걸려 있다. 턱이 내려앉은 김 소장의 육신은 납처럼 차고 딱딱하다.

'이제 쉬고 싶다.'

도저히 놓을 것 같지 않았던 이승의 끈이 봄눈이 녹아내리듯 그렇게 뚝뚝 끊겨지는 소리가 들린다. 잠깐 눈물을 흘리더니 이젠 가서 쉬어야겠다고 한다. 그것이 김 소장의 마지막 말이다.

"아버지, 평안하게 주무세요."

아들의 마지막 인사말은 허공에서 흩어져 가락가락 찢겨진다. 죽음의 의식은 일상처럼 여자나 그 남편 앞에 턱 다가와 버티고 있다. 며느리가 분쇄기에 돌려 탈피를 해 물에 불려 놓고 채 추스르지 못한 녹두가 곱게 가라앉아 있다.

올 추석에는 녹두 빈대떡을 맘껏 먹을 수 있으리라, 그렇게 김 소장은 행복한 꿈을 꾸고 있는지도 모르겠다.

독담불

설핏, 들었던 잠에서 깨어난 건 꿈을 꾸어서라기보다는 울음소리 때문이었다.

-애애앵, 애애앵.-

꼭 엄마 젖을 달라고 보채는 아기의 칭얼거림처럼 끊이지 않고 들려오는 울음소리였지만 그 울음소리의 주인이 아기일 리 없다고 나는 미리 단정 지었다. 소리는 일주일 전부터 꼭 그 시간쯤이면 약속된 것처럼 단잠에 빠진 마을 고샅을 깨우곤 했다.

번화가에서 승용차로 20분을 더 들어와야 하는 거리인 이곳은 평균 연령이 60대 중반인 인구 1,000여 명의 도시 변두리 마을이다. 아이를 생산할 수 있는 젊은 사람이 거주하지 않음은 기정 된 현실이다. 더구나 학생이 없어 초등학교가 폐교되기 직전인 마을에서 갓난아이 울음소리를 듣게 되리라고 기대할 수 없다. 나는 고민하지 않고 그 울음소리를 고양이가 어린아이의 울음을 흉내 내는 것으로 짐작했다. 고양이가 영물임을 감안해 볼 때 나의 짐작이 틀리지 않을 거라 미리 단정했다. 그렇게 생각한데는 시내 항구에서 수산물 유통을 하던 여자가 그 아들에게 사업체를 넘기고 원래 집이었던 이웃에 다시 돌아오면서 고양이를 함께 데리고 와서 키운다는 얘기도 있었고 요즈음 부쩍 길고양이의 개체가 많아진 것도 그 이유 중 하나였다.

고양이의 울음소리는 팔색조처럼 그 형태가 변화무쌍했다. 고양이는 소리를 흉내 내는 것에 탁월한 소질이 있는 것 같았다. 갓난아기의 울음소리부터 겨울바람 소리, 또는 다른 짐승들의 소리도 곧잘 내는 것 같았다. 때로는 치열한 부부싸움 중인 여인네의 악다구니 소리 같기도 하고, 때로는 해소 기침에 시달리는 노인네의 신음소리 같기도 했다.

밤에 듣는 고양이 울음소리는 관념상 소름이 돋을 만큼 불길하다. 예감이 좋지 않은 날, 나는 고양이 울음소리를 들었다. 30여 년 동안 소식 없던 어머니가 노인 요양원에서 홀로 쓸쓸히 숨을 거뒀다는 소식을 요양원 관계자로부터 전해 듣던 전날 밤에 그렇게 흉흉한 고양이의 울음소리를 들었다. 친구인 미선이 우울증을 앓다 자살했다는 소식을 듣기 전날 밤에도 나는 그 고양이의 불길하고 소름 끼치는 울음소리를 들었다.

자리에서 일어나 커튼을 걷었다. 안방 창문 밖에 가로등이 있다. 커튼 뒤에 머물고 있는 가로등 불빛은 채 바닥에 닿지 않은 커틈의 밑자락을 기웃거리다 커튼을 걷자 기다리고 있었다는 듯 화들짝 방안으로 뛰어들어 왔다. 그 불빛마저도 고양이의 울음소리가 기분 나빴을지 모른다는 생각을 잠시 했다.

가로등 불빛이 스며드는 방안은 불을 켜지 않았는데도 어둡지 않다. 그 밝음으로 불면증이 더 심해졌다고 나는 스스로를 위로했다. 밝음에 익숙하지 못한 습성 탓도 있겠지만 밤은 칠흑같이 어두워야 평안할거라는 고정화된 의식이 나를 지배하고 있었다.

근래 들어 부쩍 깊은 잠을 이룰 수가 없다. 고양이 울음소리는 기세가 오른 듯 더 애절하고 다급하다. 마치 누군가를 애타게 부르고 있는 것 같다.

나는 다시 커튼을 닫는다. 바깥으로 다시 밀려난 불빛이 희끄무레 방안을 기웃거렸지만 커튼을 투과해 들어오지 못하고 서성이기만 했다. 늦은 밤인데도 골목을 오가는 슬리퍼 끌리는 소리가 적막을 깨운다.

이불을 한쪽으로 밀쳐놓고 거실로 나왔다. 등줄기를 훑고 지나는 우울한 예감이 불쾌하고 찝찝했다.

잠들기 전 책을 읽으며 덮었던 보라색 무릎 덮개를 어깨에 걸친다. 현관문을 열고 밖으로 나갔다. 졸고 있던 하늘이 반짝하고 빛을 내며 내 눈과 마주쳤다. 별빛이 영롱한 하늘을 올려다본다. 11월의 밤 기온은 싸한 한기를 느끼게 했다.

적막의 공간에 들어와 있는 듯 귀가 울렸다. 밤은 어둡지 않다. 달이 없는 밤하늘이지만 별빛만으로도 그 빛이 환하다. 문득 밤이 영원했으면 좋겠다는 생각을 한다. 낮이 없는 세상은 얼마나 고요하고 평화로울까, 어디선가 나를 부르고 있을 그 울음소리를 확인해 보고 싶었다.

울음소리는 간헐적으로 계속 이어졌지만 얼른 그 방향을 찾아가기가 쉽지 않다. 방안에서 듣기론 내 방 바로 문 앞에서 들리는가 싶었지만 밖으로 나와 들으니 길 건너 공터에서 들리는가 싶기도 했다. 그리고 곧 다시 그 윗집에서 나는 소리 같기도 했다. 나는 소리의 방향에 귀를 세우고 살금살금 고양이 발걸음으로 숨을 죽여 따라갔다.

마을은 전체적으로 나지막하다. 마을을 감싸고 있는 뒷산은 빽빽한 소나무 군락이 아니라면 언덕으로 봐도 무방할 만큼 낮고 완만하다. 산이 깊지 않으니 물이 많지 않아 농토가 거의 다 밭으로 이루어진 근교 농촌 마을이다. 마을은 산 아래서부터 해안가까지 닿아 있고, 그 중간에 동서로 길게 2차선 도로가 나 있다. 그래서 마을은 도로 위아래로 나뉘어 상동과 하동으로 불리고 있다. 인가는 거의 하동 쪽에 몰려 있다. 나 역시 도로에 접해 있지만 하동에 속한 곳에 살고 있다. 상동은 듬성듬성 십여 채의 집들이 함석지붕을 머리에 인 채 엎드려 있지만 사람이 기거하는 집은 그리 많지 않다. 상동 맨 아래쪽에 십자가를 머리에 인 작은 교회가 희미한 불을 밝히고 있다.

분명, 소리는 도로 위쪽의 상동 골목에서 나는 소리였다. 나는 잠시 심호흡을 하고 도로를 건너 골목을 채 올랐다.

골목은 좁았지만 가로등 불빛으로 환하다. 골목의 집들은 곧 숨이 멎을 듯 고요하고 폐가처럼 세월의 이끼가 많이 묻어 있다. 담으로 친 시멘트벽이 손만 대도 부스러기를 만들어 흘러내렸다. 고양이 울음소리는 그 골목의 막다른 집에서 들려오는 것 같았다. 나는 그 집 사립까지 다가갔다. 있으나 마나 한 철제 대문은 녹이 슨 채 한쪽으로 치워져 있었다. 소리는 예상과는 달리 집안에서 들려왔다. 나는 마당에 장승처럼 멈췄다. 화단가에 내 키를 넘기는 감나무가 바람에 흔들렸다. 우수수 감나무 잎이 쓸려 내 발목을 휘감아 돌았다. 더 이상 갈 곳이 없었다.

문득 소리의 주인공이 고양이가 아닐지도 모른다는 생각이 들었다.

잊고 있었다. 아니, 안중에 없었다는 표현이 맞을 것 같다. 이 집에 아기가 살고 있다는 것을 나는 왜 이제야 생각해 냈을까.

아기는 한 달 전쯤에 이 마을로 왔다고 들었다. 그냥 바람 곁에 들었을 뿐 자세한 내막은 알 길이 없다. 다만 이 집의 주인 여자에게 다섯 명의 딸이 있고 그중 고등학교 다니는 딸이 아기를 낳았다고 했다. 그 아이를 부모가 키우려고 데려왔다는 말만 들었을 뿐이다.

나는 소리를 만나는 것을 포기했다. 길고양이라면 찾아서 제발 잠 좀 자자고, 너 때문에 불면증이 생겼다고 소리 지르거나 멱살을 잡고 흔들어 보기라도 할 참이었지만 그것이 아니라면 더 이상 관여할 사안이 되지 못함을 알고 있다.

나는 갔던 길을 다시 돌아내려 왔다. 다리에 힘이 풀려 휘청거렸다. 대낮처럼 도로가 환해졌다. 저만큼에서 갈 길 바쁜 승용차 한 대가 전력으로 헤드라이트 불빛을 번쩍이며 달려오고 있었다. 그에 맞춰 소리도 거짓말처럼 뚝 그쳤다. 나는 혹 내가 환청을 들었나 의심을 했다. 분명 간헐적으로 이어지던 그 소리가 전혀 들려오지 않았다. 나는 허탈해졌다.

늦은 밤, 만물이 잠에 취해 세상이 고요해지면 어머니는 그 어둠을 기다리기라도 한듯 손전등을 찾아 들었다. 어머니는 흔들리는 손전등 불빛 아래 대여섯 살 남짓한 어린 나를 앞세우고 밤길을 나섰다. 금방이라도 웅크리고 있던 어둠이 사나운 짐승으로 돌변해 뒷덜미를 낚아채 버릴 것 같은 나무 밑을 향해 집을 나섰다. 제아무리 힘센 장정이 밀어내도 꿈쩍도 하지 않을 것 같은 어둠 속에 어머니의 숨소리는 청진기를 대면 들려오는 심장 박동 소리만큼이나 크고 깊은 긴장감을 안겨 주곤 했다. 손으로 만져야만 사물이 인식되는, 그곳은 공기조차도 유통되지 않을 것 같은 진공의 공간이었다.

온통 어둠만이 존재할 것 같은 세상. 대낮에도 볕이 잘 들지 않는 곳, 달빛도 그곳만은 비껴갈 것 같은 검은 길에 움직이는 물체라고는 어머니와 계집아이인 나의 부질없는 발걸음뿐이었다.

불빛이 계집아이의 발꿈치를 따라왔다. 발등 위로 영문 모르는 하루살이 떼의 죽은 잔해들이 후드득후드득 내려앉았다 어둠 속으로 사라져 갔다. 칠흑 같은 어둠 속에 그나마 살아있음을 알게 하는 한 줄기의 빛을 찾아온 하루살이 떼들은 그 불빛과의 찰나적인 키스 한번으로 짧은 그들의 존재를 태우고 사라졌다. 하루밖에 살지 못한다는 그 하찮은 미물인 하루살이가 그 밤에 나를 위로하는 유일한 생명체였다.

발 위로 감겨 오는 마른 넝쿨에 걸려 넘어지기도 하고 돌부리에 채이기도 하며 산길을 오르면 잠들어 있던 산새들이 계절 따라 소리를 달리하며 푸드덕댔다. 발자국만으로 이어지던 산길도 끝이 나고 순전히 감으로만 짚어나가는 산속은 가시덤불과 회초리 같은 나뭇가지들만이 나를 반겨 맞았다. 하지만 어머니는 아랑곳하지 않았다. 날씨와는 상관없이 등줄기에 흥건하게 땀이 배일 무렵 어머니는 걸음을 멈추고 그 자리에 장승처럼 섰다.

아름드리 소나무가 서너 그루쯤 둘러서 있는 산속의 완만한 경사지였다. 그곳에 어린아이의 머리만 한 돌들로 쌓여진 돌무더기가 있었다.

일명 독. 담. 불. 사람들은 그것을 독담불이라 칭했다. 어린아이가 죽으면 항아리에 그 시체를 넣어 돌무더기를 쌓아 무덤을 만드는 것을 마을 사람들은 독담불이라 불렀다.

성황당이나 돌탑도 아닌 보잘것없는 돌무더기 앞에 앉아 어머니는 가슴을 치며 통곡을 하기도 했고 실성한 사람처럼 뭐라 시부렁거리기도 했다. 그것은 무슨 주문을 외는 것처럼 섬뜩하고 오싹한 한기를 느끼게 했다. 마을에서 그리 먼 곳은 아니었지만 그곳은 충분히 외진 곳이었고 귀신이 나와 돌아다닌다는 소문이 흉흉했던 곳이라 나는 무섭고 떨려 온몸에 전율이 일곤 했다.

나의 의식 저 밑바닥에 누룽지처럼 눌어붙어 있는 한 조각 기억의 편린, 어머니가 목을 놓아 울던 자리에는 동생 은호가 잠들어 있는 곳이었다.

아무도 은호가 그곳, 산모퉁이 독담불 속에 묻혀있다고 얘기해주지 않았는데도 어머니는 어떻게 알았는지 은호가 묻혀있는 곳을 기어이 알아내고야 말았다. 미친 듯 밤마다 그곳을 찾아다니는 어머니로 인해 아직 어렸던 나는 하루하루 공포 속에 살아야 했다.

밤마다 은호가 묻혀있는 산속 독담불을 찾아가는 어머니는 칠흑 같은 어둠 속을 가면서도 내게 단 한마디 말을 건네지 않았다. 그래서 나는 더 무섭고 두려웠을 것이다. 곧 가라앉아 땅속 깊은 곳으로 꺼져 들어가 버릴 것 같은 어머니의 침묵은 나를 질식하게 했다. 내게 그 시절의 기억은 아예 접어 두고 펴보기를 거부당한 한 페이지의 책장 같은 건지도 모른다.

그러면서 어머니는 혼자 노래를 불렀다.

─어매 어매 울어매 뭐하려고 나를 낳았소?─

그 스멀거리는 노랫가락은 어른이 되어서도 내 잠재의식 속에서 내가 누구임을 일깨워주곤 했다. 어쩌면 그 노래는 내가 불러야 했을 노래라는 것을 이제야 나는 깨닫기도 하는 것이다.

어머니는 손가락이 찢겨 피가 나는 줄도 모르고 돌을 치워 은호를 품에 안았다. 투박한 독에 담겨 한 무더기의 독담불에 넣어진

은호를 나는 어머니의 치맛자락에 매달려 보고야 말았다. 어머니의 목숨과도 같았던 아들,

어머니를 따라 산길을 오르는 날이면 나는 어머니가 빨리 죽었으면······. 하고 바라곤 했다. 어머니가 죽어야 이 지옥 같은 공포에서 벗어날 수 있을 거라는 생각을 했다. 영악하기 이를 데 없는 나는 내가 살기 위해 어머니가 죽었으면 싶었다. 그만큼 어머니의 은호에 대한 집착은 내게 공포였다. 어머니의 통곡으로 밤하늘의 별도, 달도 잠을 이루지 못하는 것 같았다. 그래서 하늘을 올려다보기가 무서웠다. 제발 이대로 어머니를 그토록 애달프게 그리워하는 아들이 있는 하늘로 데려 가버리라고 마음속으로 얼마나 소리쳤는지 모른다.

한 시간 남짓, 그렇게 어머니는 당신의 한풀이를 마치고 다시 나를 앞세우고 집으로 돌아왔다. 집으로 돌아온 어머니는 지친 육신을 방바닥에 뉘었다. 그리고 죽은 듯 잠에 곯아떨어졌다. 나는 그런 어머니의 육신을 조막만 한 손으로 주무르기도 하고 수건을 물에 적셔 땀에, 또는 이슬에 젖어 질척한 손발을 닦아 주기도 했다.

어머니는 사흘쯤 죽은 듯 잠에 곯아떨어졌다. 그 기억은 내게 악몽이다.

정박된 배의 닻을 매어 단 듯 온몸이 자꾸만 자꾸만 바닷물 속으로 가라앉는 기분이다. 희끄무레한 불빛 아래 인화되지 못한 필

름 속 형태의 사물이 흔들렸다. 그 움직임이 환상처럼 보였다 사라지고, 부산한 소리들이 환청처럼 들려왔다.

누군가가 애타게 나를 부르는 소리가 들렸지만 대답할 기력은 없다. 깨어질 듯한 아픔으로 머리가 짓눌려져 왔다.

"깨어나셨네요."

내게 하는 말인지, 다른 사람을 향해 하는 위로인지 확실하지는 않았지만 점점 또렷해지는 의식과 함께 나는 나 자신이 심각한 상황에 처해 있음을 직감했다. 몸을 움직이려 하자 이번에 가슴에서 표현하기 힘든 통증이 느껴졌다.

"정신이 좀 드세요?"

소리의 주인공들은 클릭할수록 점점 확대되어 나타나는 컴퓨터 그래픽 속 그림처럼 내게 다가왔다. 커트 머리의 간호사 얼굴이 매달려 있는 배구공처럼 흔들렸다. 무슨 말이건 내가 해야 할 차례인 것 같았다. 그래야 내가 살아있음을 그녀에게 전달할 수 있을 것 같았다.

"괜찮아요, 나 아무렇지도 않아요."

하지만 내가 의도하는 단호한 표정과는 달리 내 목에서 나오는 목소리는 물레에 감긴 실처럼 찌직 찌직 소리를 내며 가래에 걸려 있었다. 사실 아무렇지도 않은 것이 아니었지만 딱히 대꾸해줄 말이 생각나지 않았다. 나는 표정관리를 해야겠다고 생각했다. 누군가 물수건으로 내 얼굴을 닦아 주었고 무어라 속삭이는 소리가 들려오기도 했다.

"병원이에요. 연락할 가족은 없나요?"

누군가가 내게 그렇게 물었다. 나는 고개를 저었다. 그리고 나는 다시 까무룩 잠 속으로 빠져들었다.

"상태가 많이 안 좋네요."

담당의는 검진결과를 문의하려는 내 얼굴을 바로 보지 못하고 머뭇거리듯 말을 이어 갔다.

"증상이 있었을 것 같은데…….."

담당의 표정이 급격하게 굳어졌다.

두어 해 전부터 몸이 예전 같지 않다는 것을 느끼고 있었다. 처음에는 갱년기의 중년 여자들이 흔히 겪을 수 있는 가벼운 증상으로 나를 찾아 왔던 것 같다. 진료도 받아 보지 않고 그래, 나는 지금 갱년기야, 그렇게 스스로 위안을 삼고 있었다.

마른기침을 수도 없이 해 댈 때까지도 나는 그저 지나가는 감기려니 했다. 그런 증상이 지속되면서 나는 조금씩 불안해지기 시작했다. 기침이 시작되면서 목에서 울컥울컥 넘어오는 선홍빛 피가 병의 예후가 좋지 않음을 느끼게 했다. 무시할 수 없는 병이 내게로 찾아 왔다는 것을 심정적으로나마 느끼고 있었다.

누군가가 겨누고 있던 화살이 정확하게 내 얼굴에 꽂혀지는 듯한 예감에 나는 온몸이 사시나무처럼 떨려왔다. 생각해보면 붙잡고 싶은 것 하나 없는 인생인데 죽을병에 걸렸다 한들 그것이 뭔 대수겠는가 싶지만 막상 형체를 알 수 없는 병이 내 안에 도사리고 있다고 생각하니 본능적으로 공포가 밀려왔다.

나는 예감을 믿는 여자였다. 믿을 수밖에 없었다. 불길했던 예감은 곧 내게 현실이 되곤 했으니까, 마치 분쇄기에 갈려진 얼음이 녹아내려 등줄기를 훑어 내리는 얼얼한 전율로 나의 현실 속으로 파고 들어오던 그 공포. 그 개운치 않음이 채 헹궈내지 못해 부유하는 비누 거품처럼 둥둥거렸다. 안정되지 않았던 마음의 실체가 점점 나를 포위해 들어오고 있었다.

얼마 전부터는 부쩍 숨 쉬는 것조차도 힘에 겨웠다. 불면증이 심해진 것도 그즈음부터였다. 솔직히 내색을 하지 않았을 뿐 나는 살아가는 자체가 숨이 가빴다. 내 육신에 심각한 병마가 도사리고 있음을 나는 알면서도 짐짓 모르는 척하고 있었을 뿐이다.

담당의 추천서를 써줄 테니 당장이라도 서울에 있는 빅3의 암 전문 병원을 찾아가 보라고 권했다.

"완치 가능성은 있나요?"

나는 애써 담담하게 물었다. 그는 그냥 설핏 미소를 짓는 것으로 대답을 대신했다.

"사고가 있었기에 이렇게라도 발견되어 치료라도 할 수 있는 게 다행이라고 생각하세요."

그는 무책임하게 선택을 내게 맡겼다. 완치될 수 없는 암을 발견한 것을 두고 다행이라니, 당신 미친거 아냐? 라고 소리치고 싶었다.

토요일이어서인지 병원 복도는 한산했다. 당직이 아닌 직원들은 이미 퇴근을 해버리고 건너편의 간호사 데스크도 텅 비어 쓸쓸함이 묻어 있었다.

복도 끝 휴게실 앞에 걸린 거울에 나를 비춰 보았다. 예상은 했지만 그 예상보다 더 피골이 상접한 나의 몰골로 인해 나는 급격하게 우울해졌다. 살아있는 사람의 얼굴이라고 할 수 없을 만큼 죽음에 가까워 있는 표정은 내게 희망이라는 단어를 나와 상관없는 단어로 인식하게 만들었다. 거울 속에 비친 나는 소생 가능성이 없었다.

더 이상 희망의 끈을 붙잡지 않아야겠다는 체념이 밀물처럼 밀려들었다. 나를 내보이는 것이 수치스럽고 부끄러웠다. 나는 밝은 세상으로 나와서는 안 되는 사람이었다. 애초에 나는 그대로 어둠 속에 있어야 했던 것이다.

"큰일 날 뻔했어요."

그녀가 병실에 필요한 화장지, 칫솔 같은 생활용품 몇 가지를 사 들고 병실을 찾아왔다.

나는 소리를 찾아갔다 내려오는 길에 교통사고를 당했다. 밤중이라 마을길인데도 피의 차량은 과속을 하고 있었다고 했다. 그가 뺑소니를 할 수 없었던 것은 그녀, 딸의 아이를 맡아 키우고 있는 그 여자가 현장을 목격했기 때문이었다. 칭얼대는 아기를 달래려 밖으로 나왔던 여자는 나의 교통사고를 목격했고 의도치 않게 병원까지 동행하게 되었다고 말했다.

나의 병명을 모르는 그녀는 그저 교통사고가 경미한 것에 안도했다.

"덕분이지요."

나는 그녀를 향해 영혼 없는 인사를 건넸다. 그녀는 내게 몸조리 잘하고 돌아오라고, 이참에 더 건강해져서 오시라는 인사를 하고 병실을 나갔다.

창가에 서서 앞산을 내다본다. 건너다보이는 숲은 벌써 겨울이다. 탈색된 단풍나무 잎이 초라하게 바닥으로 추락하고 있다. 바람이 한 번씩 휘몰아쳐 지나갈 때마다 철망 너머의 도로로 우수수 휩쓸리는 나뭇잎들이 처량했다. 그 외로움이 내게로 전달되어 와 나는 얼른 고개를 돌렸다. 아무도 관심 가져 주지 않는 존재로 추락해버린 낙엽의 처지나 지금의 내 처지가 별반 달라 보이지 않았다.

극한 외로움을 견뎌보지 않은 사람은 그 외로움이 고독이나 고뇌 뭐 이런 싯구에나 나오는 낭만 정도로 치부해 버리기 쉽지만 정말로 외로움 때문에 죽을 수도 있다는 것을 아는 사람은 그리 많아 보이지 않는다. 아무도 나의 형언할 수 없는 외로움의 실체에 대하여 관심도 없을 뿐 아니라 그런 외로움이 어떤 건지도 모를 터였다. 그저 삶이 즐겁고 행복하지 않았으리라는 막연한 짐작만이 있을 뿐이다.

사람은 언젠가는 죽게 되어 있으며 그래서 나는 죽음에 대해 꽤 담담하다고 여기고 있었다. 평소에도 나는 살다가 죽음이 찾아오면 그저 정해진 수순처럼 그렇게 훌훌 버리고 떠나야지, 스스로를 다짐시키며 살아왔다. 그것이 신의 뜻이라면 순응할 수밖에 없는 것이 순리라고 생각하고 살았었다. 아니, 그런 준비를 하고 있었던 것도 같다. 그런데 막상 거울 속에 비친 내 얼굴에 서려 있는 죽음과 대면하면서 불현듯 나는 두려워지고 있었다. 머리로 생각했고 준비했던 죽음과 불쑥 맞닥뜨린 죽음의 무게는 그 형체가 너무나 달라 나의 이성을 마비시켜가고 있었다.

　아버지는 가끔 술에 절어 고주망태가 된 상태로 어머니를 찾아왔다. 어머니의 품이 그리웠는지 아니면, 그래도 명색이 아비라고 자신이 흘려놓은 계집아이인 핏줄을 보러 온 건지 알 수 없지만 아무튼 아버지는 어머니를 찾아 동백나무 숲을 지나오곤 했다. 한 달에 한 번 어떤 때는 두서너 달에 한 번 정도 아버지는 잊지 않을 만큼 간간이 어머니를 찾아왔다. 도둑고양이처럼, 늦은 밤 아니면 새벽녘에 술 냄새를 풍기며 어머니와 딸인 내가 살고 있는 지하 단칸방을 찾아 들어와 잠들어 있는 어미의 속곳을 헤치고 굶주린 살쾡이마냥 헐떡거리며 자신의 욕정을 채웠다. 그리고 곁에 잠들어 있는 나의 볼을 한번 쓰다듬고는 총총히 어둠 속으로 사라져갔다.
　어머니는 그나마 아버지가 당신의 존재를 잊지 않고 찾아와 주는 그 배려에 대해 황송해했다. 남자에 목이 말라 갈증으로 켁켁거리면서 아버지를 버리지 못하고 늘 그리워했다. 어머니는 입버릇처럼 나를 향해 '니년 때문'이라고 나를 평계했다.
　생각해보면 밤마다 어머니가 내 손을 잡고 산속을 헤매었던 것은 아들 은호를 그리워하는 마음도 있었겠지만 기실은 아버지를 기다리는 마음이 더 절실하지 않았을까, 물론 처음엔 물거품처럼 날려버린 아들에 대한 애절한 그리움과 찢어지는 모정이었겠지만, 시간이 흐르면서 어머니는 아버지에게 집착했다. 본처에게로 돌아가 버린 남자에 대한 미련을 거두지 못하고 그 인연에 집착했다. 이미 버려진 당신의 처지를 받아들일 수 없었던 어머니는 혹 아버지가 돌무더기 속에 잠들어 있는 은호를 찾아오지 않을까 기대하고 있었는지도 모른다. 그래서 죽은 아이를 잊지 못해 미친 여자로 살아가고 있는 당신을 측은지심으로 거둬 줄 거라 기대하고 있었는지도 모를 일이다.

어머니는 삼 년 전에 노인 요양원에서 팔순을 채 살지 못한 한 많은 삶을 마감했다. 유일한 자식인 나는 어머니의 임종을 보지 못했다. 치매에 걸려 무연고자로 노인 요양원을 전전했던 어머니의 죽음을 나는 어머니가 수용되어 있던 요양원이 위치해 있는 지역 관공서의 복지 담당 공무원을 통해서 통보받았다.

나는 요즘 들어 자주 당시 어머니의 처신에 대해 새롭게 생각해 보곤 한다. 선택의 여지가 어머니에게 없었다는 것은 핑계였는지도 모른다. 아무런 대책도 세워 놓지 않고 나를 버리고 사라질 수 있었을까, 이해되지도 않고 용서할 수도 없다.

내 인생은 어쩌면 악몽의 연속이다. 왜 그런 악몽을 꾸는지 가끔은 불면증이 오히려 고맙다는 생각을 할 때도 있었다. 잠을 자지 않으면 악몽에 시달릴 필요가 없으니까, 나는 애써 그것을 꿈이라

자위해보지만 기실 그것은 기억이다.

당시 아버지는 제법 규모가 있는 저인망 선단을 운영하고 있었다. 어머니는 그 어장의 경리사원이었다. 아버지가 유부남임에도 어머니는 아버지를 만나면서 나를 낳았고 동생 은호까지 낳았던 것을 보면 어머니는 아버지가 이혼을 하고 어머니와 재혼할 것을 기대했던 것 같다. 그것은 아버지의 본처에게 딸만 다섯이었기에 아들만 낳는다면 아버지의 마음을 돌릴 수 있을 것이라는 기대가 아예 가능성이 없었던 건 아니었을 것이다. 하지만 내 동생 은호는 태어나 첫돌을 지냈을 무렵 뇌수막염으로 물거품처럼 꺼져버렸다. 그러면서 어머니가 꿈꾸던 모든 희망의 끈은 불에 타 재만 남은 것처럼 형체가 사라져 버렸다. 아버지에게 계집아이인 나의 존재는 없는 것만 못했을 것이다. 거추장스런 장애물에 불과했을 터였다.

어린 나와 생활하던 어머니는 아버지로부터 몇 푼의 양육비를 지원받았지만 그것으로 어머니의 허영기를 채우기엔 역부족이었을 것이다. 어머니는 화장품 외판일이나 보험 설계, 또는 책 외판을 전전했다. 아니, 어머니는 돈이 필요했던 것보다는 그런 일을 하면서 만나는 남자들의 눈길이나 손길을 더 즐겼던 건 아닐까 생각되어진다.

초등학교 6학년 가을, 그날도 나는 어머니를 기다리며 동구 밖의 어둠을 노려보고 있었다. 나무 숲속에 머물던 어둠이 지척을 분간하지 못할 만큼 짙어져도 어머니는 집으로 돌아오지 않았다. 나는 어머니를 기다리다 지쳐 양철 대문간에 쪼그리고 앉아 잠이 들었다. 그렇게 칠흑 같은 네 인생의 밤이 시작되었다.

"가족이 없으세요?"

혈압 체크를 하고 체온계를 겨드랑이 속에 넣어놓고 간호사가 물었다.

나는 대답하지 않고 그냥 웃었다.

미처 감지하지 못하고 있었던 외로움의 세포가 간호사가 슬쩍 던진 한마디에 가시처럼 뾰족뾰족 돋아나 병든 의식을 상처 내고 있었다. 아무도 의지할 수 없다는 절대적 외로움이 두려움으로 엄습해 왔다.

병상은 소리들이 끊겨버린 적막한 공간이 되었다. 나는 갑자기 공허해졌다. 한동안의 침묵이 이어졌다. 텅 비어버린 허공이 바윗덩이처럼 나를 짓누르는 것 같았다.

나는 하늘색 모포를 머리끝까지 뒤집어썼다. 극도의 공포가 밀려오는 것을 감정으로도, 이성으로도 막아낼 수가 없었다. 폭풍우 속의 파도처럼 덮쳐오는 두려움에 나는 속수무책으로 개구리처럼 온몸을 웅크리며 떨고 있었다. 그럴 때는 가만히 그렇게 엎드려 있는 게 가장 좋았다. 그 감정이 사그라질 때까지 그렇게 버티고 나면 한결 마음이 진정되는 걸 느끼곤 했다. 휴대폰을 꺼내 통화 버튼을 누른다. 정·석·우 액정에 수신자의 이름이 그렇게 뜬다.

"잘 지내?"

전화기 너머로 그의 호흡이 전해져 왔다. 그는 대답하지 않았다. 그저 거친 호흡만 들릴 뿐이다.

"……"

"……"

"몸 건강해, 그리고……"

나는 더 이상 전화기를 들고 있을 수가 없다. 물리적인 부담으로 인해 팔이 저려왔다.

"수인아!!!"

휴대전화의 종료 버튼을 누르려는 순간 그의 외마디 외침이 다급하게 들려왔다.

"보고 싶으면 보고 싶다고 말해!"

'그래 보고 싶어, 얼른 와서 내 곁에 있어줘.' 나는 그렇게 말하고 싶다. 주체할 수 없는 눈물이 그렁그렁 흘러내려도 닦을 힘조차 없다. 그의 그 한마디에 안간힘으로 버티고 있던 이성이 무너져 내렸다. 왼손으로 수화기를 막았다. 나는 꺽꺽 소리를 내며 두려움을 삼켰다. 눈물이 쉬지 않고 폭포수처럼 흘러 내렸다.

그가 내게 지금 어디냐고 다그쳐 물었다.

나 많이 아프다고 어리광을 부리고 싶다. 그의 품에 안겨 아파서 죽을 것 같다고 투정을 부리고 싶다. 단 한 번만이라도 그게 허락된다면 조금 행복할까,

나는 미라처럼 병실 한켠에 웅크리고 앉아 나의 남편이었던 남자 정석우를 생각했다. 그는 나의 죽음을 어떻게 받아들일까, 혹

그는 거추장스런 전처가 얼른 죽기를 바라고 있지나 않을까.

생각해보면 남편은 피해자인지도 모른다.

엄마는 어느 날 내게 말 한마디 남기지 않고 사라져 버렸다. 전화 한 통도 없었다. 어쩔 수 없이 찾아간 아버지와 그 가족들 틈에서 나는 살아가는 게 아니라 기생했다. 벌레처럼 없어져야 할 존재로 취급받던 나는 고등학교를 졸업하지 못하고 그 집을 나왔다. 아버지 가족과의 3년의 생활은 내가 누구인지 나의 정체성을 적나라하게 알게 해주는 비굴하고 혹독한 훈련이었다. 그리고 나는 내 인생에서 가족이라는 단어를 지웠다. 나는 정말로 어머니를, 그리고 아버지라는 사람을 내 인생에서 지워버렸다. 그리고 나는 절대로 부모가 되지 않을 거라 맹세를 했다.

죽을 수 없었기에 살아야 했던 삶이 어떤 것인지 겪어보지 않은 사람은 이해할 수 없다. 잠잘 곳이 없어 버스 터미널이나, 기차역을 배회하다 대합실 의자에 쪼그리고 앉아 밤을 새우곤 했다. 가끔 편안한 잠자리와 얼마간의 돈을 손에 쥐어 주는 남자라는 동물들과 잠을 자기도 했다. 소매치기범으로 몰려 파출소에 잡혀 들어가기도 했고, 식당 알바를 하는 동안 식당 남자 종업원이나 사장이라는 늙은 남자와 성을 거래하기도 했다. 나는 지금도 그 시절의 끔찍했던 기억 속에서 도망치려고 발버둥을 친다.

남편을 만난 건 내게 행운이었다. 여객선터미널을 관할하는 파출소에서 순경으로 근무하던 남편은 내게 지금이나 그때나 한결 같은 아저씨다. 그는 나를 가출 청소년들의 쉼터로 인도해주고, 얼마간의 용돈도 쥐여줬다. 내 몸을 탐하지 않고 용돈을 주는 남자는 그가 처음이었다.

나는 지금도 남편을 사랑한다. 하지만 그를 붙잡고 있기에 남편은 내게 너무 과분한 사람이었다. 거리에서 내가 무엇을 하고 지냈는지 남편은 너무도 잘 알고 있다. 하지만 남편은 같이 사는 10여 년의 결혼생활 동안 단 한 번도 나의 과거를 입에 올리지 않았다. 나는 늘 남편 앞에서 주눅이 들어 있었다. 동등하지 않는, 평등하지 않은 부부관계는 내게서 자유를 빼앗았다. 거기다 그는 부모가 되고 싶어 했지만 나는 부모가 되고 싶지 않았다. 그러기에 다른 무언가로 나는 남편에게 보답을 해야 한다는 강박감에 사로잡혀 있었던 것 같다. 목을 억죄어 오는 질식할 것 같은 답답함은 끝내 내게 우울증이라는 덮개를 씌웠다. 나는 자주 자살을 기도했다.

남편은 나를 놔 주었다. 길거리를 방황하는 불량 청소년인 한 계집아이를 개과천선하게 만든 남자, 검정고시를 걸쳐 전문대학을 졸업시켜 어엿한 한 직장의 사회인으로 살아갈 길로 이끌어 준 사람, 열다섯이라는 나이차에도, 내세울 것 없는 며느리를 받아들일 수 없다는 부모의 극심한 반대에도, 끝까지 나를 지켜줬던 그 남자가 나를 그 손에서 놔 주었다.

내가 그의 손을 놓았는지, 그가 나를 놓았는지 그것은 확실하지 않다. 다만 그는 나와 헤어지고 1년도 되지 않았을 때 재혼을 했고 곧 부모가 되었다. 나는 진심으로 남편이 아빠가 됨을 축하했다.

감격에 겨워 눈물이 나올 정도였다.

지금쯤 그는 퇴직했을 것이고 그 자녀들 역시 장성해 허물 수 없는 가정의 울타리가 쳐져 있음을 나는 알고 있다.

그럼에도 나는 그를 기다린다.

내가 지금 살고 있는 바닷가가 있는 이 변두리 마을로 이사를 한 것은 순전히 남편을 잊지 않고 싶은 마음 때문이었다.

지금 내가 살고 있는 작은 마을은 원래 남편의 근무지였다. 나와 신혼생활을 했던 작은 파출소가 있는 곳이다. 내 인생에 있어 반짝하던 햇살이 그대로 마을 곳곳에 박혀 있다. 남편은 내가 지금도 그곳에서 자신을 기다리고 있다는 것을 모른다. 아마 영원히 짐작조차 하지 못할 것이다. 그래도 나는 개의치 않는다. 기다림은 습관처럼 자연스러우니까, 그리고 나는 언제나 혼자였으니까,

울음소리를 다시 들은 것은 병원에서 퇴원을 한 날 밤이었다. 예정되었던 것처럼, 아니 기다리고 있었던 것처럼 잡다한 세상의 소리가 사라지고 고요가 안개처럼 눅눅하게 찾아 왔을 때 그 소리도 어김없이 나를 찾아왔다. 마치 내내 존재하고 있었는데 내가 듣고 있지 않았던 것처럼 소리는 정해진 시간에 그 간격으로 그 시간을 메우고 있었다.

소리는 다소 어른스러워져 있었다. 나는 소리를 무시하고 싶었다. 세상에 들리는 모든 소리에 다 반응하며 살아가는 건 무리다. 때론 소리쯤은 듣지 않은 것처럼 무관심해지고 싶었다. 나는 애써

귀를 막았다.

으애애앵으애애앵

소리는 발악하듯 내 귀를 잡아끌었다. 마치 이래도 내게 무관심할거냐고 시위라도 하고 있지 않을까 하는 의도가 느껴질 만큼 집요했다.

제발 가버려, 나를 떠나가 줘. 나는 너에게 관심이 없어. 나는 혼자 소리쳤다.

그럴수록 소리는 점점 내 귀를 잡아 뜯었고 종래는 내 목을 조여 오기 시작했다. 나는 켁켁거리며 기침을 해댔다. 터질 듯한 두통이 느껴졌다. 나는 소파에 쪼그리고 앉아 모포를 머리끝까지 뒤집어썼다.

충전시켜 둔 휴대전화기를 들고 현관문을 열었다. 문을 열고 밖으로 나왔을 때 울음소리가 잦아들었다.

"밤에 애기가 너무 칭얼대서 바람이나 쐬려고 업고 나왔었어요."

그녀였다. 고등학생 딸이 낳은 아이를 키우고 있다는 여자. 그녀는 도로가에 있는 내 집 현관문 앞에서 아기를 업고 서성이고 있었다. 내가 다가갔을 때 여자는 묻지도 않는 상황을 설명하며 몸을 흔들었다. 여자는 아기를 업고 있었고, 그 아기를 어르는 행동이 몸에 배어 있었다. 하늘색 바탕에 자잘한 꽃무늬가 프린트된 얇은 면포대기에 싸여 칭얼대는 아기의 표정이 시무룩했다. 아직 뱃속 머리가 까만 아이는 황달기가 있는지 얼굴빛이 노르스름했다.

"아이가 춥겠어요. 잠깐 들어오시겠어요?"

아이 때문이었는지 그 여자 때문이었는지 경직되어 있던 나의 감정의 끈이 조금 느슨해졌다. 늘 무장된 채 차단되어 있던 마음의 문이 열리며 필요치 않은 호의를 보이고 있었다.

여자가 반가운 미소를 지으며 현관으로 들어섰다.

"몇 개월이에요?"

나는 내가 처한 상황보다 아기에게 관심이 갔다. 거실로 들어서는 여자에게 정수기에서 뜨거운 물을 한잔 내려 권하면서 내가 물었다.

"일주일만 지나면 백일이에요."

"분유만 먹이지요?"

"그렇죠."

여자는 나와 눈이 마주치자 이내 고개를 숙였다.

"손자에요."

나는 고개를 끄덕였다. 이미 알고 있는 사실이라 새삼스러울게 없다는 표현이었다.

"그래도 아들이라서 다행이지 뭐에요."

여자는 아빠가 누군지도 모르는 딸이 낳은 손자가 계집아이가 아닌, 사내아이라는 것에 안도하는 것 같았다.

"한번 안아 봐도 돼요?"

여자가 고개를 끄덕이며 자랑스럽게 등에서 아이를 내려 내게 안겨 주었다.

경이로운 체험이었다. 지천명을 살아가고 있는 지금까지 아이
를 한번이나 안아 보았었나 싶으니 내가 참으로 삭막하게 살아왔
구나 싶었다. 아, 사내아이!

아이가 눈을 뜨고 나를 바라보았다.

"아직 낯을 가리지 않네요."

"예, 다행히……"

여자는 바쁜 자신이 아니어도 다른 누구라도 아이를 돌봐 줄 수
있음을 아이의 무던함으로 에둘렀다.

"남편이 호적도 우리한테 올리자고 해서 그렇게 했어요."

여자는 묻지도 않았는데 그 아이가 자신의 아들임을 내게 인식
시켰다. 생각하기에 따라 참으로 합리적인 선택이다. 그 말을 들으
며 나는 여자의 남편을 향해 원인 모를 분노를 느꼈다. 내가 그 남
편에 대해 반감을 가질 하등의 이유가 없었는데도 나는 짜증스러
웠다.

손자가 태어나기 전까지 여자는 자신의 잘못이 아닌데도 늘 아
들을 낳지 못했다는 죄책감에 둘둘 말려있었다. 형언키 어려운 죄
책감으로 피폐했고 암울했던 여자에게 손자의 존재는 지금까지 자
신의 등에 짐 지워졌던 100톤 무게의 짐을 훌훌 벗어 던질 수 있는
핑계를 주기에 충분했다. 날아갈 듯 홀가분한 여자의 얼굴에 화색
이 돌았다.

"소원을 이뤄 행복해요?"

다소 가시가 있는 물음이었는데도 여자는 개의치 않고 고개를

저었다.

"세상에 어떤 엄마가 결혼도 하지 않은 딸이 낳은 아들로 인해 행복하겠어요?"

나는 괜한 말을 물었구나 싶었지만 남편의 그 물색없는 아들 타령에서 해방된 그녀의 마음이 궁금했던 것은 사실이었다. 나는 여자의 잡초 같은 삶이 갑자기 부러웠다. 최소한 그녀는 살아야 할 명분이 너무나 절실한 여자였다.

여자가 집으로 돌아가고 나는 터질 듯한 두통을 느꼈다.

다시 소리가 들려왔다. 이번엔 그 소리의 음율이 다르다. 고양이의 울음소리도, 아기 울음소리도 아니다. 누군가를 애타게 부르는 소리다. 누굴 부르나? 소리는 슬프다. 너무 슬퍼 그냥 울어야 할 것 같다. 바람이 슬픔을 가져 오는 게 아니라 슬픔이 바람처럼 스며들고 있다.

문득문득 엄습해 오는 공포로 인해 자꾸만 무너져 내리는 마음을 느끼며 나는 허무했다. 병든 육신이 아픈 게 아니라 기댈 곳 없는 가슴이 난도질당한 듯 씁벅한 통증을 동반했다. 문득 나는 홀가분해지고 싶어졌다. 누구도 관심 갖지 않는 내 상황에 대해 담담하게 받아들여야 했다. 어차피 죽음이라는 것이 누가 대신 죽어줄 수 있는 것도 아닌 이상 나는 외롭고 힘에 부쳐도 혼자 지고 가야 함을 알고 있었다. 그 누구도 나와 이 길을 동행할 수 없다면 나는 철저하게 혼자 견디고 싶었다.

나는 자리에서 일어났다. 바람을 만나러 가야 했다. 아무도 기억해 주지 않는 나를 그렇게 간절하게 부르며 찾아주는 그 바람이라는 녀석을 만나고 싶다.

희끄무레한 어둠 속에서 묵직한 한 무더기의 바람이 뺨에 와 닿았다. 그 바람 속에 나를 숨겨버리고 싶다. 너였구나, 나는 뺨을 어루만져 바람을 맞는다. 마치 소리의 주인인 것처럼 바람에게 말을 걸어본다. 바람은 내게 머물지 않는다. 나를 맞았던 바람은 달음질을 쳐 휘리릭 지나가고 다시 또 새로운 바람이 나를 감싸 안았다. 나는 바람을 밀고 앞으로 나갔다.

바람은 어디서 시작되었을까, 나는 마치 줄이라도 연결된 듯 바람 소리를 잡고 따라갔다. 달리기를 하듯 씩씩거리며 달려온 곳은 마을을 훨씬 벗어난 산길이었다. 바람 소리는 점점 커졌다. 마치 바로 눈앞에서 울부짖고 있는 것 같다. 한발만 내디디면 바람의 형체가 그곳에 쪼그리고 앉아 나를 바라보고 있을 것 같다. 한 걸음 한 걸음 나는 소리를 따라 앞으로 나갔다.

땀이 비 오듯 흘렀다.

그곳이다. 어머니가 밤마다 울부짖던 곳, 동생 은호가 잠들어 있던 곳,

분명 그곳이다. 나는 그렇게 믿어 의심치 않는다.

돌무더기가 무덤처럼 쌓여 있던 곳, 소리는 그 돌무더기 속에서 새어나오고 있다. 나는 그 자리에 앉아 돌을 하나씩 들어내기 시작했다. 마치 누군가가 시키는 것처럼 익숙하게 돌을 들어냈다. 돌을

들어낸 자리에 공간이 생겼다. 나는 그 공간 속으로 들어간다. 어머니의 품처럼 평안하다.

　─뚝.─

　소리가 끊겼다. 귀가 먹먹했다. 바람 소리도, 산새 소리도, 아무 소리도 들리지 않는다. 세상의 모든 소리가 정지된 것처럼 끊겼다. 그와 함께 내 몸도 솜털처럼 가벼워졌다.

　아, 나는 이제 행복할 것이다.

불가사리

바다의 로또라 불리는 밍크고래가 정치망그물에 걸려 죽은 채 발견되었다 한다. 습관처럼 틀어 놓은 텔레비전 화면에 탱탱한 밍크고래의 몸집이 산불에 그을린 멧돼지 같다. 지역 뉴스를 전하는 기자의 취재에 인터뷰하는 어부의 얼굴이 희열에 들떠 보인다. 예상하지 못한 횡재 앞에서 그는 흥분된 표정을 감추지 못했다.

'젠장……'

입맛이 썼다. 뉴스는 일기예보를 마치고 끝이 났다. 강풍주의보가 내려졌다. 갑자기 소란스럽고 번잡하다는 느낌이다. 뉴스가 끝나자 리모컨을 눌러 텔레비전을 끈다.

이불을 뒤집어쓴다. 암전이다. 이제 소리도 들리지 않고 사물도 형체가 없다. 이불속은 무덤처럼 고요하다.

─우우우웅, 우우우웅,……─

밤이 깊어 가고 있다. 마을 앞 바다에서 끝나지 않을 것 같은 지루한 고요를 깨우는 소리가 들려왔다. 어둠 속에 갇힌 등대의 울음소리다. 나는 고개를 내밀어 등대가 소리치는 경고에 귀를 기울인다. 경고하지 않아도 비바람은 이미 시작되었다. 조업을 나가지 않은 것이 다행이라는 생각을 한다. 오늘 같은 날 조업에 나섰다면 그물도 내려 보지 못하고 길만 찾아 헤매다 돌아왔을 터였다.

딸깍, 방문 열리는 소리가 들린다. 그래도 나는 움직이지 않는다. 깊은 잠에 빠진 척 할 수밖에 없다. 열린 방문으로 아내와 함께 한 무더기의 바람이 들어왔다. 바람은 아내의 머리서부터 발끝까지 묻어 있다. 나는 아내에게서 바람 냄새를 맡는다. 채소를 비틀어 짜낼 때 나는 비릿한 풋내, 완도항 상록다방의 풋내기 레지였던 아내를 처음 보던 날 맡았던 그 풋내를 뚝뚝 흘리며 아내가 방안으로 들어왔다.

언젠가부터 밤이면 슬그머니 집을 나서 한밤중에 들어오는 아내에게 나는 어디 다녀왔느냐고 묻지 않는다. 물어 본다고 솔직하게 말을 할 수 있을 만큼 아내가 떳떳하지 못하다는 것을 알고 있고, 그런 아내가 그럴듯하게 지어낼 거짓말을 속아 주는 척 들어야 하는 것에 이젠 지쳐가고 있는 중이다.

바람을 몰고 온 아내는 내가 누워 있는 침대 앞에 우두커니 서 있다. 나는 눈을 뜰까 말까 망설이지만 차마 아내를 바로 쳐다볼 엄두를 내지 못한다. 다만 내게 쏟아지는 아내의 처연한 눈길을 느끼며 그 심정을 헤아릴 뿐이다.

아내는 내 머리맡에 나란히 놓인 자신의 황톳물 들인 쿠션베개로 내 얼굴을 눌러버리고 싶은지도 모른다. 아무리 뜯어봐도 지지리 잘 난 곳 없는 남편인 나를 죽이고 싶을지 모른다. 가끔, 나는 아내의 절망에 젖은 눈빛을 보며 그녀가 나를 그렇게 죽여주기를 바라기도 했다.

소멸되고 싶지 않는 미련으로 질척거리는 초가을의 바깥 기온은 아직 습하고 후텁지근하다. 유난히 더위에 약한 나는 그 더위를 견디지 못하고 에어컨을 가동 중이다. 에어컨 공기로 인해 방 안은 냉기가 흐른다. 아내가 묻혀 온 바람 냄새도 그 냉기로 인해 허공에 흩어져 희미해졌다. 아내는 점점 그 두께가 엷어지는 바람 냄새를 아쉬워하고 있는지 모른다.

블록 벽돌담 너머의 가로등불빛이 커튼을 걸지 않은 창문을 타고 방 안을 유영하고 있다. 예년, 계절이 바뀔 즈음이면 아내는 창문에 새로운 커튼을 해 달았다. 여름에는 잠자리 날개 같은 하늘하늘한 레이스가 달린 커튼을 달았고, 겨울엔 보라색이거나 밤색, 또는 체크나 올챙이무늬가 무겁게 그려진 암막커튼을 해 달았다. 그것이 바뀌는 계절에 대해 아내가 표하는 최소한의 성의 표시였다. 하지만 올해는 달랐다. 아내는 여름이 지나가고 가을이 왔는데도 창문에 커튼을 달지 않았다. 아내에게 계절은 아직도 봄이다.

아내는 화장대 위의 붉은색 용기의 뚜껑을 열어 그 속의 내용물을 손가락으로 긁어 얼굴에 골고루 펴 바른다. 클린징 크림이다.

밑바닥을 드러낸 크림의 마지막 내용물을 샅샅이 훑어 내고 있다. 아내는 손가락을 세워 클린징 크림을 얼굴에 문지르다 잠시 뒤를 돌아 내가 누워 있는 침대를 바라본다. 클린징 크림에 번들거리는 아내의 얼굴은 이제 막 잡아 올린 물고기 비늘처럼 빛이 났다. 바다로 돌아가고 싶어 몸부림쳤을 어망에 걸린 밍크고래의 절박함이 아내의 번질거리는 얼굴에 나타나 있다. 아내는 손가락으로 푸른 빛이 감도는 얼굴 구석구석의 가면을 벗겨냈다. 콧등을, 눈두덩을, 뺨을, 그리고 목덜미까지 고루 문질러 화장기를 닦아 냈다. 해풍에 찌든 아내의 얼굴이 밍크고래의 색감처럼 검고 단단하다.

늦은 태풍의 영향으로 바람이 몹시 심하게 분다. 집 뒤란의 30 년쯤 된 감나무 두 그루 중 한그루가 강풍을 못 이겨 뿌리째 뽑혀 넘어가 버릴 만큼 바람이 거세다. 태풍이 생성되기에는 시기적으로 조금 늦은 감이 있는 계절이다. 그런데도 바람의 위력이 강력하다. 역대 큰 피해를 줬던 대형 태풍들이 모두가 가을 태풍이었다는 것을 강조하며 철저한 대비를 당부하는 기상 캐스터의 목소리는 의외로 차분했다. 선착장에 정박해 두었던 배를 선창 안으로 예인해 놓고 부둣가 선술집에서 막걸리 한 병을 선배인 영식 형과 나눠 마시던 참이었다.

휴대전화기를 통해 들려오는 낯선 여자의 음성은 내 귀에 익숙한 음성은 아니다. 다만 짐작만 할 뿐이다.

1톤 더블 캡 트럭이 도로에서 뒤집힐 듯 흔들렸다. 나는 핸들만 붙잡고 있으면 까짓 바람쯤 아무것도 아니라는 듯 바람을 뚫고 내달린다.

폐장을 한 해수욕장은 사람들의 발길이 뜸해 한적하고 썰렁하다. 철망으로 문을 닫아 건 상점들이 내 놓은 빈 상자들과 벤치가 초라하다. 타고 간 트럭을 바다를 볼 수 있는 방파제 쪽에 주차시키자 미리 와 기다리고 있었다는 듯 여자가 내 트럭을 알아보고 찾아왔다. 여자의 첫인상은 예상했던 것보다 더 가늘고 얇다. 나는 바람에 여자가 날아가 버릴 것 같아 얼른 차 문을 열어 여자를 차에 태웠다.

"얼마 전에 면허를 땄는데 아직 운전이 서툴러 차를 몰고 바깥으로 나갈 만한 실력은 되지 않아서요."

여자는 내가 묻지 않았는데 나를 자신의 편리에 따라 이곳, 석포해수욕장에서 만나자고 한 이유를 설명했다. 그것이 하등 궁금할 시점이 아니라는 것을 여자도 알고 있을 터였지만 그렇게 여자는 말문을 텄다.

나는 여자를 향해 대꾸할 말을 찾지 못한다. 생각해보니 50평생을 살아오면서 아내 아닌 낯선 여자와 허물없이 대화를 나눠 본 경험이 전무하다. 잠시 침묵으로 이마에서 땀이 흐른다. 여자를 배려해 창문을 올린 탓이기도 했지만 마음으로 느끼는 열기가 더 높았을 터였다.

차 안에 정적이 안개처럼 가뭇없다. 여자도 나도 어떻게 말문을 열어야 할지 서로 망설이고 있었다. 저만큼 바다 위에 길게 늘어서 있는 양식장 하얀 공들의 도열이 질서 정연했다. 바다를 뒤집을 듯 불어대는 바람에도 그 바람을 타고 출렁대기만 할 뿐 우왕좌왕 하지 않은 게 신기하다.

침묵을 견디지 못하고 여자가 트럭에서 내리더니 저만큼 셔터가 내려져 있는 상점 쪽으로 걸어갔다. 몸피만큼이나 잰 걸음이다. 여자의 반응이 즉흥적이어서 나도 얼른 따라 내렸다. 바람이 여자의 커트된 머리칼을 위로 날리게 했다. 바람의 기운은 싸하다. 여자는 싸한 기운 만큼이나 쓸쓸한 자판기 앞에서 지갑을 열어 동전을 꺼내 자판기 버튼을 꾹 누르고 있다. 그 시간이 길지 않았지만 긴장된 가슴이 두근거린다.

"드세요."

내가 다가가자 여자가 설핏 슬픈 미소를 보이며 종이컵에 든 커피를 내 민다. 여자가 내민 종이컵에서 느껴지는 따스함에 세차게 불던 바람의 기온이 데워지는 느낌이다. 여자는 다시 자판기에서 커피를 꺼내 두 손으로 감싸 쥐었다. 가녀린 손가락이 앙상하다. 여자가 들고 있는 종이컵이 바람에 출렁거렸다.

여자는 커피를 들고 방파제를 넘어 자갈이 깔린 바닷가로 걸어나간다. 마치 자석에 이끌리듯 나도 여자를 따라 나선다. 바람은 여전히 그 기세를 누그러뜨리지 않고 세차게 불어댔다. 혹 여자가 바람에 휩쓸려 날아갈 것 같아 나는 여자의 뒤를 바짝 따랐다.

"난 바람이 너무 싫어요."

바람이 싫다면서도 세상을 뒤집어 놓겠다는 기세로 불고 있는 바람 속에서 나를 만나고자 한 여자의 절박함을 나는 알고 있다.

"일기예보를 들으셨으면 좋았을 것을……"

나는 미처 말을 다하지 못했다. 부질없는 조언이다.

여자는 작은 산처럼 무더기로 쌓여 있는 쓰레기더미 앞에 걸음을 멈췄다.

"여기죠?"

여자가 마대자루가 쌓여진 쓰레기더미를 가리키며 물었다. 나는 고개를 끄덕여 대답을 대신한다.

그곳에는 지난여름 내내 불가사리를 수거해 쌓아 놓은 매립장이다.

불가사리 청소 작업은 배를 갖고 있는 내가 시로부터 위탁받은 사업의 일환이었다. 점점 황폐해지는 바다에 물고기를 닥치는 대로 먹어치우는 불가사리로 인해 바다의 어종이 씨가 마를 지경이었다.

시에서 위탁받은 불가사리 청소작업을 위해서 인부가 필요했지만 주변에서는 만만한 사람을 찾기가 쉽지 않았다. 여자의 남편인 K를 소개 받은 건 인력 센타를 통해서였다. 원래 여자와 K는 이 지역 주민이 아니다. 그 부부가 이 남해안의 면단위 마을인 신금포구로 이사를 온 건 3년 전이었다. 이름만 대면 알 수 있는 대기업에 근무했던 남자는 명예퇴직이라는 이름으로 회사에서 밀려 났다고 했다. 그들은 석포 유원지 부근에 이층짜리 건물을 짓고 예쁜 찻집

겸 민박집을 개업했다. 하지만 그 사업은 그들의 생각처럼 쉽지 않았다. 유동인구가 없는 시골에서 찻집은 거의 개점휴업 상태였다. 가끔 여행객들이 들러 하룻밤 묵어가는 수준으로 겨우 명맥만 이어 나갈 뿐이었다. 이제 갓 쉰을 넘긴 그는 정물화되어 있는 이 시골살이가 따분했을 터였고, 우선 아직은 일을 할 수 있다는 것을 확인받고 싶었을 터였다. 그가 사는 마을이 내가 사는 마을과 불과 3Km정도 밖에 안 되는 거리였기에 좋은 조건이라 여겼다. 자동차가 없는 K는 아내가 출 퇴근을 시켰다. 그 출근길에 K를 기다리던 차 안에서 잠이 든 아내, 아내는 왜 아침부터 차에서 잠이 들었을까, 아내는 처음부터 도시 남자였던 K에게 호감을 느껴졌는지도 모를 일이다. 매일 남편과 바다 위에서 파도와 싸웠음을 K에게 설명하려 했을 수도 있었다. 그래서 K로부터 연민을 느끼게 하고 싶었을 터였다. 아내는 K를 그의 집에 실어다 주며 그와 안타까운 사랑에 켁켁거렸을 터였다.

"저 물속에 처 넣어버리고 싶어요."

여자는 밑도 끝도 없이 중얼거렸다.

"그 두 사람을······."

여자의 작은 입에서 그런 험한 말이 나올 거라 예상하지 못했기에 나는 흠칫 놀랐다. 하지만 여자의 분노를 공감한다. 어쩌면 여자의 분노보다 내가 느끼는 절망감이 더 처절할지도 모른다. 그래서 여자를 이해하는 것이다.

"알고 계셨군요."

나의 반응에 여자의 표정은 실망의 빛이 역력했다.

"그 쪽도 알고 계셨네요."

남의 말 하듯 담담하게 대답하는 나의 태도가 여자는 영 마음에 들지 않다는 표정이다. 왜 모든 정황을 알고 있으면서도 모른 척 아무런 조치를 취하지 않고 있냐는 힐난 같다. 원망스런 여자의 표정이 곧 내 마음일 수도 있음을 나는 알고 있다. 솔직히 이런 상황에서 남자인 내가 할 수 있는 조치가 뭐가 있을까 생각을 해보지 않은 것은 아니다. 아니, 온통 그 생각에서 빠져 나오지 못하고 하루 24시간을 허우적이고 있다고 해도 과언이 아니다. 어쩌면 토네이도보다 더 강력한 회오리바람 속에 갇혀 빠져 나오지 못하고 있는 중이었다.

어떻게 하면 아내와 그 남자를 가장 고통스러운 삶을 살게 할 수 있을까, 어떤 방법으로 그들에게 복수를 해 줘야 내가 받은 상처에 조금이라도 치료제가 될 수 있을까, 그런 것을 생각하지 않은 게 아니라는 것이다. 하지만 나는 아무것도 하지 않았다. 감히 시도해볼 엄두조차 내 보지 못하고 있었다.

여자의 어깨가 부르르 떨린다. 그 진동이 내 가슴에 전해진다. 빈약한 어깨다. 여자는 전체적으로 가녀린 몸을 가지고 있다. 어깨를 안으면 낙엽처럼 바스라 져 훅 날아가 버릴 것 같이 연약해 보인다.

여자는 바다를 응시했다. 바람에 시달리는 바다 물빛은 세파에 시달린 늙은이의 얼굴만큼 어둡고 칙칙하지만 바다 물결이 부르는 노래는 군가처럼 묵직하다. 그 노래에 맞춰 광란의 댄스를 추듯 휩쓸리는 자갈들의 저항이 애처롭게 느껴진다.

"어떻게 하실 생각이세요?"

여자가 물었다. 나는 뭐라 대꾸할 말을 찾지 못한다. 대답해 줄 말이 없다. 막상 구체적으로 물리적인 행위를 실행하겠다는 의지조차 내겐 없다.

"당신 아내는 당신과의 결혼 생활이 단 하루도 행복하지 않았다더군요."

여자가 비웃듯 나를 돌아보며 말했다. 나는 쓴웃음이 났고 허탈했다. 짐작했던 핑계다. 참으로 식상하기 짝이 없는 자기변명이다. 그랬을 거라는 것을 나는 알고 있었다. 사실이 그랬다. 완도항 부둣가 상록 다방에서 시들어가던 청춘이었던 아내가 처음부터 나를 좋아해서 따라 나선 것은 아니었다. 오로지 그 다방 생활을 청산하고 싶었던 도피처였을 뿐. 자신을 옭아매고 있는 빚이라는 굴레를 풀어 줄 수 있는 낡은 동아줄일 뿐이라는 것을 20년이 지난 지금에야 깨달았을 거라는 것을 나는 알고 있다.

바람이 잦아 든 바다는 호수처럼 평온하다. 이틀 동안 세상을 엎어버릴 듯 요란하게 으르렁 대며 덤벼들던 태풍 속에서 팝콘을 뿌린 것처럼 하얗게 날이 서 있던 그 바다와 이제 막 잠이 든 어린아이 같은 평온한 바다가 같은 바다라는 게 믿어지지 않을 정도다.

"오늘은 나가봐야겠네."

점심식사를 마치고 거실에 앉아 벽을 기대어 잠깐 졸고 있을 때, 아내는 부풀어 오른 풍선 같은 바람 든 얼굴로 내게 말했다. 나는 고개를 끄덕여 아내의 의견에 동의했다. 아내는 고무 다라에 점심식사를 챙겨 담는다. 또, 간식으로 먹을 찐빵 봉지와 토마토 주스병과 바나나 한 송이를 담는다. 아내는 콧노래를 흥얼거린다. 아내의 행동이 날아갈 듯 날렵하다. 이제 아내의 그런 태도조차도 당연한 듯 느껴진다.

아내가 화물트럭에 시동을 건다. K를 태우러 석포 유원지로 향하는 아내의 뺨이 불그스레하다.

건너편 섬마을 산자락에 걸린 햇살이 따스하다. 바닷바람이 설컹설컹 불었지만 춥지 않다. 아내와 K는 뱃전에 앉아 짐짓 무심하게 바다만을 내려다보고 있다. 둘의 속내를 짐작하면서 나는 내 심장 박동수를 헤아린다.

50평생을 어부로 살아보니 이젠 보이지 않는 물속 깊이까지도 훤히 보이는 것 같다. 바닷물 속에 무슨 어종이 살고 있는지 그물을 끌면 이 물속에서 무엇이 걸려 올라올지 그것도 짐작이 된다. 하지만 나는 20년을 같은 이불을 덮고 살아온 아내의 감정은 짐작조차 못하고 살았다. 사람의 속내는 그렇게 깊고 캄캄했다. 솔직히 아내와 K의 속내를 짐작한 건 요 근래 한 달이 채 되지 않았다. 같이 일을 한 지 5개월이 되어 가는데 두 사람의 불륜을 눈치조차

채지 못했던 나의 무딘 감각을 탓하기에 두 사람은 너무 멀리 가버
렸음을 나는 알고 있다.

작업장에 도착할 즈음 나는 엔진 속도를 줄인다. K가 얼른 일어
나 갑판에 쟁여 있는 어망을 내린다. 어망은 뱀처럼 스르르 물속으
로 잠수해 들어간다. 배의 속력을 최소한으로 낮춘다. 거북이걸음
처럼 배의 속도가 느려졌다.

아내는 별 말이 없다. 아내뿐 아니라 K도 말이 없기는 마찬가지
다.

어망을 다 내리자 K가 어망이 쟁여 있던 자리에 벌러덩 드러눕
는다. 아내가 그 곁에 쪼그리고 앉는다. 둘은 뭐라 말을 주고받지
만 키를 잡고 있는 내게까지 그들의 대화가 들리지 않는다. 휴식시
간은 한 시간 정도다.

아내는 바나나를 들고 기관실을 지나 배 키를 잡고 서 있는 내
게로 다가왔다. 바나나 껍질을 까 내게 건네주고 아내는 다시 K가
있는 갑판으로 간다. 잔바람에 배가 기우뚱거리지만 아내는 뱃전
을 짚고 조심스레 K 곁으로 다가간다. 아내의 얼굴이 환하다. 희열
에 들뜬 아내는 표정을 숨기지 못한다. 회칼로 가슴을 후벼대는 것
같은 통증이 훑고 지나간다. 하지만 나는 내색하지 않는다.

어망이 출렁출렁 물속에서 춤을 춘다. K가 힘껏 도르래를 감는
다. 갯벌로 시꺼멓던 그물 더미가 한 번씩 출렁일 때마다 그 색이
조금씩 달라졌다. 바닷물에 말갛게 세수를 한 어망이 서서히 그 모
습을 드러냈다. 만선이다. 하지만 만선의 희열은 느껴지지 않는

다. 배 엔진 속도를 올린다. 그물을 끄는 건 엔진인데 내 어깨가 뻐근하다.

"아직도 이렇게 불가사리들이 많아?"

로라로 끌어 올린 어망을 배 갑판에 올려 그 수확물을 쏟아부었을 때 아내는 실망했다. 아내의 반응처럼 갑판은 온통 불가사리 천지다.

"아무리 그래도 이건 너무 심하다. 그래도 추석에 쓸 새우는 들 줄 알았는데……"

이제 아내는 울 기세다. 목소리에 소나기 같은 물기가 실려 있다. 지난 5월부터 이 작업을 계속해 오고 있지만 오늘 같은 불가사리 떼는 처음이다. 어차피 불가사리 퇴치가 조업의 목적임을 모를 리 없는 아내다. 또 어느 해라고 불가사리가 없었던 해는 없었다. 작년에도 10년 전에도, 30년 전에도, 그러니까 내가 처음 배 생활을 시작하던 20대에도 불가사리는 많았다. 다만 요 근래 너무 많은 불가사리 떼로 인해 일반 조업이 힘들어졌다는 것이 다르다.

불가사리가 극성을 부리기 시작한 것은 2년 전부터다. 내가 아는 종류만 해도 다섯 가지는 된다. 가장 흔한 놈은 별 불가사리다. 녀석들은 토착종이다. 솔직히 이 별 불가사리의 존재는 그리 위협적이지 않다. 어쩌면 먹이 사슬의 공생관계에 있기도 했다.

문제는 외래종인 아무르불가사리다. 토착종인 별 불가사리는 다리 길이가 길고 몸체가 딱딱하고 표면이 거칠거칠한 반면 아무르불가사리는 손으로 눌렀을 때 감촉이 푹신거리고 희거나 누르스름한 몸체 위에 얼룩덜룩한 푸른 점무늬가 있어 남자인 내가 봐도 상당히 혐오스럽다. 경험상 놈들만큼 질긴 생명력을 가진 생물체가 있을까 싶을 만큼 번식력도 무섭고 먹성 또한 엄청나다. 몸 색깔은 연한 노랑 색으로 보라색 얼룩이 있고 크기가 10~20cm 정도된다. 불가사리들이 다 그렇듯 요놈들도 다섯 개의 팔을 가지고 큰 별 모양을 이루고 있다. 몸통에 해당하는 체반을 중심으로 팔이 방사상으로 뻗어 있으며 체반과 팔 사이는 잘록한 편이다. 연안에서 깊이 약 100m에 이르는 바다 밑 모래뻘에 살면서 주로 조개류를 잡아먹는데, 성숙한 아무르불가사리 한 마리가 하루 동안에 멍게 4개, 전복 2개, 홍합 10개를 먹는 바다의 포식자이다. 놈들은 먹이를 포식할 때 몸의 중심부에서 뻗어 나간 다섯 개의 팔로 조개를 감싼 후, 팔 밑에 무수히 붙어 있는 관 족으로 압박을 가해 조개 입을 강제로 벌린다. 조여드는 힘을 견디지 못한 조개류가 조금이라도 입을 벌리면 잽싸게 속살을 꺼내 먹어 치운다. 그러다 보니 바닷물 속의 해산물들이 남아나는 게 없다.

그 심각성에 시 차원에서 불가사리 퇴치를 위한 조업에 어선들을 동원했다. 하루 조업에 나서면 기름값과 일당을 포함해 30여만 원의 지원금이 주어지지만 수지맞는 일은 아니다. 솔직히 기름값 제하면 노동력에 비해 남는 게 별로 없다. 하지만 시의 수산과에서도 더 이상 어쩔 수 없다. 별 뾰족한 수가 없는 것도 현실이다. 어차피 그 작업이 궁극적으로 보면 어민인 우리를 위한 일임을 모르지 않기 때문이다.

"오늘은 건질 게 하나도 없을 것 같네."

아내를 돌아보며 나는 건조하게 말했다. 심기가 불편했다.

"으이그, 징그러!!"

아내는 새삼스레 그물코에 끼여 다리가 부서진 불가사리 더미를 삽으로 밀어냈다. 불가사리의 몸체는 찢겨지고 부서졌어도 반짝반짝 빛이 난다. 그대로 저 불가사리 더미를 물속에 넣으면 몸에서 잘려나간 다리도 며칠 있으면 새로운 개체의 한 마리 불가사리로 복원이 될 터였다. 다리 한쪽만 있어도 그 다리에서 새로운 다리를 만들어 새로운 개체로 살아나는 불가사리, 그 생명력은 가히 사람의 상상을 초월한다. 만약에 사람도 그런다면 어떻게 될까, 신체 중 하나가 떨어져 나가 그 떨어져 나간 신체가 다른 개체의 인간으로 재생된다면 과연 이 세상은 어떻게 될까? 그러면 굳이 결혼이라는 제도를 통해 종족을 번식시키려 하지는 않을 것 아닌가, 결혼이라는 제도가 아니었다면 나는 아내를 구속하지 않았을 것이며 아내의 일탈에 대해 이토록 배신감에 치를 떨지 않아도 되지 않았을까,

"넘들은 고래도 그물에 걸려 들었다드만……"

밍크고래를 잡은 어느 어부의 횡재를 상기시키며 아내의 관심을 끌어 보려 혼잣말처럼 중얼거렸지만 아내는 내 말에 귀 기울이지 않는다.

서너 번의 어장 질로 갑판은 불가사리로 산을 이루었다. 끝없이 잡아내고 잡아내도 그 씨가 마르지 않을 것 같아 나는 그것이 불길

하다.

작업은 오후 네 시쯤 끝이 났다. 불가사리를 다 골라내고 갑판 바닥에는 숫자를 셀 수 있을 만큼의 새우와 게 몇 마리, 형체가 흐물흐물한 해삼이 몇 마리 굴러다니고 있다. 아내는 점심식사를 담았던 고무다라에 새우와 게와 해삼을 던져 넣고 옆구리에 끼더니 자기 할 일이 끝난다는 듯 총총히 배에서 내려 선착장을 빠져나갔다. 더 이상 이 배에 미련이 없는 사람 같다.

배에 남은 나와 K는 불가사리를 컨테이너 상자에 담는다. 그것을 배에서 내려 선착장 옆 공터에 쏟아 널어 말려야 한다. 놈들의 질긴 생명력을 알기에 다리 하나도 다시 바닷물 속으로 돌려보내서는 안 되기 때문이다.

바짝 말려 공터 한쪽에 포대에 담아 쟁여 놓으면 시 청소차가 수거해갈 것이다. 그 작업이 끝나자 K는 입고 있던 작업복을 벗어 손에 들고 내게 가볍게 고개를 숙여 인사를 한다. 이제 자신의 임무가 끝났음을 표현하고 있었다. 나는 잠시 아내가 갔던 길을 총총히 올라가는 K의 뒷모습을 뚫어지게 바라본다.

바닷물을 끌어 올려 뱃전을 청소하고 집으로 들어왔을 때, 아내는 잠이 들어 있었다. 손에는 휴대폰을 쥐고 침대에 새우처럼 웅크리고 잠이 들어 있었다. 아니, 잠이 든 척하고 있었다. 늘 보는 아내의 잠든 모습이 새삼 사랑스럽다. 단 한 번도 아내가 사랑스런 여자라고 생각해 보지 않았다.

내가 이불 속으로 들어가자 아내는 격정적으로 나를 더듬었다. 아내는 내 입술을 찾아 비벼대다 온몸을 비틀며 나를 휘감아 끌어안았다. 아내의 숨소리가 거칠고 다급했다. 아내는 나를 그, K로 느끼고 있음이 분명했다. 아내에게서 다시 바람 냄새가 났다. 산불이 났을 때 나는 낸내 같았다.

아내는 바람이 불면 섹스를 하고 싶어 했다. 20년도 훨씬 더 지난 그때, 완도항 부둣가 상록 다방의 주방 곁에 딸린 창고 방에서 처음 아내를 안던 날도 바람이 몹시 불었다. 파도가 높아 배가 조업에 나서지 못해 무료한 시간을 달래려 상록 다방에 죽치고 앉았던 나를 교도소 독방 같은 그 방으로 이끌던 아내의 대담함도 바람이 불었기에 가능했으리라 나는 짐작하고 있다.

나는 내 목을 감싸 안은 아내의 손을 떼어 냈다. 그리고 몸을 일으켜 아내의 몸에서 떨어졌다. 반쯤 벗겨져 있던 바지를 추스르고 아내에게 이불을 덮었다. 아내가 일어났다.

"당신이었어?"

대담한 물음이다. 당신이었어? 라니, 그렇다면 다른 이가 와서 자신을 안을 수 있다고 상상했던 걸까, 아내는 내가 그것을 눈치채기를 바라고 있는 건 아닐까 싶었다.

아내는 내가 왜 자신을 안았다 그만두었는지 묻지 않았다. 나는 어색함을 감추기 위해 리모컨으로 텔레비전 채널을 맞췄다.

"저녁밥 차려?"

아내가 물었다. 물어볼 필요 없는 상황이다.

나는 아내를 빤히 쳐다본다. 내 눈치가 이상하다고 여겼는지 아내는 침대에서 일어나 흐트러진 머리칼을 쓸어 올려 화장대에 놓인 고무줄로 머리를 뒤로 묶는다.

"테레비 그만 보고 얼른 나와."

아내는 내가 텔레비전을 시청하고 있다고 여기고 있었다.

"동창인데 가 봐야지……."

아내가 외출을 하면서 자신의 행선지를 알리거나 이유를 둘러대는 것이 어색했다. 마치 자신의 행동을 정당화하려는 듯 아내는 자연스럽게 동선을 설명했지만 나는 그것이 진실이 아님을 알고 있다.

"꼭 가야 해?"

부질없는 질문인지 알면서도 나는 아내에게 물었다. 아내가 눈을 흘겼다. 예쁘다. 아니, 그 남자를 향해 질투가 난다.

어수선하게 추석을 지내고 일상이 돌아왔다. 대학생인 두 딸도 학교가 있는 지역으로 돌아가고 남은 아이들 역시 저마다의 학교생활에 충실했다.

아내는 남자와 여행계획을 세웠다. 내게 동창 부모의 부고를 핑계했다. 누군지 모르는 아내의 동창은 지금 부모상을 당했다. 아내는 그 동창의 부모가 살고 있는 도시로 조문을 간다고 했다. 그러면서 그럴듯하게 검정계통의 어두운 옷을 고르는 시늉을 하며 옷타박을 했다.

아내가 수선스럽게 집을 나갔다. 아내를 태운 택시가 미련 없이 집을 떠났다. 허전함이 밀려왔지만 더 이상 미련은 없다. 아내가 집에 미련을 두지 않듯 나 역시도 아내에 미련을 거뒀다.

아무도 없는 집 거실은 고요하다 못해 적막하다. 가끔 길게 울리는 도로의 자동차 경적 소리가 아니라면 세상이 멈춰버린 허탈감 같은 게 밀려들었다.

"차라리 이혼을 해줬다면 그 두 사람이 같이 살았을까요?"

여자가 눈을 동그랗게 뜨고 물었다. 그러기를 바라냐고 묻는 것 같다.

"오히려 더 식어지지 않았을까요?"

그건 내 희망 사항이었다. 아내를 보면 그들이 쉽게 끝낼 관계는 아니라는 것을 나도 알고 있었다. 살아온 생활환경이 너무나 달랐던 두 사람이 하늘의 뜻을 알아간다는 지천명을 눈앞에 둔 나이도 불구하고 5~6개월 동안 미친 듯 서로를 탐하며 시간을 보냈다. 배우자를 속이고 드라이브 즐기고 남의 눈을 피해 유원지의 으슥한 곳에서 애정행각을 벌이기도 했다. 그들에게 싹이 튼 연애 감정이 쉽게 사그라지지 않을 거라는 것을 여자도 알고 나도 알고 있었다.

"그럼……"

나는 어떻게 했어야 하느냐고 여자에게 물었다.

"난 남편은 놔 주고 싶었어요. 아니, 그냥 놔 줬어요."

"……"

"용서하기로 하고 보낸 거 아니었나요?"

여자가 따져 물었다. 나는 그들을 용서하지 못했지만 표면상 여자는 남편을 이해하고 있다고 했다. 용서할 수도 있음으로 나를 설득했다.

"용서가 뭔지 아십니까?"

내가 새우처럼 가는 눈을 최대한 동그랗게 뜨고 여자를 바라봤다. 그러면서 말을 이어갔다.

"용서란 죄를 지은 사람이 그것에 대해 잘못을 인정하고 반성하며 사죄의 마음을 드러냈을 때 하는 게 용섭니다. 그들이 용서를 구했나요? 사죄하던가요? 잘못을 인정했느냐고요."

나는 참았던 분노와 누구와도 나눌 수 없었던 불안의 응어리를 화풀이를 하듯 속사포처럼 원망을 쏟아냈다. 여자는 대꾸할 말을 찾지 못했는지 고개를 숙였다.

여자는 방파제 아래로 발길을 옮겼다. 들고 있던 종이컵을 구겨 바다를 향해 멀리 던졌다. 종이컵은 물가에 닿지 못하고 자갈 위에 쓰레기로 버려졌다. 종이컵은 바람에 못 이겨 또르르 굴러 돌 틈에 제 몸을 감추었다.

"저희는 아이를 낳지 못해요. 남편 건강이 문제가 있거든요. 아마 남편은 당신 아내의 건강이 부러웠을 겁니다. 병약한 자신에게는 없는 강한 생명력이 너무 부러웠겠지요. 늘 제게 말했어요. 어떻게 아이를 다섯이나 낳아 키울 수 있냐고요."

남편을 옹호하는 여자의 눈이 선했다.

"이해할 수 있다는 건가요?"

내가 물었다.

"그런 여자로부터 유혹을 받았다면 뿌리치기 어려웠을 거라는 거지요."

여자는 모든 원인은 아내에게로 돌리고 있었다. 그 말이 틀린 건 아니지만 여자의 그 안간힘이 안쓰럽고 측은했다. 그렇다면 나 역시 아내를 변명해야 했다.

딸만 다섯을 줄줄이 낳고, 요즘 세상에 그러니까 한 명도 키우기 힘들다고 엄살 피우는, 그런 시대에 시어머니로부터 아들도 낳지 못하는 며느리라는 구박을 당하고 살아온 20여 년의 세월을 설명해줘야 했고, 빚이라는 굴레에 얽매여 피지도 못하고 시들어가던 청춘을 얘기해야 했고, 그 빚 때문에 마음에도 없는 남자에게 팔려 와야 했던 그 시절을 이해시켜야 했다. 여덟 살이나 차이 나는 늙은 남자와 밤새워 그물을 끌어야 하고 돌아와서는 시어머니의 눈칫밥을 먹어야 하는 고단함을 설득시켜야 했다.

여자가 나를 빤히 쳐다보았다.

"당신도 나도 참 한심한 부류의 사람인 것 같아요."

참으로 낯간지러운 핑계를 서로에게 변명처럼 늘어놓았던 것을 여자는 부끄러워하고 있었다.

갈매기가 머리 위를 날고 있었다. 멀리 100톤쯤 되는 화물선이 느리게 지나고 있었다. 밀려 내려갔던 바닷물이 쏴 하는 소리와 함께 바리게이트를 만들어 밀려 들어왔다. 해변까지 밀려온 바다 쓰레기들이 미처 파도에 휩쓸리지 못하고 자갈밭 위에 무더기로 쌓여 있었다. 그 틈새에 불가사리 떼가 썩어가고 있었다. 불가사리 썩는 냄새에 얼굴이 찡그려졌다.

—후두둑 후두둑……—

흐리던 하늘에서 빗방울이 강하게 흩뿌렸다. 여자가 머리 위로 팔을 올려 비를 피해 보려 했다.

"이제 돌아가야지요."

비가 오지 않더라도 더 이상 할 말이 남아 있지 않았다.

"이제 놔 줍시다."

나는 여자를 바라보며 이제 마무리를 해야지 않겠느냐고 내 의중을 밝혔다. 여자가 고개를 끄덕였다. 단호한 내 어조에 여자는 반론하지 못했다. 그녀는 자신의 의지와는 상관없이 내가 이끄는 대로 따를 수밖에 없다는 체념이거나 기대거나, 그랬다.

비는 밤을 새워 줄기차게 내렸다. 가을비치고는 강우량이 엄청났다. 뉴스에서는 기록적인 폭우에 산사태가 났고, 시내 저지대는 집 안방까지 물이 찼다고 보도했다. 농작물의 피해는 가을 물가를 걱정했고, 갓 파종한 마늘이며 김장 채소가 물 폭탄에 휩쓸려 버린 현장을 생중계했다. 그리고 해안가에 쌓여 있던 쓰레기더미가 형체도 없이 바다로 다시 쓸려 내려갔음을 친절하게 설명하고 있었다.

－딩동－

휴대전화 문자 음이었다.

－완전범죄!!!－

여자가 보낸 문자의 제목이었다. 그리고 첨부된 동영상.

동창 부모의 조문을 핑계로 집을 나간 아내와 K는 그날 밤까지 이 지역을 떠나지 못하고 있었다. 해가 저물고 어둠이 석포유원지를 완전히 덮었을 때 두 사람은 석포 방파제 끝에서 갈등하고 있었다. 둘 다 훌훌 털어버리고 훌쩍 떠나버리기엔 미련이 남아 있었던 모양이었다. 아니, 아내를 보면 꼭 그런 것만도 아니었다. 아내는 내게나 아이들, 또는 가정이라는 울타리에 대해 추호의 미련도 없어 보였다. 아내가 집을 나설 때의 그 설렘에 부풀어 있던 얼굴을 떠올려 보면 아내는 더 이상 나와 남아 있는 자식들에 미련이 없었다.

비교하자면 아내에 비해 K가 오히려 홀가분해야 맞는 상황이었다. 객지에서 흘러들어와 자리를 잡은 지 3년도 채 되지 않는 지역이며 그 아내와의 사이를 이어줄 그 어떤 끈도 존재하지 않는 K는 이 지역을, 혹은 자신의 아내를 떠나는 것에 별 미련이 없을 터였다. 하지만 상황은 그 반대였다. K는 많이 망설였고 그를 설득시키는 아내는 비굴하기조차 해 보였다.

그 시각에 내가 그들을 찾아가지 않았더라도 그들은 어쩌면 극단의 선택을 했을지 모른다. 내가 트럭을 돌진시켜 그들을 검은 밤바다에 빠뜨리지 않았어도 아내는 K의 우유부단함을 못 견뎌 했을 터였다. 다시 남편인 내게로 돌아갈 수 없을 만큼 굳어져 버린 K를 향한 감정의 불길을 끄긴 이미 늦었음을 아내는 알고 있었다. 어쩌면 나는 너무 성급했는지 모른다. 조금 더 여유를 가지고 지켜봤더라면 나는 그들이 불륜의 대가를 불행으로 마감하는 기회를 줄 수도 있었다.

지난여름 내내 그물로 건져 올린 불가사리 떼를 쌓아 놓은 그 쓰레기더미 속에 파묻지 않았어도 그들은 어차피 하늘의 심판을 받을 수밖에 없었을 것이다. 누군가는 그들의 죄를 단죄해야 했다는 말이다.

나는 여자가 찍어 보낸 동영상을 감상했다.

내가 의식이 없는 두 사람을 물에서 끌어 올려 쓰레기더미에 파묻는 장면과 어젯밤 비바람에 씻겨 형체도 없이 사라져버린 쓰레기더미가 쌓여 있던 장소를 촬영한 동영상이었다.

웃음이 났다. 허망했다. 내가 꿈꾸었던 완전범죄가 성공했음을 인정했다.

나는 천천히 작업복을 챙겨 입는다. 이제부터는 아내를 찾아야 한다. 아내는 바닷물 속 어디선가 나를 기다리고 있을 것이다. 밍크고래가 되었든 불가사리가 되었든 아내는 내가 자신을 구해 줄 거라고 간절히 기다릴 것이다.

배를 정박해 둔 선착장에 나갔을 때 그곳에 여자가 먼저 나와 나를 기다리고 있었다. 여자에게서 화장품 냄새가 진하게 풍겼다.

아내가 남자를 만나고 들어오던 날 나던 그 바람의 냄새다.

배를 묶고 있던 밧줄을 끌러 먼저 배에 오른 나는 여자를 향해 손을 내밀었다. 선착장에 서 있던 여자가 내가 내민 손을 잡았다. 여자는 거부하지 않고 배에 올랐다. 물기가 남아 있는 뱃전이 미끄러워 파도의 출렁임에 익숙하지 않는 여자가 기우뚱했다. 나는 엉겁결에 여자의 어깨를 감싸 안았다. 여자의 어깨가 더 얇아진 것 같다.

(여자는 사냥꾼에 쫓기는 작은 짐승처럼 부르르 떨면서 내 품에 안겨든다. 그 떨림이 내 온몸을 자극한다. 예상치 못했던 돌발 행동이다. 아니 그것은 예상했고 각본에 있었던 행동이긴 했다. 분명 이건 연극이야, 나는 이 무대에 서 있을 때만 이 여자를 안을 수 있어. 나와 이 여자는 배우일 뿐이야. 나는 스스로를 그렇게 다짐시킨다. 남자가 아내에게 했던 대로 여자의 입술에 키스를 하고 두 손을 여자의 가슴에 댄다. 우리는 서로의 눈을 맞추고 긴 포옹으로 복수의 오르가즘을 느낀다. 각본대로라면,)

더 이상 바람은 불지 않았다. 갯벌을 파 올린 어망이 바닷물이 흔들릴 때마다 출렁이며 어획물을 씻어냈다. 이제 불가사리는 없다.

이제 불가사리가 아닌 밍크고래를 잡을 것이다.

여자가 나를 보며 웃는다. 그리고 '꺽꺽꺽……' 웃음인지 울음인지 알 수 없는 소리를 질러댄다. 나도 여자를 따라 웃는다. 아니, 울고 싶다.

가두리

집안 전체가 침묵에 눌려 있다. TV에서 흘러나오는 대화나 남편 귀에 대고 듣는 휴대폰에서 흘러나오는 유튜버의 목소리가 아니라면…… 사람이 사는 집인데도 인간의 목소리가 존재하지 않고 오직 기계나 미디어 속 음성만이 연기처럼 스며든다. 소란스러우면서도 적막한.

세상은 새벽미명에 잠겨있다. 바람 소리만 귓가에 웅웅거린다. 바람은 닫힌 유리창을 덜컹이며 노크를 해 댄다. 형체가 없는 소리가 눈에 보이는 것처럼 들썩인다.

텔레비전은 쉬지 않고 자신의 기능이 살아 있음을 증명해 보이고 있다. 오래된, 15년은 족히 되지 않을까 싶은 텔레비전의 수명이 길다. 텔레비전은 남편의 전유물이다. 남편은 듣던 듣지 않던, 또는 보던 보지 않던, 습관적으로 텔레비전을 켜 놓는다. 그 혹독한 노동에도 지치지 않는 텔레비전의 체력이 가상하기까지 하다.

세상사, 특히 뉴스라는 이름으로 전해지는 크고 작은 사건 사고를 포함하여 세상의 잡다한 얘기들조차도 내게는 소음일 뿐인데 오래전부터 남편에게 텔레비전의 비중은 아내나 자식을 능가했다. 모진 삶을 혼자 버텨내야했던 남편의 처지를 생각해보면 이해되지 않을 것이 없다.

이번에 새로 알게 된 사실은 남편에게 텔레비전보다 더 애착하는 대상이 생겼다는 것이다. 어찌 보면 텔레비전에 대한 배신이지만 그렇다고 텔레비전을 멀리하는 건 아니니 굳이 그렇게 단정 짓기도 애매하다.

요즘 남편이 빠져 있는 것은 휴대폰으로 전해 듣는 유튜브 방송이다. 남편이 가장 흥미 있어 하는 콘텐츠는 가요방송이다. 특히 흘러간 옛 가요를 듣는 게 그의 취미가 된 듯하다. 그의 인생에 노래 부를 일이 없으니 그렇게라도 해서 노래를 따라 부르는 게 다행이라는 생각을 하면서도 그 모습이 내게 낯설다.

창문 너머로 펼쳐진 바다 위의 가두리양식장이 도열해 있는 연병장의 군대처럼 장엄하고 정연하다. 아직 어스름에 잠겨 있는 바다의 잔물결은 보이지 않는다. 다만 그 깊이와 넓이를 가늠할 뿐이다. 그곳은 육지와는 사뭇 다른 세상 같아 보이지만 기실 그리 다를 게 없다 그곳에도 생명체가 있고, 생존을 위한 치열한 먹이 다툼도 있고, 서로를 물고 뜯는 전쟁터이기는 육지와 마찬가지다. 다만 겉보기에 평화롭고 한가하다.

그곳에 남편의 양식장도 있다. 나는 지금 남편의 양식장이 어디쯤인지 그 자리를 가늠하고 있다. 20여 년의 세월동안 남편의 피와 땀이 어린 곳이다. 결혼과 함께 시작된 가두리양식 사업으로 남편은 자신의 존재를 세상에 드러내고 있다. 남편의 가두리양식 사업은 기업이다. 남편은 그 분야에서 입지전적인 모델이다. 거의 맨몸으로 시작하다시피 해 지금의 성과를 이루기까지 남편의 노력과 열정은 많은 사람들에게 귀감으로 전해지고 있다. 그런 남편의 입지가 움직이지 않고 팽팽하게 도열된 가두리 양식장 부표만큼이나 단단하다. 나는 지금 남편의 가두리 양식장의 규모가 어느 정도인지도 모른다. 가두리 칸수로 친다면 가로세로 8미터의 정사각형 가두리 칸 수가 백 칸도 넘는다고 들었을 뿐이다. 그 속에 몇만 마리의 어류가 들어 있는지 알지 못한다. 듣기론 우럭과 참돔이 대다수지만 한편에 5년 전부터 전복도 종패를 입식했다고 하니 그 규모를 가늠하기 어렵다. 다만 이제 포화 상태인 가두리 양식장의 전망이 그리 밝지 않다는 것은 남편의 넋두리를 통해 짐작할 뿐이다.

(현상유지만 해야지, 있는 것도 조금씩 정리를 해야 할 것 같아. 이제 늙었는지 힘에 부쳐.)

남편과 지인의 통화를 통해 나는 남편의 상황을 짐작했다.

(그래, 그럴 거야.)

나와는 상관없는 타인의 상황처럼 짐작하는 것 외에 어떤 조언이나 의견을 개진할 처지가 되지 못함에도 나는 그 상황에 길들여 있다.

신혼 초, 나는 남편과 단둘만 있을 수 있는 그곳이 너무 좋았다. 그리 행복하지 못했던 결혼 생활을 돌아봤을 때 그나마 짧은 행복의 기억이 있다면 그것은 아직은 내가 건강했을 때 남편과 가두리 양식장 일을 같이 하던 그 시절이었던 것 같다. 마주 바라만 보고 있어도 행복하던 때, 그의 손길만 닿아도 온 몸의 세포가 짜릿하게 전율을 느끼게 하던 그 시절, 찰나처럼 휙 지나버린 그 시간들이 아직도 그 양식장 구석 어디 한 귀퉁이에 얼룩처럼 남아 있지 않을까, 나는 기대를 하곤 한다.

가끔 그 행복했던 시절이 다시 내게 찾아올 수 있을까 꿈꾸곤 하지만 지금으로서는 요원한 일이 아닐까 싶기도 하다.

싸락눈이다. 메마르기만 하던 앞마당이 예기치 않은 손님에 잠시 소란스럽다. 하늘은 여전히 검고 흐리다. 나는 홀린 듯 눈발을 따라 마당으로 나선다.

싸락눈은 바람을 몰고 왔다. 시멘트 바닥인 마당에 백사장의 모래처럼 층을 이루어 물결 같은 그림이 그려졌다 지워지고 다시 그려지기를 반복한다. 싸락눈은 쌓이지 않고 흩어진다. 바람을 맞으며 마당에 앉아 싸락눈을 쓸어 모아 본다. 장갑을 끼지 않았는데 손이 시리지 않다. 눈발은 점점 거세진다.

"또 미쳤구나. 사람들 보기 전에 빨리 들어와."

평범한 사람이 느낄 수 있는 환경의 반응에 대한 자연스런 표현마저도 나는 억압되어 있다. 아내인 내가 가장 듣기 싫어하는 말인 줄 알면서도 남편은 그렇게 표현한다. 시간으로도 해결하지 못할 평생 짊어지고 가야할 멍에다. 나는 남편의 말을 무시한다. 남편도 내가 그의 말에 반응할거라 예상하지 않았을 것이다. 그저 나를 향한 불만을 그렇게 표현했을 뿐이다.

"눈이 오네."

365일 잠그지 않는 대문을 열고 들어온 여자의 목소리가 채 녹지 못하고 쌓여지는 눈 더미보다 더 시리게 차분하다. 그녀는 내가 마당가에 엉거주춤 서 있는 모습을 보면서도 내게 아는체하지 않는다. 여자는 도둑고양이처럼 남의 눈을 피해 날이 밝기 전에 내 집을 찾아 왔다.

"애들이 오면 뭐 입 다실 거라도 있어야 할 것 같아서 가져왔어."

이 집이 마치 자신의 집인 양 그녀는 거리낌이 없다. 오히려 손님처럼 느껴지는 사람은 이 집 주인인 나다.

오늘 내 아들 훈이 온다. 대학 2학년인 훈이 군입대를 앞두고 크리스마스로 외출을 나온 어미를 만나러 우리들의 집, 이곳을 찾아온다. 그것도 여자 친구와 함께…… 나는 오랜만에 어미인 나를 찾아오는 아이를 맞이할 아무런 준비를 하고 있지 않다.

훈은 오랫동안 엄마의 보살핌을 받지 못한 아이 같지 않게 공부를 잘했고 광주 인근의 특목고를 졸업하고 서울의 제법 이름 있는 대학에 입학했다. 장하고 대견하다. 다만 그 기쁨을 나는 아이와 나누지 못했다. 나는 그때도 지금도 아픈 사람이다.

여자는 집안을 청소한다거나, 음식을 만든다거나 하지 않는 나를 향한 한심한 속내를 남편에게 각인시키려 하고 있다.

"받아서 냉장고에 좀 넣어."

여자는 쟁반에 올려 작은 손수레에 끌고 온 밀폐용기며 찬합을 거실에 들여 놓으며 남편을 채근한다. 남편을 향한 여자의 말투가 거의 반말이다. 그 말투가 모래를 뒤집어쓰고 있는 것같이 불쾌하다. 그녀의 행동은 너무나 자연스럽다.

"뭘 이런 걸 다……"

남편은 귀찮은 표정을 지으면서도 시키는 대로 그녀가 내려놓은 음식들을 냉장고 쪽으로 옮길 것이다. 매사에 의욕 없어 하면서도 늘 그녀가 이끄는 대로 따라주는 남편의 속내가 옹색하다.

남편은 여자가 건네주는 물건을 냉장고에 채우고 있다. 영락없는 다정한 부부의 그림이다. 나는 그들을 외면하고 그 자리에 장승처럼 서서 눈 내리는 풍경에 빠져 있는 척한다. 그들에게 나는 투명인간에 다름 없는 것처럼 나도 그들을 투명인간 취급한다. 소심한 대처지만 그 이상 할 수 있는 게 없다.

"첫눈치고는 너무 많이 내리네. 도로 형편이 안 좋아 제 시간에 도착하기는 틀렸어."

"몇 시 출발 예정이었는데?"

여자가 거실로 들어오지 않고 현관에 걸터앉아 남편과 대화를 나눈다. 마치 자식을 기다리는 평범한 부모의 전형이다.

"첫차로 출발한다고 했으니까 오전에 도착하겠지 했는데 아무래도 늦을 것 같아."

"허긴 크리스마스에 주말이 겹쳐 연휴가 3일이잖아."

"오늘 안으로 도착하겠지 뭐."

남편이 무심하게 말을 돌렸다.

"아직도 상태가 안 좋아?"

여자가 나를 염두에 두고 속삭이듯 말한다. 이제 그 목소리는 많이 가라앉아 있다. 남편의 대답은 들리지 않는다. 또 고개를 끄덕여 무언의 수긍을 할 터였다.

"그런 걸 왜 데려왔어?"

이번에는 그 목소리가 조금 크다. 여자에게 나는 '그런 걸'로 표현되고 있다.

"훈이도 온다하고.⋯⋯"

"차라리 훈이를 그쪽으로 보내지, 상태도 안 좋은데 뭐 하러 집에는 데려와?"

"크리스마스니까 가족과 지내는 게 좋지 않겠냐고, ⋯⋯ 조금 괜찮아졌다고 하기도 해서."

남편은 요양원 핑계를 댄다.

"이제 요양원에서 나와도 좋대?"

여자가 경계하듯 다그쳐 묻는다.

"그거야 뭐⋯⋯"

얼버무리는 남편의 대꾸가 눈발처럼 푸푸 날린다.

"참 질기다 질겨!"

여자가 내지르는 한탄조의 푸념이 걸러지지 않고 눈발처럼 떠돈다.

"새삼스럽게 그런 걸 신경 쓰고 난리야……"

남편의 목소리에 짜증이 묻어 있다.

"지금 몇 년이야! 이제 정리를 해야 하는 거 아니냐고!"

나는 여자와 남편의 대화를 못 들은 척한다. 여자와 남편은 내가 그들의 대화를 듣고 있다는 것을 알고 있으면서도 나를 조심하지 않는다. 어차피 나와는 서류상의 부부일 뿐 서로에 대한 존재감은 먼지조차도 남아 있지 않다는 감정의 표현이다.

"달라질 게 뭐 있어?"

정리를 하건 이런 관계로 계속 지내든 뭐가 달라지겠냐는 남편의 설득이다.

나는 현관문을 붙들고 서 있는 여자를 밀치고 거실로 들어간다. 그리고 몸을 돌려 여자를 노려본다. 여자는 나의 반응을 미처 감지하지 못한다. 머리에 묻었던 눈이 녹아 물기가 얼굴에 툭 흘렀다. 나는 고개를 흔들어 머리의 물기를 털었다. 여자가 현관을 통해 거실로 올라선다. 돌아갈 기미가 없다. 더 이상 그들과 같은 공간에 있는 것은 고문이다.

나는 발소리를 세게 쿵쾅거리며 두 사람 앞을 지나쳐 안방을 향한다. 여자는 나의 돌발 행동에 놀라지 않는다.

"미친!"

그녀의 입에서 그 말이 튀어나올 듯하다. 그것은 어쩌면 내가 그들을 향해 내뱉고 싶은 욕지거리인지 모른다. 침묵이 이어진다.

"니네들이 사람이냐?"고 묻고 싶다.

내가 이 남자의 아내라고! 그 여자를 향해 소리치고 싶다. 하지만 나는 차마 그러지 못하고 입술을 깨문다. 그것을 주장할 만큼 나는 그 여자에게 당당하지 못함을 스스로 알고 있기 때문이다.

나는 그들에게 내가 이 현실 속에 있음을 상기하는 것으로 내 소임을 다했다고 만족한다.

안방은 아직도 어둠 속에 갇혀 있다. 이불을 뒤집어쓰고 누웠다. 잠이 올 것 같지 않지만 그들의 목소리로부터 해방되고 싶다.

이틀 전 요양원에서 나를 데리고 온 남편은 그날 이후 안방을 사용하지 않는다. 내가 집을 비우는 긴 시간 동안 그가 안방을 사용하는지 알 수 없지만 그는 내가 집에 있는 내내 안방을 쳐다보지도 않을 것이다. 거실에서 TV의 볼륨을 아주 낮게 켜 놓고 유튜브를 시청하다 잠이 들고 낮이면 앞바다에 있는 자신의 일터인 가두리 양식장에서 지내다 오거나 그것도 무료하면 마을 구멍가게에서 한 잔 술로 시간을 덜어내지 않을까, 그렇게 짐작할 뿐이다.

고립되어 있는 느낌, 집이라는 한 공간을 사용하면서도 나는 거실에 나가는 것이 조심스럽다. 남편만의 공간을 침범하는 것처럼 어색하고 낯설다.

한동안 그들의 목소리가 들리지 않는다. 대화가 아닌 눈빛으로 마음을 주고받거나 몸으로 말을 표현할 터였다. 그들의 애정행각이 장소를 가리지 않고 어디서나 지속되고 있음을 나는 알고 있다. 그 소리는 텔레비전 볼륨을 높인다 해서 가려지는 건 아니다.

사람들은 나처럼 정신적으로 아프거나 병들었거나 한 사람들을 향해 오해한다. 그들은 내가 들을 줄도, 말할 줄도, 생각할 줄도 모른다고 오해한다. 그들이 어떤 행위를 하건 그들은 정상이고 내가 어떤 행위를 하건 그것을 비정상으로 간주한다. 그들의 행위는 용서받을 행위이며 나의 행위는 비난받을 행위가 되어 버리기도 한다. 비록 어느 한 곳이 정상적이지 않아도 또 다른 회로에서 정상적인 사고와 결론을 찾을 수 있음을 그들을 간과한다. 어쩌면 남편과 그 여자가 내 앞에서 저토록 당당한 것이 그런 의식의 발로가 아닐까 나는 감히 이해하려 한다.

잠깐 잠이 들었던가, 참 무던한 여자가 나다. 여자가 집을 나서고 있다는 기척이 느껴진다. 그녀가 끄는 손수레 소리가 대문을 넘었다. 평안하고 싶다.

남편은 내가 안방에서 나오는 기척을 냈는데도 나를 돌아보지 않는다. 짐짓 휴대폰에 빠진 척 한다. 자세를 바꾸지 않고 카펫에 비스듬히 누워 트롯가요에 집중하고 있다.

통속적인 사랑이야기, 남편은 사뭇 진지하게 가요의 가사에, 또는 멜로디에 심취해진다. 들릴 듯 말 듯 멜로디를 따라 흥얼거리기도 한다. 그러다 남편은 눈물을 흘리며 울기도 한다.

한낮 대중가요의 가사나 멜로디에는 공감하며 안타까워하는 남편은 그 아내인 내가 겪었던 우울의 깊고 깊은 현실 도피에 대한 것은 왜 공감하지 못하는지 나는 그게 더 미스터리하다.

여자가 투명한 화채 그릇에 잣을 띄운 수정과를 내놓고 간 모양이다. 새우튀김과 사과 서너 조각이 접시에 담겨 쟁반에 올려 있다. 텔레비전에 눈을 고정시킨 채 수정과를 들이키는 남편의 모습이 자연스럽다. 휴대폰은 충전 중이다.

내가 지은 밥이나 음식을 입에도 대지 않는 사람이 그 여자가 만들어다 준 음식을 당연한 듯이 먹고 마시는 모습에 나는 다시 절망한다. 애써 감추려 해보지만 감춘다고 감정까지 속일 수는 없다. 남편의 속마음을 읽고 사는 내 가슴에 얼음 같은 찬바람이 훑고 지나간다. 초라하고 비굴한 집착은 지푸라기라도 잡고 싶어 하는 나를 붙잡고 놔주지를 않는다.

가끔씩 나는 누군가를 향해 목청껏 큰소리로 내 속에 쟁여있는 푸념을 쏟아내 보고 싶기도 했다. 들키지 않으려는 몸부림만큼 나를 지키려는 안간힘이 이제 정점에 다다른 듯 마음 둘 곳이 없다.

남편이 말없이 텔레비전을 끈다. 거실은 조금 환해졌다. 이제 남편은 잠을 청하려는 듯 발치에 있던 이불을 끌어 덮는다. 요즘처럼 물고기들의 먹이 활동이 활발하지 않을 계절이면 날이 새고 나서야 잠을 청하는 남편의 생활습관을 나는 이해하려 한다. 물고기들의 먹이 활동이 왕성할 시기에는 밤인지 낮인지 구별 없이 일에 빠져 한 달이고 두 달이고 가두리 양식장의 바지선에서 까무룩 일에 지쳐 토막잠으로 때우는 사람이다. 그런 그에게 겨울, 그것도 이처럼 일기가 고르지 않은 날은 그야말로 선물 같은 날이다.

이제 눈은 펑펑 무더기로 내리기 시작한다. 창문을 내다봐도 바다가 보이지 않는다.

넓은 창문을 통해 스며드는 아침이 차분하다. 커튼이 있었으면 오늘 같은 날 조금은 더 아늑하고 따스하지 않았을까 생각되어진다. 커튼이 없는 창문은 얼음처럼 시리고 투명하다.

아들 훈이 초등학교에 입학하던 해, 제법 양식장이 자리를 잡고 경제적으로 여유가 생겼다. 남편이 번듯한 집을 건축하고 싶어 했다. 건평 60평의 집을 건축했다. 대출까지 끌어와 지은 남편 인생의 첫 집이었다.

친정어머니가 손수 바느질을 해서 커튼을 만들어 걸어 주셨다. 하늘하늘 코스모스 무늬의 레이스가 하늘거린 뽀얀 속 커튼과 빛을 차단해주는 암막 기능이 있는 이중 커튼.

누군가는 집을 잘못 지었다고 했다. 집을 짓고 일 년 후 시어머니의 죽음과 나의 발병, 그렇게 불행은 한꺼번에 줄을 지어 찾아왔다.

그 버거움을 견뎌내기 힘들어 남편은 매일 술에 취해 살았다. 어쩌면 그 시기에 그 여자와의 관계가 시작이었는지 모른다. 제발 이혼을 해 달라며 아내인 내게 폭력을 행사하던 남편, 친정어머니를 찾아가 차라리 암이었으면 끝이 있지 않겠냐고 한탄했다는 사람.

그 어느 때인가, 만취한 남편이 조각조각 찢어놓았던 커튼, 그

후로 나는 남편을 이해하지 않는다. 절대로 다시는 창문에 커튼을 새로 달지 않을 것이다, 라고 스스로를 다짐시켰다.

똑딱똑딱 시계추의 작동음이 적막 속을 유영하고 있다.

남편의 코 고는 소리가 평화롭다. 나도 남편 옆에 누워본다. 남편은 새우처럼 등을 구부리며 돌아눕는다. 한 공간에 누워 등을 돌리고 자는 사람, 그 등을 바라보고 있어야 하는 나의 서러움을 남편은 모른 척 한다. 남편의 품에 안겨 잠들었던 적이 있기는 했던가, 기억이 홀씨처럼 푸르르 날렸다. 나는 남편의 허리에 팔을 올려 본다. 가슴이 콩닥거린다. 얼마 만에 느껴보는 남자의 체취인지 그 기억을 되살리려 애를 쓴다. 생선회를 먹었을 때 느껴지는 날 것 그대로의 남편 냄새에 숨이 멎을 것 같다. 나는 쿵쿵대며 남편에게 조금 더 다가간다.

그가 무심하게 몸을 뒤척인다. 내 팔이 방바닥으로 떨어진다. 가슴이 싸하다. 돌아보지도 않고 잠꼬대처럼 내뱉는 헛기침 같은 신음이 그의 등을 넘어 내 눈앞에 나동그라지는 것에 가슴이 저리다. 그 저림은 습관화 된 통증이다. 나와는 대화 자체를 거부하는 남편의 냉담함과 무관심이 게딱지처럼 내 상처를 덮고 있다. 그 무안함에도 나는 뻔뻔하게 아무렇지도 않은 척 한다. 아내라는 여자를 향한 자신의 감정 표현을 그런 식으로 하는 남편의 무뚝뚝함을 이젠 견뎌낼 만큼 내성이 생겼다.

늘 그렇게 남편과의 관계는 딱지가 앉으려는 상처를 손톱으로 긁어내는 듯 미세한 통증을 유발한다. 누군가 한쪽이 죽어버리면

이 끝이 나지 않을 것 같은 평행선 위의 줄타기도 끝이 보일 것 같다. 아니, 내가 미련을 버리면 문제되지 않을 일이다. 이제 적응될 때도 되지 않았느냐는 위로는 겪어보지 않는 사람들이 할 수 있는 가장 쉬운 인사말이다. 이제 나는 그 말이 듣고 싶지 않다. 가끔은 내 욕구가 무참하게 짓이겨 내팽개쳐질 때, 순간적이지만 나는 종종 남편을 죽이고 싶다는 살의를 느낀다. 가슴으로부터 겨울의 산자락에 누운 듯 싸늘한 기운의 전율이 온몸을 타고 흐른다.

문득 외로움이란 단어가 비수처럼 깊게 가슴을 찌르며 파고든다. 이런 감정이 외로움이구나, 누구와 함께 할 수 없는 절해고도에 남겨진 듯, 적막에 온몸이 시리다.

문득 남편에게 닥쳐온 위기를 나는 회상한다. 홀어머니와 근근이 살아가던 남자에게 가정이 생겼다. 사랑스런 아내와 자식이 생겼고 이제 자신을 위해 희생의 삶을 살아온 홀어머니와 아내와 아들과 행복하게 삶을 꾸려갈 희망에 부풀었을 터였다. 당장 손에 잡혀 있던 그 평범하고 소소한 일상이 영문도 모른 채 하루아침에 부서졌다. 극복될 줄 알았던 고부갈등이 그렇게 심했을까, 아님 다른 이유가 있었을까. 남편은 그것도 받아들여지지 않았을 것이다. 모든 원인은 아내 탓이었다. 어머니의 극단적인 선택과 그 결과를 받아들일 준비가 되지 않았던 남자는 누군가에게 그 책임 소재를 돌리고 싶었을 것이다. 그 아내가 그것을 받아줄 내공이 있지 않음도 그는 모르고 있었다. 그저 어머니를 향한 안타까움과 애절함은 그 모든 원인 제공자가 아내여야 했다. 그래야 그는 견딜 수 있었을 것이다. 남편은 그 미움으로 버틸 수 있었을지도 모른다. 그 아내가 견뎌 줬었다면, 그의 책임 전가를 아내인 내가 받아들일 수 있었다면 얼마간은 힘들었겠지만 나와 남편은 그 힘으로 잘 견뎠을 것이다. 하지만 아내는 그렇게 단단하지 못했다. 깊고 깊은 우울 속에 갇힌 아내는 그 어둠 속에 갇혀 나오지 못했다. 그것은 현재 진행형이다.

그 암담한 시기를 홀로 누워 이런 고독을 처절하게 느꼈을 남편을 이해하고 싶다.

남편은 둘째 오빠의 고등학교 동창이다. 오빠는 대학을 졸업하고 아버지가 운영하시던 자망업을 정리하고 가두리 양식을 시작했다. 해양고등학교를 졸업한 오빤 대학에서의 전공인 경영학을 포기하고 당시 고등학교를 졸업하고 지역의 제법 성공한 가두리 양식장에서 관리자로 일하던 남편과 동업형식으로 가두리 양식업 실전에 뛰어 들었다.

남편과의 만남은 오빠의 사업장에서였다. 여고를 졸업하고 취업하기 전 오빠 일을 잠깐 도와준다는 것이 어찌 보면 내 인생의 가두리가 되어 버린 셈이다.

결혼생활은 전쟁의 서막이었다. 친정어머니의 극심한 반대가 납득되는 나날이 이어졌다. 흔히들 말하는 모태 신앙이라는 가족력으로부터 벗어날 수 없었던 나의 반항과 교회 권사라는 직분의 친정어머니의 목숨을 건 반대를 이겨낸 승리의 전리품은 내 예상을 너무 빗나가 있었다. 그 대가는 너무 혹독했다. 나의 그 철없음을 자책할 사이도 없이 나는 혼돈의 소용돌이 속으로 빨려 들어갔다. 뼈저린 후회를 한들 돌이키기엔 이미 늦어 있었다.

시어머니는 무속인이었다. 그 사실은 결혼 전부터 인지하고 있었다. 다만 그것이 내 결혼생활을 흔들 만큼 큰 변수로 작용할 거라 예상하지 못했던 나의 우둔함은 두고두고 나를 자책하게 했다. 아니 조금은 예상하기도 했겠지만 그로 인한 영향이 내 결혼생활에 얼마나 치명적인 영향을 끼칠지 알지 못했다.

시어머니와는 같은 집에 살았다. 엄밀히 말하자면 우리 부부의 생활권은 바다 위 가두리 양식장이었고, 시어머니는 육지의 살림집에서 홀로 생활하고 있었다. 우리 부부는 날씨가 궂어 바다 위에서 작업을 할 수 없거나 물고기의 먹이 활동이 뜸한 겨울 같은 때만 육지의 집에 돌아왔다. 물론 평상시에도 수시로 집에 들러 생활 전반이 공유되는 것은 사실이지만 그래도 자주 부딪히지 않는 것만으로도 나는 우리의 생활이 잘 유지되어 질 줄 알았다.

시어머니의 방은 어둠이 가두어져 있었다. 가끔 촛불이 켜져 있곤 했지만 그 촛불로 인해 더 은밀했다. 그곳은 침범할 수 없는 세계였다.

전류의 짜릿한 감전 같은 자극은 길들여지지 않은 무중력상태의 우주를 거니는 것 같은 차원이 다른 세계를 경험케 하기도 했다. 누군가가 나를 지켜보고 있는 것 같은 느낌. 내 안의 기를 다 빼앗아 가버리는 것 같은 기분 나쁜 냉기에 가끔씩 온몸이 오그라드는 전율의 실체를 알게 되기까지 참 많은 시간과 아픔이 있었다.

진공의 공간 속으로 들어온 것 같은 신기가 흐르던 시어머니의 방. 아직 젊은 청상의 여자인 시어머니는 먹잇감을 노리는 승냥이처럼 그 방에 웅크리고 앉아 나를 노려보고 있었다. 남보랏빛 은은한 커튼이 드리워진 벽장에서 흐르는 괴기, 그곳은 사람을 압도하는, 말로 표현되지 않는 신비로움이 있었다. 시어머니는 그 속에 숨어서 실체를 드러내지 않았다. 노출되지 않는 존재로 스스로를 가두어 놓고 있었다.

시어머니는 대 놓고 나를 질투했고 미움의 씨를 뿌렸다. 나는 그 씨앗을 품고 내 안에서 키우고 있었다. 시어머니는 자신의 신을 내게 강요했고 습관과도 같았던 기독 신앙으로 무장된 내게 시어머니의 무속은 거의 혐오의 대상이었고, 그것을 받아들이기엔 그 괴리가 너무 컸다.

그녀와 나는 서로를 경계했고 팽팽하게 대립했다. 그것은 드러나지 않아 아무도 두 사람의 영적 전쟁을 눈치채지 못했다. 그녀는 자신만의 공간에서 무언가 주문을 외우기도 하고 휘파람 같은 소리를 내 지르기도 했다. 시어머니는 잠을 자지 않고도 살아지는 사람이었다.

시어머니가 나를 향해 세운 발톱을 드러내면서 내 속에서 누군가가 내게 싸우라고 지령했다. 나는 숨이 막혀 죽을 것 같았다. 아니, 점점 조여 오는 목 졸림을 더 이상 견디지 못할 것 같았다.

우리 고부는 부딪힐 때마다 전쟁을 치르며 으르렁거리며 서로를 할퀴었다.

세상에 얽혀서는 안 되는 인연이 있다는 것을 시어머니를 통해 알게 되었다. 후회는 부질없는 것이었다. 이미 피할 수 없는 나의 현실 속으로 들어와 버린 보이지 않는 영적인 것에 대한 대처는 생각처럼 쉽지 않았다. 그때부터 집에 있는 모든 문들은 지옥으로 통하는 출입구가 되었다. 내 인생은 불행이라는 블랙홀로 빨려들고 있었다.

그때, 시어머니에 굴복하며 그녀의 신을 받아들였다면 내 삶이 지금보다 평온했을까. 가끔 나는 내 고집으로 나의 행복이 짓이겨져 버린 건 아닐까 되돌아보기도 한다. 진심은 아닐지라도 시어머니의 신을 따르는 시늉이라도 했으면 그냥 보통 사람들처럼 평범하게 살아지지 않았을까 하는 자책을 해보기도 한다.

기억을 떠올리는 것만으로도 죽음 같은 공포가 있다. 내게 시어머니의 죽음이 그랬다. 극단적인, 그래서 더 납득되지 않는 그 죽음에 대한 책임은 오롯이 내가 감당해야 할 몫이었다. 세상은 나를 향해 시어머니를 죽음으로 몰아넣은 사악한 며느리라는 굴레를 씌웠다. 생각해보면 그 역시도 시어머니의 각본이 아니었을까. 목숨을 내던져서라도 나를, 아니 내가 가지고 있는 신앙을 이겨내고야 말겠다는 집념, 시어머니라면 충분히 그럴 수 있다고 나는 생각했다.

(가자, 나랑 같이 가는 거야.)

쉿소리, 시어머니 특유의 녹슨 톱니가 갈리는 무당의 목소리였다. 동이 트려면 아직 이른 시간이었다. 시어머니는 내 손목을 잡고 놓지 않았다. 아무리 용을 써서 빠져나오려 해도 시어머니는 나를 놔 주지 않았다.

하룻밤 사이에 차를 타지 않고 걸어서 전주까지 갈 수 있었다는 것은 지금도 풀 수 없는 불가사의다. 어디로 다녔는지, 무엇을 했는지 기억에 없다. 그것이 내가 경험한 기억 상실이다.

내가 사람들에게 발견되었을 때 흡사 나의 모습은 귀신에 다를 바 없었다고 사람들은 얘기했다. 사람의 형상이 아닌 나를 사람들은 파출소로 데려갔고 파출소에서는 지문 조회를 통해 나를 남편에게 인계했다. 집으로 돌아왔을 때 나는 집을 나간 지 일주일이 지나 있었고 거의 모든 사람들은 내가 죽었거니 짐작했을 정도였다고 한다. 무얼 먹었던 기억도, 어디서 잠을 잔 것도 아닌 것 같은데 너무나 멀쩡하게 돌아왔다.

신발을 신지 않은 발은 돌부리에 채였는지 까진 자리에 피가 응고되어 딱지가 앉아 있었고 가시에 찔린 곳은 고름이 차 있기도 했다고 한다. 나의 그런 몽유병 같은 방랑은 한 달에 두어 차례씩 되풀이되었다. 그때부터 나는 미친년이었다. 남편에게, 세상 사람들에게 나는 정신 나간 년이었다. 나는 그 말에 반론할 아무런 대책이 없었다. 나는 미친년이었으니까. 나의 치유되지 않는 발병의 시작이었다.

병원 특유의 소독약 냄새가 진동을 한다. 머리가 깨어질 듯 지

끈거린다. 부산한 움직임이 느껴진다. 눈을 떠 보지만 사물이 구별되지 않는다. 희미하게나마 형체가 가물거린다. 직감적으로 병원임을 짐작한다.

지금 내가 누워있는 곳은 응급실 병상이다.

'무슨 일일까?'

"엄마 정신이 들어?"

아들 훈의 걱정스런 표정이 희미하게 시야에 들어왔다.

"으응……"

"기분이 어떠세요?"

언뜻 스치는 기억의 파편이 가슴에 와 박힌다.

훈은 점심시간이 조금 지나 택시를 타고 집에 도착했었다. 멋진 내 아들 훈, 아이를 따라 방실방실 웃음꽃이 예쁜 여자아이가 따라왔다.

그 아름다운 풍경이 왜 20여 년 전 내 모습으로 오버랩 되어야 했을까?

남편을 따라 철없이 생글생글 웃으며 시어머니를 향해 안녕하세요, 라고 했던 것 같다. 그날 시어머니에게서 느껴지던 그 서늘한 냉기, 나는 내게서 흐르는 그 냉기가 훈의 여자 친구에게로 향하고 있음을 알아차렸다.

'그래, 고맙다. 참 곱구나.'

시어머니는 내 손을 잡고 달콤하게 속삭였지만 그 손은 얼음처럼 차가웠었다.

그 시어머니가 20여 년의 시간을 건너뛰어 내게로 달려왔다.

어서 가서 말해.

시어머니가 내게 명령했다. 나는 시어머니를 거부했다. 시어머니는 집요했다. 나는 내 마음을 지키려 안간힘을 썼다.

'안돼.'

나는 시어머니의 목소리를 듣지 않으려 귀를 막았다.

쌕 쌕 쌕

시어머니의 쉰 목소리가 귀를 울렸다. 눈을 뜰 수가 없었다. 그리고 나는 더 버티지 못했던 것 같다.

내가 깨어난 기척에 지나가던 간호사가 습관적인 말투로 묻는다. 그 역시 익숙하다. 요양원에서 나를 보살펴주는 간호사도 매일 아침 그렇게 안부를 묻곤 했다. 나는 그런 그녀를 향해 매일 아침 똑같은 미소를 지어 보였다. 그것으로 나의 상태를 그녀에게 알려주는 것이다.

하지만 응급실의 간호사는 그냥 나를 지나친다. 깨어났으니 별 이상은 없다고 여기는 것 같았다.

앵앵거리며 구급차가 소리가 들려왔다. 응급 환자가 이송된 모양이다. 응급실은 부산하다. 소리도 살아 있다.

"엄마 아들 만난다고 너무 긴장 했었나봐, 잠깐 쓰러졌을 뿐이야."

훈이 나를 안심시켰다.

군이 설명을 하지 않아도 내가 이곳에 누워있는지 짐작이 되었다.

참 대책 없는 여자가 나인가 싶다. 오랜만에 만난 아들 앞에서, 또 처음 보는 아들의 여자 친구 앞에서 정신줄을 놓아버리다니…… 한심하다. 나는 내가 한심하다.

"아빠는?"

"면접 보러 간다고……. 방글라데시에서 온대요."

남편의 가두리 양식장에서 일할 직원이 먼 이국땅 방글라데시에서 왔다는 훈의 설명이다. 노동 인력이 없으니 언어 소통도 되지 않는 외국인을 고용할 수밖에 없는 현실적 어려움이지만 그들은 나름 한국 어촌에 잘 적응하기도 하는 모양이었다.

"두 명이 온대요."

"일이 많으니까……"

내가 대답했다.

참 자기 일에 철저한 사람이다. 하긴 그 철저함이 있었기에 아내가 병들어 손을 거들어 주지 않아도 그 엄청난 일들을 다 소화해 내며 오늘까지 버틸 수 있었을 터였다. 주변 여건에 흔들리지 않는 사람. 냉정하기 이를 데 없는 남편의 성향에 나는 많이 서운하고 서글프고 그랬다. 다만 그런 성향 덕분에 우리 가정이 그나마 이만큼이라도 유지되고 있다는 생각을 한다. 그 점은 다행이다.

남편은 물고기에 대해서는 박사나 다름없다. 논문을 쓰지 않아도 박사 학위를 준다면 그 대상은 남편이 1순위가 될 만큼 물고기에 대해서 박식하다. 현실에 머무르지 않고 끊임없이 공부하고 발전해 나가려는 남편의 노력은 가상하다.

한때 나는 내가 남편에게 과분한 상대라고 여겼던 적도 있었다. 결혼 전부터 내 우울증이 시작되기 전까지 나는 남편보다 내가 우월하다는 인식을 갖고 있었다. 주변의 평가가 그랬고 친정어머니의 극심한 반대가 남편에 비해 내가 너무 괜찮은 여자라는 것에 추호의 의심을 하지 못하게 했었다.

현실적으로 20여 년이 지난 지금 나는 남편 앞에서 너무 초라하고 비굴해졌다. 나는 내가 갖고 있던 모든 것을 잃어버렸다. 요즘은 차라리 기억 상실이었으면 좋겠다는 생각이 들 만큼 내가 무엇을 갖고 있었는지조차 기억나지 않는다. 그에 반해 아내의 불행한 삶과는 상관없이 남편은 아직 여유롭다. 가진 게 너무 많고 내보일 수 있는 게 또 너무 많은 것 같다. 나는 그와 결혼으로 너무 많은 것을 잃었는데 그는 나와 아무 상관이 없는 사람처럼 승승장구하고 있다. 나는 그것조차도 질투 나고 부럽다.

응급실을 나선다. 응급실 밖 복도는 조명등만 흐릿할 뿐이다. 몇몇의 보호자들이 의자에 앉아 졸기도 하고 자판기 커피를 홀짝이기도 한다.

집으로 가야 한다. 아무도 나를 의식하지 않는다. 내가 화장실엘 가건 병원 밖으로 나가건 병원 관계자들에게도 나는 투명인간처럼 존재감이 없다.

훈은 여자 친구와 시내 구경을 나갔다. 일주일 후면 신병 훈련소로 들어가고, 또 보내야 하는 입장에 있는 아이들은 얼마나 애틋할 것인가. 일 분 일초도 소중한 그들이 나 때문에 시간을 허비하는 것이 못내 마음을 편치 않게 했다. 보호자가 필요한 상황이 아님을 나는 훈에게 상기시켰다. 그래야 엄마라는 굴레로부터 조금 더 가벼워질 수 있지 않을까 싶었다.

남편은 훈을 입대시키고 나면 나를 내가 생활하고 있던 정신 요양원으로 떠나보낼 것이다. 어쩌면 지금 이곳, 이 응급실에서 앰블란스를 타고 내가 떠나온 곳인 희망 요양병원으로 가야 할지도 모른다. 그것은 내가 선택할 수 있는 상황이 아니다. 정답처럼 당연한 수순으로 미리 각본에 짜여 있다. 그렇게 나는 다시 집을 잃어버리고 오랜 시간을 숨죽이고 살아갈 것이다.

병원 밖으로 나오자 웅크리고 있던 어둠이 와락 눈앞을 막아선다. 신고 있는 슬리퍼 발자국에 녹지 않고 쟁여있던 눈 무더기가 딸려 동행하자고 보챈다. 어제 새벽부터 내렸던 눈은 하루종일 쉬지 않고 내렸던 모양이다. 눈 속에 갇힌 세상이 거대한 바다 같다.

그 바다 같은 세상에 휘황한 불빛들이 깜박인다. 교회마다 아기 예수 탄생을 축하하는 성탄 트리 불빛이다. 도로를 운행하는 자동차들이 거북이걸음처럼 조심스럽다. 걷는 내 걸음을 따르지 못한다. 자동차의 불빛이 대낮처럼 길을 밝혀 준다.

내 몸이 둥둥 허공에 떠오르는 것 같다. 번잡한 시내를 지나고 한적한 시골 도로를 달린다. 눈 깜짝할 사이에 내 집에 도착했다.

시내에서 집이 있는 버들포까지 22km라고 들었다. 그 거리가 그리 멀지 않다. 나는 그저 앞만 보고 달렸다. 아니, 날았던 것 같기도 하다.

반갑다. 하룻밤을 병원에서 보냈는데 그 시간이 2년 동안 요양원에서 지내다 돌아온 시간만큼이나 물리적으로 길게 느껴지는 시간이다. 대문은 열려 있다. 하지만 집에 들어갈 수 없다. 남편은 나의 이 무모한 탈출을 미친 짓으로 매도할 것이다.

나는 집으로도, 다시 병원으로도 돌아가지 못하고 집 앞 선창가를 배회한다. 누군가 그런 나를 보면 내일 아침 소문이 분분할 터였다. 꼭두새벽에 선창가를 돌아다니는 정신없는 여자임을 다시 한번 증명할 터였다.

출어를 나가지 않았지만 낚싯배가 대낮처럼 불을 밝혀 두고 있다. 그 불빛이 따스하다. 바다는 갈치의 은 비닐처럼 반짝인다. 밤바다를 응시하며 서 있는 가로등의 목마름이 시름에 겹다. 별빛으로 하얀 물꽃이 핀 겨울의 선창가는 예상보다 춥지 않다.

ㅡ남해호ㅡ

사람의 이름이 아닌 남편의 분신인 배 이름이다. 묶여진 줄을 끌어당긴다. 2톤가량의 크지도 작지도 않은 배다. 여자인 내 힘에 끌려올 만큼 가볍다. 배가 선창에 닿기 무섭게 나는 그 배에 오른다. 배는 바로 앞 가두리 양식장과 연결되어 있다. 남편의 일터이자 남편만의 공간인 가두리 양식장이 거기 있다.

양식장에는 열 평 남짓한 바지선이 있다. 그물을 씻어 그물갈이를 하고 양식장의 물고기들을 선별해 어판장에 내기도 하는 작업장이기도 하다.

바지선 한쪽에 조립식으로 된 다섯 평 남짓한 방갈로가 한 채 있다. 남편은 그곳에 자신만의 영역을 만들었다. 그곳에서 잠도 자고 끼니도 해결할 수 있다. 침대를 들이고 냉장고 티비도 들였다. 집이 아니어도 충분히 생활할 수 있는 여건이 마련되어 있기에 남편은 오래전부터 그곳에서 거의 모든 필요를 해결했다. 남편에게 그곳은 병든 아내로부터의 도피처이고, 고달픈 삶으로의 휴식처인지도 모른다. 남편은 20년이 넘는 세월을 여기, 이 공간에서 쉼을 얻고 또 하루하루를 살아 냈을 터였다. 이곳에 오면 남편을 느낄 수 있을 것 같다.

그곳은 동굴처럼 어둡다. 손을 더듬어 왼쪽 벽에 있는 전기 스위치를 찾아 누르려다 멈춘다. 누구에게도 내가 여기 와 있음을 알게 할 수 없다. 감고 있으나 뜨고 있으나 똑같은 어둠 속에 너무나 오랫동안 살아서일까, 나는 그 어둠이 낯설지 않다. 어쩌면 반가운지도 모른다. 나는 온몸으로 어둠을 더듬는다. 아무것도 잡히지 않는 어둠 속을 가늠하며 안쪽으로 더 들어갔다. 해풍에 절여진 공기가 축축하다. 한참을 아무것도 하지 않고 그대로 서 있어 본다. 등대 울음소리가 눅진하게 울려온다. 조금 지나자 마을에서 비쳐오는 불빛에 실내의 윤곽이 눈에 들어온다.

남편의 냄새가 난다. 갑자기 피로가 몰려왔다. 아, 좀 쉬어야겠구나. 나는 더듬거리며 남편의 침대로 다가간다. 손끝에 닿은 침대

바닥은 카펫의 촉감이 눅눅하다. 나는 아무 생각 없이 침대로 올라가 누워본다. 조금 편안하다. 찰랑대는 물소리가 자장가 같다.

남편은 이 자리에 누워 무슨 생각을 하며 지냈을까? 그 긴 시간을 홀로 이 어둠과 외로움과 싸웠을 남편의 막막함이 내게로 전해진다.

남편은 다음 달쯤 돔을 출하한다고 했다. 추위에 약한 돔은 월동이 매우 힘들다. 남해안의 수온이 그리 낮지 않아 그나마 운 좋게 키우기는 하지만 혹 한파라도 오는 해엔 거의 월동에 실패할 확률이 높다. 그래서 남편은 가능하면 돔은 초겨울에 출하한다.

남편이 키우는 물고기는 돔과 우럭이다. 우럭은 돔에 비해 비교적 키우기가 쉽다. 사료 제때 주고 그물갈이 잘해 놓으면 별 어려움이 없다. 다만 출하시기를 잘 맞춰야 제값을 받을 수 있다는 게 조금 난제이긴 하다.

남편은 이번에 돔을 출하한 돈으로 시내로의 이사를 생각하고 있다. 핑계는 많았다. 어차피 내가 없는 동안의 모든 생활이 가두리에 있는 바지선의 방갈로에서 해결되고 있는 상황에서 굳이 지금의 집을 유지할 필요를 느끼지 않는 것이다. 이제 두 명의 외국인 노동자를 고용해야 하는 상황에서 마을에 있는 집을 그들에게 숙소로 내어 주고 자신은 시내의 아파트에서 생활하고 싶은지도 모른다. 어쩌면 남편은 나와 살았던, 아니, 나와 함께 이루었던 모든 것에 대해 싫증이 났는지도 모르겠다. 떨쳐 내버리고 싶은 존재, 날개를 펴서 훨훨 날고 싶은데 껌딱지처럼 붙어서 날개를 잡고 있는 귀찮은 존재로 여기고 있을지도 모른다.

아주 나쁜 계획이라면 남편은 나를 요양병원에 가둬 두고 그 여자와 새로운 인생을 꿈꾸고 있을 수도 있다. 그렇다 해도 나는 그것에 대해 남편을 원망할 그 어떤 명분도 없다.

그 여자, 매일 새벽이면 남편을 찾아오는 여자. 나는 그녀를 남편의 여자로 인정한다. 더 이상 선택의 여지가 없을 만큼 그녀는 남편의 삶에 절대적인 영향력을 끼치고 있다. 내가 알기로 그들의 관계는 10년이 조금 넘었다. 여자의 남편이 간암으로 세상을 떠난 지 그쯤 되었으니 그렇게 짐작할 뿐, 그들의 시작이 언제부터였는지는 확실치 않다.

남편에게 그 여자는 모성이자 욕구의 충족이다. 각별했던 마을 선배의 아내였던 여자, 정신적으로 온전하지 못한 아내와의 삶이 얼크러진 실타래처럼 뒤죽박죽되면서 남편은 그 부부에게 온전히 의지했던 것 같다. 가두리 양식장이 인접해 있어 모든 생활의 전반을 같이할 수밖에 없었을 것이다. 여자의 남편이 먼저 세상을 떠나지 않았다면 그저 서로를 아껴주는 형수와 시동생 역할로 지속되었을 그들의 관계가 남녀관계로 발전하는 것에 하등 이상할 게 없을 만큼 그들의 삶은 밀착되어 있었다. 아내인 나보다 그녀와 같이하는 시간이 훨씬 많은 상황이 그들의 관계를 변명해주고 있다. 나는 그렇게 두 사람을 이해한다.

둘의 관계가 동병상련이었는지 아님 원래도 서로 좋아했었는지 알 길 없지만 남편은 아내로부터, 그 어머니로부터 받지 못한 보살핌과 챙김을 그 여자를 통해 대리 만족했을 것이다. 그 여자 역시 홀로 남편이 남긴 양식장을 운영하며 딸 둘을 키우며 살아가는 삶에 누군가의 그늘과 도움이 필요했을 것이다. 그 이해관계가 그들을 더 밀착시켰을 터였다. 그들의 관계는 마을에서도 공공연한 현실로 인식되어 가는 중이었다.

나는 누구에게라도 유령이다. 분명 존재하지만 형체가 잡히지 않는 유령.

피로가 몰려온다. 길게 기지개를 하며 하품을 한다.

끼익 문 열리는 소리가 들렸고 찬 기운을 가득 담고 누군가가 침대 곁으로 다가왔다. 남편이다. 나는 바짝 긴장을 한다. 왜 자신만의 공간을 침범했느냐고 책망할 것 같다. 아니, 왜 병원에서 말없이 나왔냐고, 다시 병원에 가야 한다며 윽박지를 것 같다.

나는 깊이 잠이 든 척한다. 누워있는 내 얼굴을 한참 동안 그가 내려다보고 있다는 것이 느껴진다.

남편은 라면 상자 위에 올려 있던 이불을 내려 내 몸을 덮어준다. 그의 숨결이 느껴졌다.

잠시 후 그는 조심스레 내 곁에 눕는다. 침대가 좁아 내 얼굴이 그의 겨드랑이에 닿을 만큼 가깝다. 그러다 그는 다시 등을 돌려 눕는다. 혹시 나를 저만큼 밀어내지는 않을까 불안하다.

남편의 야윈 등이 뒤척여지는 움직임에도 나는 여전히 잠든 척한다. 그가 무안하지 않게, 서로 무안하지 않게. 호흡도 제대로 되지 않을 만큼 숨을 죽였다. 내 몸은 한 줌도 되지 않아 남편조차도 내가 곁에 누워 있음을 느끼지 못할 터였다.

남편이 다시 몸을 돌려 나를 안았다. 헝클어진 머리칼을 거둬 올려 준다. 눈물이 흐른다. 나도 모르게 내 눈에서 폭포수 같은 눈물이 쉴 새 없이 흘러내린다. 남편이 힘껏 나를 안아 준다.

방갈로 밑에서 찰랑거리는 물소리가 행진곡처럼 장엄하다.

장미꽃 한 무더기가 내 머리 위로 화르르화르르 쏟아졌다. 향기는 머리에서 코끝에 머물다 심장을 관통하고 다리를 타고 발끝까지 감각의 촉수를 자극했다. 남편의 무심한 배려에 내 안에 쌓여 있던 분노가 일시에 먼지처럼 가벼워졌다.

남편은 깊은 잠이 들었다. 나는 조심스럽게 내게 덮어졌던 이불을 남편에게 덮어준다.

그리고 더듬거리며 바지선 머리로 나간다. 점차 눈에 바지선의 윤곽이 잡혀 온다. 바지선을 지탱하고 있는 밧줄이 단단하다 못해 뚫을 수 없는 바위 같다. 남편이 작업을 하는 공구함을 찾는다. 바지선 한쪽에 잘 정리되어 있는 공구 통이 눈에 들어왔다. 그중 톱을 들고 바지선 난간으로 간다. 밧줄은 난간에서 시작되어 가두리와 연결되어 있다. 그 밧줄을 톱으로 끊어내려 안간힘을 쓴다. 밧줄은 쇠처럼 단단하다. 톱으로 끄떡도 없을 것 같다. 그래도 나는 죽을힘을 다해 톱을 켠다. 꿈쩍도 않던 밧줄에 상처가 난다. 온몸의 힘을 다 짜내 톱으로 밧줄을 끊어낸다. 세 가닥으로 땋아진 밧줄의 한 가닥이 뚝 잘려졌다. 조금씩 밧줄의 상처가 벌어진다. 온몸이 물속에서 나온 듯 땀으로 젖어버렸다. 춥지 않다. 덥다. 이제 한 가닥 남았다. 조금 더 힘을 내자. 나는 미친 듯 톱질을 한다. 이게 미치는 거구나, 이제야 미친다는 게 어떤 건지 알 것 같다. 미쳤다는 표현이 나쁜 게 아니라는 생각을 한다. 이렇게 상쾌할 수가 없는데 왜 그렇게 미쳤다는 말이 거슬렸을까,

　―툭!―

마지막 남아 있던 한가락의 줄이 끊어졌다.

이제 됐다. 나는 가두리와 연결되어 바지선을 지탱하고 있는 쇠말뚝에 걸어 놓은 밧줄을 다 끌러 내버린다.

바람을 따라 바지선이 출렁인다. 어디로 갈까, 묻는 것 같다. 조금씩 마을의 불빛이 멀어진다.

아, 이제 나와 남편만이 사는 세상이다. 남편이 사랑하는 공간, 이곳이 내 집이다. 나는 이 집에서 오래 행복할 수 있을 것이다.

유통기한

적막한 어촌 마을이다. 마을 입구, 두 팔을 뻗어 확 밀어버리면 그 힘에 밀려 넘어 질 것 같은 낡고 허름한 구멍가게가 있다. 물 한 동이 정도는 더 풀어야 어둠의 검은 물감이 엷어질 시간이다. 구멍가게보다 더 오래된 주인인 할머니에게 밤은 존재하지 않는다. 아니, 잠을 자지 않는 밤이다. 소리 죽인 티비 화면만 바쁠 것 없는 방안에서 시간을 덜어내고 있다.

—텅텅—

두 번의 울림이 있다.

"에헴!"

할머니가 기침으로 대답을 대신한다.

가게의 단골손님인 골목을 치올라 다섯 번째 집에 사는 우영씨다. 그는 새벽 네 시면 할머니의 가게를 찾아온다. 알코올 중독으로 평생을 취해 사는 그의 첫 일과는 할머니의 구멍가게 문을 두드리는 것으로 시작된다. 어쩌면 우영씨나 할머니에게 새벽은 하루의 시작이 아니라 전날의 연속인지 모른다.

할머니는 말하지 않아도 소주 한 병을 들고 문을 연다. 우영씨가 가게 안으로 들어와 탁자에 앉는다. 가게는 신을 신고 들어 갈 수 있도록 장판을 걷어냈지만 원래 그곳은 가게 방이었다. 두어해 전에 새시 문 수리를 한 출입 문 쪽으로 탁자가 놓여 있다. 지나는 이 누구라도 붙들어 앉혀 음료수나 막걸리 한 잔 팔아보고자 하는 할머니의 얕은 계산이다.

콜라, 사이다, 주스 음료들이 즐비하게 늘어져있어 그곳이 아직도 장사를 하고 있는 구멍가게임을 설명하고 있지만 그것은 가게를 지키고 앉아 있는 백세를 바라보는 할머니만이 붙잡고 있는 옛시절에 대한 미련일 뿐 기실 물건을 구입하러 가게를 찾는 이는 전무하다.

할머니는 전날 먹고 남긴 국물이 자박한 김치보시기를 꺼내 탁자위에 올려놓고 안주를 권하지만 우영 씨에게 안주는 별 의미가 없다. 그것은 할머니나 우영씨나 말로 의사표현을 하지 않아도 그들 몸에 굳어진 습관 같은 것이다.

동이 트기 전에 그는 이미 취해 있어야 한다. 그 또한 습관이다. 앉은 자리에서 4홉들이 소주 한 병을 병째 들이켠다. 남은 소주는 진열장에 세워 놓고 낮에 다시 와서 마실 것이다.

우영 씨는 한동안 그 탁자에 앉아 바깥 풍경을 감시한다. 여름을 지난 계절은 선선한 가을바람으로 아침이 상쾌하다.

조금씩 분주해지는 마을은 잠시 소란스럽다. 새벽부터 바다 일을 나가야 하는 외국인 노동자를 태우러 오는 고용주의 트럭 경적 소리, 그 소리에 깨어난 개들의 짖어댐, 고양이를 불러대는 중화요리집인 진짜루 아주머니의 돋우어진 목소리, 그리고 새벽 조깅을 나서는 한 무리의 아주머니들의 휴대폰에서 흘러나오는 트로트 향연까지…… 적막한 이 시골 마을이 유일하게 살아 있음을 느끼게 하는 소리들이다.

매일 아침 수돗가에서 컥컥 헛구역질을 해 대는 우영씨는 새벽 동이 트기 전 소주 한 병을 마시고 그 알코올의 힘을 빌리는 것으로 하루를 시작한다. 알코올의 도움 없이는 한 시간도 버티지 못하는 그의 상태는 이미 주변 사람들에게 살아 있는 생명체라기보다는 그저 한 자락의 풍경으로 인식되어 있다. 그러니 그가 보는 풍경과 주변 사람들이 보는 그 자리의 풍경은 사뭇 다를 수밖에 없다.

그에게 아침 식사는 의미가 없다. 한때는 그의 아내인 성순씨가 일을 나가기 전에 상을 차려 놓곤 했다. 그 상이 아침상이 되기도 하고, 점심상이기도 하고, 저녁상이기도 했다. 원래 아내는 이웃 마을에 있는 수산물 가공 공장에서 일용직으로 근무했다. 50대부터 시작한 그 일은 그녀에게 너무 버거운 것이었다. 얼마 전 그의 아내는 척추에 쇠막대기를 덧대는 수술을 했다. 아니 그 전에 무릎에 연골을 새로 해 넣기도 했다.

원래 환자는 우영씨인데 이젠 아내의 건강이 더 위태로운 것 같다.

우영씨는 베트남전에 참전했던 고엽제 전우다. 그는 다달이 고엽제 피해 전우에게 주는 연금을 받는다. 그럼에도 그들은 삶은 늘 고단하다.

그의 아내는 우영씨의 연금이 그의 술값으로 다 나간다며 사람들을 향해 그녀의 돈에 대한 집착을 정당화시킨다. 술이 없으면 하루도 버티지 못하는 우영씨지만 그 말은 좀 억울하다. 아무리 술을 많이 마신들 하루에 만 원 이상은 쓰지 못한다는 것을 알고 있다. 소주 서너 병과 담배 한 갑이면 그는 만족했다. 두어 숟가락의 밥이면 하루를 견디는 것에 충분하다. 어디 외출할 일이 없으니 옷이 필요한 것도 아니다. 6개월에 한 번 지병인 폐암의 항암 치료를 위해 서울 나들이를 하지만 그 역시 병원 치료비며 입원비는 무료다. 다만 그에 드는 십여만 원의 교통비만 부담하면 된다. 그런데도 아내는 매일 돈 타령을 한다. 만약 그에게 나오는 연금이 없다면 아내는 자신을 내버릴지도 모른다고 우영씨는 생각을 한다.

사실 아내도 할 말은 많을 것이다. 고엽제 보상연금이 없던 젊은 시절, 두 아이들을 먹이고 입히는 것만으로도 벅차던 시절을 아내는 혼자 그 짐을 다 짊어졌다. 폐인처럼 술만 찾는 남편을 대신해 가장 노릇을 했던 것을 생각하면 지금의 억척스런 아내를 이해 못 할 것도 없다.

우영씨의 아내는 요즘 마을 노인정에서 하루를 보낸다. 또래의 아낙들과 마을 노인 회관에 모여 점심식사를 해 먹고 그곳에서 저녁나절까지 화투를 치며 시간을 보낸다.

그는 아내가 나가고 나면 집으로 돌아온다, 어차피 먹지도 않을 밥을 차려대는 건 아내가 자신의 도리를 이행했다는 것을 주변 사람들에게 이해시키기 위한 행위임을 우영씨는 알고 있다. 남편을 방치하지 않고 매끼 밥은 챙겨 줬다는 변명을 위한 합리화.

우영씨는 오전에는 이불을 뒤집어쓰고 누워 잠깐 낮잠을 잔다. 아무도 그 시간을 방해하지 않는다. 가끔은 텔레비전을 시청하기도 한다. 특별히 챙겨보는 프로는 없지만 말벗이라고 생각한다. 가끔 오락프로에 등장하는 웃기는 말이나 행동을 보면 웃음이 나기도 하지만 크게 웃을 일이 없어서인지 우영씨는 소리 내어 웃지 않는다. 그저 웃기다는 생각을 할 뿐이다. 생각은 들지만 표현은 하지 못한다. 웃음을 잃어버린 지 너무 오래되었다.

돌이켜보면 언제 소리 내어 웃어봤던가 기억나지 않는다. 너무 극한 환경 속에 매몰되어 있던 사람들에게는 감정이라는 게 아예 지워져 버리는 건 아닐까 싶을 만큼 우영씨는 감정을 표현하는 것에 서툴다. 평생을 살아오면서 그가 그 아내인 성순씨나 자식들 앞에서 웃음을 보인 적이 거의 없었다. 그러고 보면 감정을 표현하는 게 서툰 게 아니라 아예 감정이 지워져 버린 건지도 모른다.

우영씨는 울지도 않는다. 부모가 죽었을 때도 울지 않았다. 슬프지 않았던 것은 아니었던 것 같다. 울지 않은 게 아니라 울음이 밖으로 표현되지 않았을 뿐이라고 그는 변명하지만 슬펐는지 아팠는지 또는 두려웠는지, 서러웠는지 심경이 복잡했었다.

"아빠 왜 항상 그런 표정이야?"

오래 전, 막내인 딸 민아가 초등학교 4학년 때인가 그에게 그렇게 물었지만 그는 대답하지 못했다. 과연 어떤 표정을 지어야 아이들에게 편한 아빠가 될 수 있나 생각은 해봤지만 생각뿐 표정을 다르게 지을 수는 없었다.

오전 8시부터 10시까지 텔레비전을 시청하거나 낮잠을 자고 나면 조금 출출해진다. 그는 다시 할머니의 가게로 나온다. 새벽에 사서 가게 진열장에 세워둔 술병을 꺼내 마시고 표정을 알 수 없는 검고 탁한 얼굴로 가게 밖으로 나간다. 가게 문 앞에는 길손을 위한 간이 의자 대여섯 개가 즐비하게 늘어서 있다. 그는 비척거리며 그 중 가운데 의자로 다가가 앉는다. 호주머니에서 담배를 꺼내 깊은 심호흡을 하며 연기를 삼켰다 내뿜는다. 몽실몽실 안개 같은 연기가 피워 오르면 만족한 미소를 짓는다. 그 시간이 우영씨에게는 가장 행복한 시간이다. 주변 사람들이 폐암에 담배가 치명적이라며 담배를 끊을 것을 설득하지만 담배도 없는 인생을 무슨 낙으로 살까 싶은 게 우영씨의 생각이다. 이미 수술도 못 할 만큼 망가진 폐가 지금 담배를 끊는다 해서 좋아질 리 만무하다.

담배 한 대를 피워 물고 의자에 앉아 지나가는 사람들을 구경하기도 하고, 잠시 쉬어가는 사람들과 가벼운 인생살이를 나누곤 한다. 할머니의 가게에 모여 앉아 화투놀이를 하는 같은 연배인 늙은 남자들의 패를 훔쳐보기도 하고 이웃에 사는 젊은 과부의 펑퍼짐한 엉덩이를 보는 즐거움도 있다. 사람들은 우영씨의 존재를 의식도 하지 않지만 그들을 살피는 건 우영씨가 살아 있는 사람으로 내보일 수 있는 유일한 관심사이다.

우영씨는 17살부터 배를 탔다. 중선배를 타기도 했고, 정치망어장에서 잡일을 거들기도 했다. 건장한 청년이었던 우영씨는 좀 더 많은 돈을 벌어 선주가 되고 싶었다. 그래서 월남전에 파병을 지원했다. 유행가 가사처럼 월남에서 돌아온 김 상사가 되었다.

살아 돌아와 준 것만으로도 너무 감격해 눈물을 흘리던 그 어머니와 가족들 앞에서 그는 웃지 못했다. 아무것도 모르는 그들과 공유할 수 없는 전쟁의 참혹한 폐해를 차마 얘기할 수 없었고 얘기한다 한들 누가 그것을 공감할 수 있었겠는가,

베트남 전쟁을 다녀온 몇 년 후부터 그는 고엽제 후유증으로 그의 몸이 조금씩 무너지고 있음을 느꼈다. 그 통증을 잊어보고자 술을 마시기 시작했고 끝내는 폐인이 되어갔다.

어느 순간부터 그는 주변인들에게 사람이 아니었다. 물론 그 원인 제공은 전적으로 우영씨에게 있다. 누구도 탓할 수 있는 상황이 아님을 그도 알고 주변인들도 알고 있다. 사람답게 살지 못하고 사람대접도 받아 보지 못하고 살아온 우영씨에게 가족이 아닌, 또는 할머니가 아닌, 길가를 오가는 사람들에게의 말 걸기는 상대가 우영씨를 어떻게 보든지 그것과는 상관없이 그가 살아 있음을 알릴

수 있는 유일한 수단이다. 같이 말을 나누고 있어도 사람들은 우영씨를 살아 있는 존재로 인식하지 않는다. 그것은 누구를 막론하고 다 그렇다. 아무도 그를 인격체로 대하지 않는다. 곧 숨이 멎어 버려야 할 폐기물 정도로 여길 뿐이다. 그럼에도 그는 여전히 누군가에게 자신이 살아 있음을 각인시킨다. 그의 삶은 그냥 배경일 뿐이다. 존재해도 존재를 느끼지 않는,

　해가 뉘엿뉘엿 서쪽 산 위로 숨어들 즈음, 우영씨는 아내가 집으로 돌아오기 전에 자신도 집으로 간다. 거실에서 텔레비전을 켜놓고 소파에 앉아 아내를 기다렸음을 보여준다. 아내는 집에 들어오기 무섭게 잔소리를 해 댄다. 상을 왜 치워놓지 않았느니, 방에 보일러는 왜 틀었느냐, 옥상에 널린 빨래는 왜 안 걷었느냐, 비가 오는데 비설거지 할 생각도 들지 않더냐, 는 등등 그날그날 잔소리거리는 무궁무진하다. 그래도 우영씨는 대꾸하지 않는다. 가끔, 아내의 그칠 줄 모르고 울어대는 팔자타령을 들어주다 그 도가 넘으면 벽력같은 고함을 지르며 그 아내를 윽박지르기는 했다. 하지만 그의 그런 반응이 그 아내를 주눅 들게 하거나 겁을 먹게 하거나 하는 따위의 위력은 없다. 아니 할 말로 '주제에……'라는 비아냥거림이 전부일 뿐,

　폐기물을 실으려는 업체의 이름이 적힌 1톤 트럭 한 대와 승용차 한 대가 할머니 가게 옆집 앞에 멈췄다. 병기할아버지의 자식들이 부모의 집을 정리하러 온 모양이다. 도롯가에 추레하게 모습을

드러낸 살림살이는 얼마 전에 세상을 떠난 병기 할머니의 유품이 대부분이다. 재봉틀, 절구통, 맷돌, 골동품 같은 고단스, 병풍, 등등, 그것들을 트럭에 싣고 추리고 추려내 승용차에 실은 이삿짐은 병기할아버지의 옷이며 소지품이 들어있지 않을까 싶은 박스 서너 개가 전부다.

치매증세가 있는 병기할아버지가 자식들을 따라 서울로 이사를 가게 되었다. 티격태격하기는 했지만 나름 잉꼬부부였던 노부부에게 이별이 닥친 것은 올 봄이었다. 원래 건강이 좋지 않았던 건 할아버지였다. 당뇨에 혈압도 높았고, 전립선에 암이 생겨 고생도 꽤 했다. 어디 그뿐인가, 젊었을 때는 위장이 좋지 않아 좋다는 약은 다 해 먹었다. 치매 증세가 시작된 건 2, 3년 전부터였다.

병원 한 번 가보지 않았던 할멈이 아프다고 했을 때 할아버지는 금방 털고 일어날 줄 알았다. 뭐 대수겠는가 싶었다. 그런 할멈이 너무 허망하게 세상을 떴다. 겉으로 드러나지 않았을 뿐 할멈은 오래전부터 많이 아팠을 거라고 했다. 병원을 찾았을 때는 이미 손쓸 도리가 없었다. 온몸에 암세포가 퍼져 수술도, 항암도 아무것도 해 볼 수 없었다. 할멈은 2달을 못 넘기고 그렇게 허망하게 세상을 떴다. 치매 증상이 있었어도 그때까지 할아버지도 일상 생활하는 것에 별 무리가 없었다. 자주 깜박거리고 길을 헤매기도 했지만 평상시에는 정신이 말짱해 그럭저럭 견뎌내지 싶었다.

하지만 할멈의 보살핌이 없는 할아버지는 더 이상 혼자 방치할 수준을 넘었다. 할아버지는 자식들 수발을 받고 살게 될 거라 믿고 있지만 이제 할아버지가 생활할 곳은 이미 정해져 있다. 세상이 좋아져 노인 요양 시설도 지낼만하다고 하니 그나마 다행이라면 다행 아니겠는가 싶은 것이다.

할아버지가 종종걸음으로 아들의 승용차에 오른다. 그늘이 내린 얼굴에 설렘도 함께 내려있다.

이삿짐 트럭을 배웅하고 돌아서던 서넛의 노인네들이 할머니의 구멍가게에 모여 앉았다. 막걸리 한 병이 금세 바닥이 났지만 쉽게 입을 떼는 이는 없다. 자박한 국물이 있는 열무김치 시어빠진 냄새만 길게 새어 나고 있다. 나무판자로 짜인 진열장 위에 먼지가 부옇다. 먼지는 가게 주인 할머니의 옷자락 스침에도 후르르 일어나 허공에 흩어진다. 진열장 맨 위에 슬쩍 손끝만 스쳐도 화르르 불이 일어날 것 같은 갑 성냥 통이 당당하게 성을 쌓아놓고 긴 기다림을 견디고 있다. 그 아래 칸에는 원래의 색이 어땠는지 형체도 알아볼 수 없을 만큼 빛에 바랜 장난감 박스들이 곧 내려앉을 듯 배를 내놓고 있다. 누렇게 때에 전 비닐봉지 속에는 공책이며 연필 같은 학용품이 언제 찾아올지 모르는 주인을 애타게 기다리고 있다. 끝내 그 기다림으로 삭아 내려앉을지 모른다는 불안감을 안은 채 봉지 속에 갇힌 흰 고무신, 검정 고무신이 세월의 무심함을 설명하고 있다. 한때는 여자아이들의 눈을 유혹했을 인형들과 눈깔사탕, 조잡한 머리핀 같은 액세서리가 주렁주렁 유리문 쪽으로 빛이 바랜 채 걸려 있다.

할머니의 가게 건너편 1층 양옥집에 갓 돌을 넘긴 손녀를 키우는 칠순 즈음의 과부가 살고 있다. 그녀의 택호가 인촌댁이다. 마을에서 가장 젊지 않을까 싶다.

인촌댁의 마음이 바쁘다. 할 일이 지천이지만 시간은 한정되어 있다. 손녀 아이가 잠에서 깨어나면 인촌댁의 시간은 오롯이 그 아이에게 집중될 수밖에 없다. 빨래를 세탁기에 넣어 작동을 시키고 걸레로 방바닥을 바득바득 문질러 댄다. 아이 우유병 소독도 해야 하는 인촌댁의 발걸음이 분주하다.

나이 서른여덟에 혼자되어 이웃 마을에 있는 버섯 농장이며 비닐하우스 단지 등에 일을 다니며 딸 둘에 아들 하나를 키웠다. 큰딸은 공부머리가 있어서 큰 노력 없이도 서울에 있는 명문대를 장학금으로 졸업했다. 지금은 이름만 대면 전 국민이 다 아는 대기업에 뽑혀가 미국 지사로 발령을 받아 미국에서 살고 있다는 것만 알 뿐, 큰딸과는 늘 서먹하다.

큰딸은 인촌댁을 닮아 살갑지 못하다. 둘째 딸 역시 큰딸에는 미치지 못하지만 공부 욕심이 있어 지 언니를 따라 서울로 올라갔다. 대학을 졸업하고 취직을 하고 결혼도 했다. 딸들은 나름대로 자기 인생을 제 알아서 가고 있으니 별 염려는 없다. 인촌댁은 작은딸의 등록금 한번, 생활비 한 번 올려보내지 않았다. 그 정도는 큰딸이 부담할 수 있다며 인촌댁의 짐을 대신 져 줬다. 그래서 인촌댁은 더더욱 큰 딸에 면이 서지 않고 미안하다.

"엄마, 은수 깼어?"

아들은 시도 때도 없이 전화를 걸어온다. 일주일에 한 번 주말에만 들어와 아이를 만나는 아들의 마음을 모르는 건 아니지만 한참 일에 집중하고 있을 때 걸려오는 전화는 성가시다.

"아직 자."

인촌댁은 퉁명스럽게 대답한다.

"그래? 너무 오래 재우는 거 아냐?"

참 할 말이 없다. 어미가 제 새끼 돌보느라 허리가 휘는지 모르는 놈이다. 아이가 잠들 때 밀린 집안일도 후다닥 해치워야 하는 어미 사정 같은 건 안중에도 없는 놈이다. 낮잠 한번 마음 놓고 자보지 못하는 어미에 대한 배려는 눈곱만큼도 없는 독한 놈. 인촌댁의 입에서 욕지기가 자꾸만 터져 나온다.

"바쁘다. 끊는다."

인촌댁은 휴대폰의 버튼을 눌러 끈다.

아들은 나이가 차도록 결혼을 하지 못했다. 누나들과는 달리 공부머리가 없어 대학도 가지 못했다. 아니, 공부에 관심이 없어 고등학교를 졸업하자마자 돈을 벌어야겠다며 이런저런 직종을 전전했다. 인촌댁은 지금도 아들이 어떤 일을 하고 다니는지 알지 못한다.

늦은 나이 마흔이 넘은 나이에 아들은 베트남에서 온 여자와 결혼을 했다. 그 과정에서 돈이 많이 들었고 속도 많이 상했지만 그래도 이왕에 결혼한 거 잘 살기를 원했다. 하지만 며느리는 3년을 채 살지 못하고 집을 나갔다. 왜 아들과 살지 못하고 집을 나갔는지 아들한테도 물어보지 못했다. 이제 첫돌도 되지 않는 아이를 어미인 인촌댁에 맡겨놓고 아들은 홀로 떠돌고 있다.

달그락달그락 주방 가득 젖병 끓어 넘치는 소리가 수증기와 함께 피어오른다. 비 온 후 칙칙하게 밀려드는 안개 같은 날이다.

칭얼대는 아이를 등에 업은 젊은 할머니 인촌댁이 오도카니 방문 앞에 서 있다. 갈 곳이 없다. 조심스럽게 계단을 내려온다. 할머니의 가게 앞에서 서성댄다. 그녀의 등에 업힌 아이는 답답한 방안을 벗어났다는 것에 얼굴이 환해졌다.

"막걸리 차가 그냥 가부렀어."

이미 눌어 붙어 주둥이만 종이판에 매달려 있는 풍선 한 개를 쥐어 뜯어내며 할멈이 중얼거린다.

"불어서 애기 줘."

할멈은 뜯어낸 풍선을 입김으로 푸푸 불어 본다. 풍선을 부풀어 오르지 않고 할멈의 침만 바닥에 가랑비처럼 내린다.

"요런 것도 늙었다고 말을 안 들어."

할멈이 불던 풍선을 쓰레기통에 내던진다. 한쪽 구석에 녹이 슨 채 먼지를 뒤집어 쓴 낫이며 호미 같은 농기구들이 한동안 철물점도 했던 흔적을 아직도 내 보이고 있다. 쓰레기통은 그 농기구들과 섞여 있다.

평소에 인촌댁은 술자리에도 끼지 못하고 그렇다고 자신들과 놀아줄 같은 연배도 찾지 못해 자꾸만 칭얼대는 아이를 업고 그 가게 주변을 서성이기도 했다. 인촌댁과 같은 연배의 마을 주민들은 인근 농공단지로 일을 나갔거나 화훼농장으로, 가두리 양식장으로 나가 경제활동을 하고 있을 시간이다. 마을에 남아 있는 사람은 지병이 있거나, 너무 나이가 많아 일을 할 수 없는 이제 잉여인간일 수밖에 없는 늙은이들 뿐이다. 이제 마을에 생명을 잉태할 수 있는 개체는 짐승들밖에 없다. 남아 있는 사람은 죽음을 받아들일 수밖에 없는 가라앉은 늙음만이 한적함을 더할 뿐이다. 그 속에 돌출된 퍼즐처럼 인촌댁과 그 손녀가 끼여 있다. 그래서 인촌댁의 입지는 더 좁을 수밖에 없다.

막 걸음마를 시작하는 아이가 가게로 들어간다. 초점 잃어가던 눈길들이 일시에 아이에게로 쏠린다. 아이를 붙잡으러 왔다는 것을 핑계 삼아 막걸리 한잔이라도 얻어 마시면 왠지 쑥스럽고 부끄럽다. 아이 손에 과자 한 봉지를 들려 동전을 계산하고 다시 또 아이를 등에 업는 그녀의 야윈 등이 서럽고 고달프다. 아직은 젊은 할머니인 인촌댁은 영감들의 대화 상대는 아니다.

가게 할머니는 입버릇처럼 이름도 없는 이 구멍가게의 역사를 읊조린다. 입으로 주워섬기는 물건 중에 없는 게 없는 만물상인 이 가게는 마을의 중심이었다고 한다. 당신이 이 가게를 운영해온 지가 60년 세월이라고 한다. 가게에서 벌어들인 수입으로 다섯이나 되는 자식들을 먹이고 입히고 공부시켰다고 자랑하지만 할머니의 자식들 그 누구도 대학 교육을 받은 자식은 없다. 위로 딸 둘은 중학교 진학도 시키지 않았다. 큰아들은 중학교를 졸업시켰고 나머

지 두 아들은 고등학교를 졸업시켰다. 그것만으로도 할머니에게
는 반짝이는 훈장 같은 것이다. 촌에서 그만큼 했으면 된다는 배짱
좋은 할머니의 자신감이다.

지금은 비록 보잘것없는 작은 어촌마을에 불과하지만 25여 년
전까지만 해도 이 마을의 땅 한 평 가격이 시내의 요지 땅값을 호
가했다. 그저 평범하기 이를 데 없었던 마을에 수협 어판장이 생기
면서 불기 시작한 개발바람과 몰려드는 외지인들을 상대로 한 상
권의 형성은 투기를 방불할 만큼 땅값의 폭등을 불러왔다.

스레이트 지붕이거나 오랜 기와지붕의 시골집들이 반듯반듯 자
로 잰 듯 이층양옥으로 개량화되고 상가건물의 높이도 치솟는 땅
값과 함께 올라갔다. 그래서 건설경기는 호황이었다. 그때부터 마
을에 그와 관련한 업종들이 생겨났다.

푸성귀 한 줌도 수협 어판장에 내다 팔면 돈으로 보상이 되어
돌아왔다. 경매가 시작되는 새벽이면 마을 주민들은 손수레에 농
산물을 싣고 어판장으로 내 달렸다.

그때부터였을 것이다. 할머니의 가게가 쇠락하기 시작했다. 마
을의 상징과도 같았던 할머니의 만물상은 점차로 새롭게 밀려드
는 소비성향을 따라가지 못했다. 마을은 현대화되고 흥청거렸으
며 도로가 좋아져 버스로 2시간이 넘게 걸리던 시내행이 게나 소
가 다 타고 다니는 자가용으로 달리면 채 30분이 걸리지 않을 만큼
도로 여건이 좋아졌다. 마을 사람들의 생활패턴이 바뀌고 추구하
는 삶의 질도 시대에 따라 급격하게 변하고 있었지만 주인 할머니

는 여전히 구멍가게 수준을 벗어나지 못했다.

마을에 마트가 생겼다. 건물도 크고 번듯했고 일단 제품들이 신제품이니 당연히 주민들의 발길은 그곳으로 쏠릴 수밖에 없었다. 마을은 늘 호황이었다. 호황 속에 할머니의 가게만 빈곤에 허덕였다. 할머니의 가게는 휴업 상태나 마찬가지였다. 가끔 동네 일 없는 할아버지들의 심심풀이 놀이터의 역할을 충실히 할 뿐이었다.

그때부터 할머니는 60년의 역사를 자랑하는 만물상인 당신의 가게에 막걸리며 소주 등의 술을 들였다. 그리고 할아버지들을 상대로 주점을 열어 그나마 가게의 명맥을 이어가고 있었다. 새벽같이 들에 나가 걷어온 푸성귀로 벼락처럼 안줏거리를 만들어 할아버지들의 쌈짓돈을 상대로 새로운 장사를 하고 있었다. 그렇게 60년의 역사를 이어가고 있었다.

세월이 흐르고 있다. 짧지 않은 세월 동안 태풍에, 적조에, 환경의 오염으로 점점 바다는 메마르다. 호황이던 활어 양식사업도 중국산 활어 값에 밀리고 무분별한 항생제 남용이나 사룟값의 폭등으로 바다사업의 경기는 슬그머니 사라지고 있다. 바다에 물고기 씨가 말랐다는 한탄이 통곡처럼 파도를 탔다. 자고 일어나면 새로운 건물이 올라가던 마을에 집들이 빈집으로 버려지기 시작했다. 먹잇감이 사라진 사냥터는 적막만이 흐른다. 젊은 사람이 떠난 마을은 을씨년스럽기조차 하다.

할머니의 얼굴에 화색이 돌기 시작했다. 마치 이런 세월을 기다렸다는 듯 할머니는 시내에서 물건들을 사서 낑낑거리며 가게에 들였다. 이미 늙음이 머리부터 발끝까지 칭칭 감겨 있지만 할머니는 당신의 늙음을 받아들이지 않는다. 점점 젊은 사람들이 떠나버린 마을은 활기를 잃어가고 죽은 듯 고적하다. 그것에 마음 아파하고 있을 동안 할머니는 당신이 누렸던 가게의 호황이 다시 돌아오기를 고대하고 있었던 듯싶다.

하지만 이제 그 누구도 예전처럼 할머니의 가게에서 벽지를 사 가거나 고무신을 사 가지 않는다. 다만 변함없는 단골손님은 정해져 있다. 막걸리 손님들이 그들이다.

노동력을 상실한 사람들……. 삶을 사는 이가 아닌 하루를 버텨내는 사람들, 그들은 막걸리 한두 병으로 하루 종일 탁자에 앉아 그 막걸리를 나눠 마시고 지나온 삶을 한탄한다. 일 년에 한두 번, 명절이나 되어야 겨우 얼굴 한번 내미는 자식에 대한 그리움과 이제 혼자 남겨져 외롭고 막막한 심사를 안주 삼으며 그들은 지워지고 있는 과거를 회상한다. 뉘엿뉘엿 넘어가는 석양이 유리문을 통과해 늙은 얼굴을 벌겋게 물들일 때쯤 그들은 내일을 기약한다. 먼 지평선 속으로 저녁 해가 꼬박 몸을 숨기고 서서히 땅거미가 지기 시작하면 불 꺼진 가게는 적막하기만 하다. 가로등 불빛이 가게 안으로 스며들고 가게 안의 오래된 물건들도 잠이 든다.

주말이다. 인촌댁네 아들이 아이를 보러 오는 날이다. 인촌댁은 배추를 사다 김치를 버무리고 어판장에서 돔을 사 와 손질해 구워 놓는다. 싱싱한 낙지가 한 마리에 15,000원이라고 한다. 아들이 좋아하는 음식이라 볶음을 할 요량으로 다섯 마리나 샀다. 일주일 만에 상봉하는 부모 자식 간이지만 아들이 손녀를 만나는 것과 당신이 아들을 만나는 온도차는 그 간격이 조금 다르다.

아들은 아이를 안고 눈물을 글썽인다. 볼에 뽀뽀를 하고 얼굴을 부비며 사랑을 표현한다. 인촌댁은 자식 셋을 키우면서도 단 한 번도 자식들에게 그런 표현을 해 보지 못했다. 먹고 살기 바빠서······ 라고 인촌댁은 스스로를 정당화시키지만 아들 부녀를 보면 그건 핑계일 뿐이다. 먹고 살기 바쁜 걸로 친다면 그때나 지금이나 별반 다를 게 없다. 다만 관심의 차이일 뿐, 마음이 여유롭지 못했음이라는 것을 인촌댁은 아들을 보며 배운다.

"엄마, 얘 뭐 먹었어?"

욕실에서 아이를 씻기던 아들이 주방에서 저녁 밥상을 차리고 있는 인촌댁을 부르는 목소리가 심각하다.

"왜?"

유별스런 아들의 성미를 아는지라 인촌댁은 순간 긴장한다.

"여기 좀 봐! 아토피가 다시 돋았잖아."

아이는 원래 태어날 때부터 아토피 증세가 조금 있었다. 다행히 인촌댁이 데리고 와 키우면서 많이 호전된 상태였다.

아들의 목소리가 아토피만큼 까칠하다.

"요새는 많이 좋아졌는데······. 왜 또 그래?"

인촌댁은 유난을 떤다고 생각하며 심드렁하게 대답한다.

"여기 봐봐!!!"

아들의 목소리가 칼처럼 날이 서 있다. 분명 제 자식을 제대로 보살피지 못했다고 어미를 타박하는 것이다.

"환절기라 조금 심해졌나 보다. 얼른 와서 밥이나 먹어."

"엄만 이걸 보고 아무렇지도 않아?"

인촌댁은 공기에 밥을 푸다 주걱을 든 채 거실로 나온다. 아들이 아이를 안고 가방을 뒤지고 있다. 연고를 찾는 모양이다. 아이의 턱 주변이며 목, 팔에 불그스름한 좁쌀 같은 돌기가 솟아 있다. 생각보다 심한 아토피 증세다.

"요새 뭐 이상한 거 먹였어?"

인촌댁은 퍼뜩 스치는 풍경을 그려 본다.

"어젠가……. 가게에서 산 과자를 조금 먹어서 그런가?"

"무슨 과잔데?"

"그냥 새우깡 같은 거……"

"얼마나? 다 먹였어?"

"아니, 두어 개 먹고 안 먹었어."

"그럼 남은 거 어디 있어?"

"냉장고에……."

인촌댁의 대답이 채 끝나기 전에 아들은 냉장고 문을 열고 있다.

"이거야?"

아들은 냉장고 문에 있는 포켓에서 과자 봉지를 꺼내 들고 확인하듯 묻는다. 그리고 봉지에서 과자를 꺼내 코에 대고 킁킁 냄새를 맡는다.

"냄새가 왜 이래?"

"왜?"

"이거 너무 오래돼서 산패된 냄새잖아. 엄마 이리 와서 냄새 한 번 맡아봐요."

인촌댁은 사태가 심각하다는 것을 짐작한다.

"이거 뭐야?"

아들의 목소리가 톱니처럼 날카롭다.

"또 왜?"

"유통기한이 3년이나 넘었잖아."

"뭐?"

"도대체 엄만 그런 것도 확인 안 하고 머 했어?"

미처 생각하지 못한 실수다. 아들의 잔소리를 흘려들었다. 아이에게 사탕이나 과자 먹이지 말고, 음료수 먹이지 말라고 늘 잔소리를 해 댔다. 물론 인촌댁도 가능하면 아이에게 해로운 음식을 먹이진 않는다. 하지만 사람이 살면서 어떻게 모든 것을 그렇게 딱딱 맞춰서만 살겠는가, 형편에 따라, 처지에 따라, 상황에 따라 이럴수도 저럴 수도 있다는 게 인촌댁의 인생 방식이다. 그것이 아이에게 라고 예외일 수 없다. 인촌댁은 그런 자신의 의견은 묵살된 채 오로지 자기에게 맞춰달라고 떼쓰는 아들에게 내심 부아가 나 있었다.

그런데 유통기한이 3년이 넘었다니, 설마…… 인촌댁은 가슴이 쿵 내려앉는다.

"그럴 리가……."

희망사항이다. 그럴 리가라는 기대는 아들의 흥분된 얼굴에서 비누 거품처럼 녹아내린다.

"어디야? 이거 산 가게? 앞집 할머니네야?"

"으응……."

"그러게 내가 거기서 놀지 말랬잖아."

"미안하다. 어쩐다니……"

몸 둘 바를 모른다는 표현이 이럴 때 쓰는 말이었다. 인촌댁을 대하는 아들의 눈빛이 얼음처럼 차갑다. 그 표정이 견디기 힘들 만큼 민망하다.

아들은 과자 포장지를 들고 후다닥 밖으로 나간다. 따라가지 않아도 행선지를 알 수 있다. 인촌댁은 멍하니 망부석처럼 거실에 정지된 채 서 있다.

"할머니, 문 좀 열어 보세요."

영문을 모르는 할머니는 음료라도 사러 왔나보다 기대할 것이다.

"할머니, 이런 걸 팔면 어떡해요? 우리 아기가 이걸 먹었는데 어떻게 책임질 거예요?"

할머니는 할 말을 찾지 못 한다. 아기 아빠는 무슨 말인지 알아듣지 못하는 할머니를 향해 속사포처럼 해야 할 말을 쏟아 내놓지만 듣는 할머니는 대수롭지 않다.

주변의 시들은 눈동자들이 문밖으로 몰려든다. 죽은 듯 고요한 마을에 재미있는 구경거리가 생길 수 있다는 기대가 섞인 표정들이다.

"뭐가 어떻다고?"

할머니에게 아이의 아빠는 아닌 밤중에 홍두깨일 수 있다. 항의를 하는 남자의 표정은 비장하다.

"이런 건 폐기하든지 반품을 해야지 왜 그대로 두고 사람들한테 파느냐고요!"

"뭐 어때서…….다른 사람은 다 괜찮기만 하드만……"

"할머니가 괜찮은지 다 알아봤어요?"

"묵고 탈 없으면 괜찮은 거지."

이제 할머니도 사태 파악이 된 모양이다. 제대로 남자를 향해 방어의 자세를 취한다.

"유통기한이 삼 년도 넘었는데…… 어떻게 이런 걸 팔아……"

남자의 흥분된 목소리는 제대로 말끝을 잇질 못한다.

"유통기한, 그게 뭔데?"

할머니의 목소리는 달구지처럼 느리다. 아직도 자신이 흥분한 이유를 모르는 할머니를 대하는 남자의 목소리의 기세가 힘이 풀렸다. 허탈하다.

"할머니, 손해배상 청구할 거예요."

"그게 왜 내 책임이야?"

할머니는 영문을 모르겠다는 표정이다. 다만 남자의 반응이 심각하다는 것을 눈치챘는지 목소리는 주눅이 들어있다.

"식품위생법상 유통기한이 넘는 제품을 팔면 법적으로 처벌을 받게 되어 있어요."

"그걸 모르니까 팔았지, 알고 팔았나 뭐……"

씩씩거리는 남자의 목소리만 어둠 속에 침잠되어 간다. 인촌댁이 흥분한 아들의 팔을 끌고 할머니 가게를 나온다. 아무도 할머니가 손해배상을 해 줄 거라 생각하는 사람은 없다.

마을은 이제 어둠 속에 잠겨 버렸다. 무덤처럼 깊은 정적이 커튼처럼 내리워져 있다. 유통기한이 지난 건 가게에서 파는 오래된 물건이 아닐지 모른다. 할머니가, 이 마을이 유통기한이 지나고 있다.

동백 아가씨를 찾아서

"할머니, 화단에 있는 나무 이름이 뭐예요?"

별이 화단의 꽃 이름을 물어보기 전까지 할멈은 그곳에 어떤 꽃이 있었는지, 어떻게 생겼는지, 또 무슨 색인지 관심조차 없었다. 힐끔 돌아보니 별은 화단에 굵게 엉켜있는 넝쿨을 만지고 있었다.

"그거⋯⋯. 마사추리 아닌가."

정확한 이름은 모르겠지만 사람들은 그 넝쿨을 마사추리로 불렀다.

마당가에는 거의 방치되다시피 한 화단이 있다. 굳이 화단이랄 것도 없을 만큼 그 면적은 아주 미미하다. 원래 그 공간은 영감의 영역이었다. 녀석이 무슨 나무냐고 묻고 있는 마사추리도 영감이 살았을 적에 집에 들여온 것이다. 할멈에게는 별 시답잖아 보이는 화분들을 영감은 할멈에게 쏟는 것보다 더 깊은 관심과 애정으로 가꾸곤 했다.

10년도 훨씬 지난 어느 해 봄, 고사리를 꺾으러 산에 올랐을 때 영감은 소나무를 타고 올라가 하얗게 피어 있는 마삭 넝쿨의 꽃이 장관이라며 흥분해 했다. 그해 가을, 산에 올라갔던 영감이 원줄기에서 뻗어 나간 곁뿌리를 뽑아 와 심어 놓은 넝쿨이다. 영감은 심어만 두었을 뿐 그 꽃을 보지도 못했다.

말이 화단일 뿐 기실 그곳은 영감이 죽고 나서는 거의 방치되다시피 했던 공간이다. 지금도 마찬가지지만 할멈은 행여 그 화단에 물 한번 끼얹어 줄 어림도 없는 무관심한 공간이다.

영감은 할멈과 생각이나 그런 취향이 아주 달랐다. 할멈이 생각하기에 그 부부는 바뀌 태어났어야 하지 않았을까 싶을 만큼 영감은 모든 면에 있어 아기자기하고 섬세했다.

"그런데 정신 팔 시간 있으면 객지 사는 새끼들 안부나 한 번 더 챙겨보시오."

그런 타박을 하는 할멈도 따지고 보면 자식을 살뜰히 잘 챙기는 편은 아니다. 그래서인지 객지 사는 두 아들 내외나 딸들까지 살갑게 부모를 챙겨보는 일은 드물다. 그저 무소식이 희소식이겠거니 지낼 뿐이다. 그래서인지 영감과 취향이나 관심사가 다르다 해서 굳이 문제될 건 없었다. 서로 할 일만 잘하면 그것으로 별 불만이 없을 터였다.

다만 할멈이 매사에 영감의 행태를 마음에 들어 하지 않았던 것은 한 이불 덮고 사는 마누라는 아픈지 고달픈지, 뭐가 먹고픈지 관심도 없는 이가 그렇게 화분에 지극정성인 것에 대한 일종의 질투였다.

"자네는 남자로 태어났어야 했네."

영감은 심심하면 그런 말로 자신의 무관심을 변명하려 들었다. 할멈이 대범해서 당신이 신경을 써주지 않아도 대수롭지 않음을 그렇게 표현했다. 오히려 보살핌을 받아야 할 사람은 영감 당신이라는 것을 은연중에 핑계하고 있었다.

"무능한 영감탱이 같으니라고."

할멈은 늘 영감을 향해 그렇게 푸념을 해댔다. 먹고 사는 문제나, 자식들에 대한 관심도나, 농사일까지 영감은 늘 강 건너 불구경이었다. 영감이 가장 관심을 갖고 애정을 쏟았던 일은 역시 화단을 가꾸는 일이었고, 노래를 듣는 일이었다.

영감이 살았을 때에는 집이 온통 꽃 천지였다. 화단은 화단대로, 방안이며 거실까지 손바닥만 한 것에서부터 덩치가 큰 화분까지 즐비하게 제철에 맞춰 꽃이 화려했다.

지나던 길손들이 꽃을 보겠다며 집안으로 들어온 적도 여러 번이었다.

할멈은 그런 영감의 극성스런 꽃 사랑이 내심 짜증스러웠다. 그래서 영감이 죽고 십여 년 세월이지만 단 한 번도 마당가 화단 손질을 해 보지 않았다.

두어 달에 한번 시내에 사는 큰딸이 찾아온다. 지 아비를 닮은

딸년은 제대로 관심을 주지 않아 말라죽었거나 썩은 식물들을 치우고 그 빈 화단에 새로운 씨앗을 보충해 놓곤 했다.

"늙어가면서 이런 데라도 취미를 붙이면 덜 무료할 것 아니우."

이제 큰딸도 늙어가나 싶다. 지 살기 급급해 어려운 일만 있으면 쪼르르 친정으로 달려와 며칠이고 죽치고 버티다 사위라는 위인이 찾아오면 못 이긴 척 끌려가곤 하는 세월이 벌써 30년이 다 되어 간다. 그런데 요즘 그 큰딸이 혼자 사는 어미가 적적해할 것을 염려한다. 철이 들어가는 증거인가 싶기도 했다.

하지만 그것은 큰딸이 지 에미를 아직 제대로 모르고 하는 염려다. 할멈은 무료할 틈이나 적적할 틈이 없는 노인네다. 얼마 전까지 할멈은 2,000평의 밭일을 혼자 거뜬히 해냈다.

영감이 살았을 적엔 비록 영감이 큰 도움이 못 되더라도 둘이 짓던 농사였고, 농사일에 있어서는 근동에 할멈을 따라올 여자가 없었다. 할멈만큼 제대로 된 농사를 짓는 이도 없다는 것에 늘 할멈은 자부심을 가지곤 했다.

할멈이 생각하기에 농사를 지어보지 않은 사람들은 무슨 재미로 세상에 살았다 얘기할 거리가 있을까 싶기도 했다. 알량한 영감보다 할멈의 농사는 실지고 풍성했다.

농사일이라는 게 일을 할 때야 고되고 힘들지만 해 보지 않은 사람들은 아무도 느낄 수 없는 희열이 있었기에 할멈은 농사일이 즐거웠다. 게다가 어떻게든 수확을 해 시장에 내면 그것이 할멈의 든든한 힘이 되어 주었다. 할멈에게 돈은 늙어갈수록 영감보다, 자식들보다 더 든든한 힘이었다. 게다가 화단을 아무리 가꾼들 뭐 손에 쥐어지는 수확물도 없다는 것이 더 할멈의 관심을 멀게 하는 요인이었다.

별이 한참 동안 화단을 살피더니

"할머니 할미꽃이 있네요?"

할멈은 머뭇거린다. 그곳에 할미꽃이 있었는지 살펴보지 않았다. 어린 녀석이 할미꽃을 알아보다니 신기하다.

"맘에 들면 가져가."

할멈이 해 줄 수 있는 말이라곤 그것밖에 없다.

"요즘 할미꽃 보기 어려운데…… 할머니 화단에서 보게 되네요."

그 꽃이 무슨 꽃인지, 언제 피었다 언제 지는지 그 꽃에 대한 아무런 관심이 없었기에 뭐라 대꾸할 말이 생각나지 않은 처지에 할멈이 별에게 해 줄 수 있는 건 그 화분을 통째로 별의 손에 건네주는 것밖에 없다. 별이 난감한 표정을 짓는다.

"할머니 화단에는 다른 데서는 볼 수 없는 꽃들이 많아요."

별은 가꾸어지지 않은 화단에 지대한 관심을 보였다. 영감이 쓰던 전축을 한번 보고 가겠다고 들어와서는 화단에 빠져 전축 같은 것은 이미 별의 관심 밖으로 밀려나 버린 듯 했다.

"뭘, 별 것도 없는 걸."

할멈은 갑자기 소외감이 든다. 영감에게나 별에게 할멈은 늘 그렇게 화분이나, 꽃, 그리고 노래보다 후자다. 언제나 그것들은 할멈이 관심을 받고 싶어 하는 사람들로부터 할멈을 앞섰다.

영감이 죽고 나서 그런 기분은 이제 느끼지 않아도 되는 줄 알았다. 사람을 두고도 다른 것에 정신이 팔려 있던 영감과의 50년 인생이 마음에 한이었는데 이제 별마저 이 잠깐 동안의 인연 속에서도 영감과 똑같은 감정을 느끼게 하는 것에 할멈은 짜증스럽다.

"오늘은 시간이 없으니 그냥 갈게요. 시간이 나면 다시 한번 찾아올게요."

별이 들고 나간 화분을 차 트렁크에 넣고 문을 닫고 운전석에 올라 시동을 걸었다.

"할머니 연습 많이 하세요."

별은 마지막으로 한마디를 던지고 ―붕― 할멈 앞을 지나쳤다. 할멈은 별이 사라진 도로를 한정 없이 길게 바라보고 서 있다.

화단은 마당가에 길게 벽돌을 놓아 만들어져 있다. 기껏해야 한 평 남짓한 공간이다. 심어진 화초보다는 화분 채 벽돌 위에 올려져 있는 게 더 많아 화단이라고 하기도 뭣한 그런 형태다. 영감은 시내에 나갔다 돌아올 때는 어김없이 작은 화분을 한 개씩 사오곤 했다.

"꽃에서 밥이 나와 돈이 나와 뭐 하러 그런 것은 사오고 그러는지 원."

할멈은 늘 그렇게 투덜댔다. 한 푼이 새로울 때가 얼마나 많은가, 그럴 돈이면 고등학교 밖에 마치지 못한 딸들을 최소한 전문학교까지는 졸업을 시켰어야 하지 않았을까, 늘 원망의 비수가 어미인 할멈에게로 와 꽂히는 것을 아는지 모르는지 할멈의 잔소리가 들릴 때마다 영감은 전축의 볼륨을 올렸다. 할멈의 목소리가 들리지 않도록 노래를 크게 틀었다. 오매불망 영감의 짝사랑인 이미자의 노래이다.

세상사에 관심이 없었던 할멈과의 소통의 단절을 영감은 그렇게 이미자의 노래를 듣는 것으로 충족시켰던 듯싶다.

영감은 세상에서 이미자를 제일 좋아했다. 영감은 평생에 소원이 무엇이냐고 물으면 두 번도 생각할 것도 없이 이미자와 함께 노래를 불러 보는 것이 소원이라고 했다. 영감은 이미자의 새 노래가 나오면 달러 빚을 내서라도 꼭 구해와 전축에 넣고 들어봐야 직성이 풀렸다. 영감은 이미자가 처음 가수가 되었을 때부터 이미자의 노래를 좋아했다. 그 사람이 부른 노래를 좋아하는 것은 그 사람을 좋아하는 것과 별반 다르지 않았다. 물새 한 마리, 동백아가씨에서부터 눈물이 진주라면이라는 노래까지 영감은 다른 가수의 노래는 듣는 둥 마는 둥 했다. 오로지 이미자의 노래만 좋아했다. 영감의 나이가 이미자의 노래를 좋아할 나이가 아닌 남인수나 현인의 노래를 흥얼거릴 나이라는 걸 영감은 받아들이지 않았다.

영감은 전축이라는 것이 일반화되기 전에 일 년 농사 소출을 탈탈 털어 그 전축을 사들였다. 아마 모르긴 해도 그 지역에서 전축을 가장 먼저 사들인 이는 영감이 아닐까 할멈은 짐작하고 있다. 당시 새댁이었던 할멈은 돈 들어갈 일 천지였다. 큰딸을 낳고 젖이 모자라 우유로 보충해야 하는데 그 분윳값이 없어 쩔쩔매는데 신랑은 전 재산이나 진배없는 거금을 들여 전축을 들여온 것이다. 철이 없어도 어찌 저럴까 싶어 어디로 도망이라도 가서 혼자 살아야 하지 않을까 고민을 하기도 했었다. 그 때문에 새댁이었던 할멈과 석 달 열흘을 싸웠지만 영감은 그 마음을 바꾸지 않았다. 그 경황 중에도 영감은 이미자의 새로운 노래가 나오면 일말의 망설임도 없이 달려가 레코드판을 사 오곤 했다. 그러다 보니 자식들도 아비의 선물에 대한 고민을 할 필요가 없었다. 이미자에 관한 자료나 음반이면 영감은 여름밤의 박꽃처럼 환해지곤 했다.

특히 듣는 이의 애간장을 녹게 하는 이미자의 동백 아가씨를 들으며 영감은 세상 그 누구보다 행복하고 황홀한 표정을 지었다. 영감이 잠자리에서 할멈을 안았을 때도 그런 표정은 없었다. 사실 어두움 속에서 가지는 관계에서 영감의 얼굴을 쳐다나 봤겠는가. 마는 짐작하기에 영감은 한 번도 할멈 앞에서 그런 행복한 표정을 지어 본 적이 없었다. 오로지 이미자의 노래 동백 아가씨를 들을 때뿐이었다.

그렇다고 해서 영감이 노래를 잘 부르냐 하면 그것은 아니었다. 영감은 노래를 좋아했을 뿐 잘 부르지는 못했다. 어쩌다 한 번씩 이미자의 노래를 따라 해 보지만 영감이 부르는 노랫소리는 귀를 아프게만 했다.

텔레비전이 처음 집에 설치되던 날, 영감이 기사에게 맨 먼저 물어본 것은 이미자의 얼굴을 보려면 어떻게 하면 되느냐는 것이었다.

"쇼프로나 음악 프로를 보면 이미자가 출연하곤 하거든요. 그러면 보세요."

기사라고 딱히 언제 이미자가 텔레비전에 출연하는지 알 수 없는 데도 영감은 꼭 그 기사가 이미자를 만나게 해 줄 수 있을 듯 보채곤 했다.

"동백 아가씨는 잘 듣고 계시우?"

영감이 죽고 한 3~4년 동안 할멈은 밤에 잠자리에 누워서 잠이 오지 않으면 천정을 보며 영감에게 그렇게 묻곤 했다. 영감은 잘 듣고 있다는 듯 그 밤에 꼭 꿈으로 찾아오곤 했다.

별이 탄 차가 떠나고 나서도 할멈은 한참 동안 집으로 들어가지 못했다. 혹 별이 차를 돌려 전축을 보고 가겠다고 다시 올 것 같았다.

"어찌 그리도 잘났을꼬!"

할멈은 별이 참으로 좋다. 여자처럼 여리한 몸매도 예쁘고 나긋나긋한 말투도 사랑스럽다. 손자 녀석들이 다섯이나 되지만 별과는 그 느낌이 다르다.

별이 가고 할멈은 할 일이 없다. 이제 늙었는지 밭에 나갈 기력도 점점 약해져 밭에 나가는 날보다 방 안에 드러누워 있는 날이 더 많아졌다. 그러다 보니 만만한 게 텔레비전이다. 영감은 이렇게 재미난 것을 혼자만 보고 즐겼구나 생각하니 부아가 치밀어 오르기도 하지만 이미 고인이 된 이를 뭐라 하겠는가 싶어서 고개를 끄덕이며 드라마에 빠져들곤 한다. 영감이 죽고 나서 할멈에게 가장 위안이 되는 것이 텔레비전이다.

영감이 살았을 적엔 텔레비전이고 뭐고 별 관심이 없었다. 오로지 농사만이 할멈의 관심사였다.

봄이면 무슨 씨를 뿌려야 할지 올해는 무슨 곡식을 넣어야 실농을 면할지, 그리고 남보다 더 알찬 수확을 하게 되는 것이 할멈의 관심사였다. 여름 그 뙤약볕 아래서도 더위를 느끼지 못할 만큼 농사일은 할멈에게 에너지원이었다. 가을에 수확물을 거둬들일 때 영감의 손을 조금 빌리기는 하지만 어찌되었든 농사꾼은 할멈이었지 영감은 아니었다. 밤이면 피로에 지쳐 영감이 이미자를 그리워하는지, 동백아가씨를 사랑하는지, 텔레비전 드라마에 빠졌는지 관심조차 주지 않았다. 그저 앵앵거리는 소리가 시끄러웠을 따름이었다.

새벽 어스름이 채 가시기도 전에 들로 나가는 할멈에게 초근하게 앉아 텔레비전을 시청하는 것은 호강스런 사람들에게나 해당되는 짓거리 같았다. 아니, 게으르기 짝이 없어 남의 밥이나 빌어먹을 팔자인 사람들에게 해당되는 놀이인지도 몰랐다.

남도 아닌 영감의 그런 행태가 부아가 나 푸념도 해 보고 잔소리도 해 봤지만 소귀에 경읽기 식인 영감의 고집에 할멈은 조금씩 포기가 되어가던 중이었다. 영감이 죽지 않고 지금까지 살아있다면 할멈은 영감의 취미를 얼마만큼이라도 이해를 했을까? 생각해 보지만 그건 아닐 거라는 생각이 든다. 오히려 늙어 화초를 키우고 노래를 듣고 부르는 영감을 향해 주책이라고 지청구나 해댔을 터였다.

요즘 들어 할멈은 대낮인데도 밭일을 나가지 않았다. 딱히 할일이 있는 것은 아니지만 밭에 나가면 어디 손이 놀 새가 있던가. 하다못해 잡초 한 뿌리를 들어내도 밭에 가 있어야 직성이 풀리던 할멈인데도 요즈음 할멈이 밭에 나가는 일은 극히 드물어졌다. 밭일을 나가더라도 새벽녘에나 오후 해거름이나 되어야 어슬렁거리며 호미 한 자루 손에 쥐고 나섰지만 곧 집으로 돌아오곤 했다. 자연히 밭에는 잡초가 무성했다. 여름 밭은 사흘만 그대로 두면 풀밭이 될 만큼 잡초의 번식력이 왕성했다. 뽑아도 끝이 없었던 여름 밭일에 무관심해진 것도 따지고 보면 녀석 때문이었다.

마을 노인정은 그만그만한 노인네들의 놀이터다. 밭에 나가지 않거나 오전에 잠깐 나갔다 오는 날에는 어김없이 노인정에 모여 놀곤 한다. 그곳에서 점심도 해 먹고 마늘이나 고추 같은 손질이 필요한 일은 그곳에 가져 나와 같이 해내곤 한다.

그 마을 노인정에 녀석이 노래를 가르치는 강사로 온 것은 석 달쯤 전이다. 면사무소 여자 직원하고 같이 와서 인사를 하는 별의 첫인상은 기생오라비에 비할 바가 아니었다. 세상에 저렇게 곱게 생긴 사내가 다 있나 싶었다. 같이 온 면사무소 여직원이 오히려 사내의 미모에 미치지 못했다.

사내는 자신을 무명가수 한 별이라 소개했다. 아직 히트곡이 없어 텔레비전에서는 볼 수 없지만 언젠가는 유명 가수가 될 거라는 자신감을 내보였다.

암, 유명 가수가 될 것 같구만, 할멈은 고개를 끄덕여 수긍해주었다.

별은 일주일에 한 번씩 왔다. 그 횟수가 12번 정도 된 것 같다.

별이 가르쳐준 노래는 지금까지 네 곡 정도이다. 그 곡들을 할멈은 단 한 곡도 다 따라 하지 못했다. 그중에 세 곡은 춤을 추면서 부를 수 있는 트로트이고 한 곡은 이미자가 부른 동백 아가씨이다.

별이 혹 배우고 싶은 곡이 있냐고 물었을 때 할멈이 손을 들어 이미자의 동백 아가씨를 배우고 싶다고 했다. 별은 잠시 난감한 표정을 지었지만 알았다며 그다음 주에 그 곡을 준비해 왔다. 이 주일 동안 동백 아가씨를 배웠지만 할멈은 아직도 그 음을 잡을 수 없다. 박자도 맞춰지지 않는다. 괜히 배우고 싶은 노래가 있다고 나선 자신이 민망하게 여겨지기도 한다.

아, 그게 그렇게 안돼?

같이 노래를 배우는 할망구들이 할멈을 향해 한심한 듯 혀를 차곤 한다.

"헤일 수 없는 수……"

아무리 목을 가다듬어 노래를 불러보려 해도 시작부터 음을 잡을 수 없다.

지난밤에 방송되었던 드라마가 재방송되고 있다. 리모컨을 들고 할멈은 이리저리 채널을 맞추며 도둑처럼 잘금거리며 찾아오는 잠에 취해가고 있었다.

그날, 영감은 할멈이 싸준 고구마 두어 알과 낫을 들고 안산에 있는 몇 대인지 모를 묘를 벌초하러 갔다. 마을을 벗어나야 하는 안산은 종중의 산이었다. 집안 조상들이 거의 그곳에 묻혀 있었다. 새벽녘에 나서야 그 일을 하고 저녁때에 돌아올 수 있을 만큼 조금은 거리가 있는 곳이었다.

언제나 주변에 있는 묘들은 영감의 차지였다. 멀리 있는 자손들이 애초에 벌초를 하러 이곳까지 내려오지 못할 거라는 것을 그 당시에는 미처 생각하지 않았을 터였다. 사촌은 물론이거니와 육천 팔촌까지 묘를 벌초하는 일은 추석이 다가오면 당연히 영감이 다 감당해야 했다. 조카들이나 다른 친지들은 고맙다는 말 한마디와 약간의 용돈을 쥐여주고 그것으로 자신들의 도리를 다했다고 여기는 듯해 영감이나 할멈의 심사가 편치 않았다.

할멈이 영감의 사고 소식을 들은 것은 그날 오후 세 시가 넘었을 때였다. 시간에 개념을 갖고 사는 것은 아닌데 그 시간을 기억하는 건 그날 건강 검진이 있던 날이었기 때문이다. 매 해 하는 것이고 심심하면 찾아오는 건강검진 차가 그날 왔다.

영감은 벌초도 문제였지만 그 해는 태어난 연수가 홀수인 사람들이 검진을 받게 되어있어 그 전해에 건강검진을 받았기에 해당 사항이 없었다. 할멈은 전날 밤부터 금식하고 그날 아침부터 차례를 기다리는데 병 찾으려다 배곯아 허기에 쓰러지는 건 아닌가 싶었다. 특히 밥심으로 견디는 할멈에게 두 끼를 내리 굶어야 하는 이런 날은 짜증이 밀물처럼 밀려들었다. 점심시간이 지나서야 할멈이 검진을 받았고 그 이동 검진 버스가 4시에 떠나야 한다며 간호사들이 서두르기도 했었다. 영감의 소식을 들은 것이 그 즈음이었으니 아마 세시는 조금 넘었지 싶다. 검진을 받고 집으로 와 허기진 배를 채우려 막 숟가락을 두어 번 입 속으로 밀어 넣었을 때 전화가 왔다.

배나 채우거든 전화가 올 일이지, 애면 전화만 탓했다. 수화기를 붙들고 한참을 멍했던 할멈이 입안에 있던 밥을 삼켰는지 뱉어냈는지 그마저도 기억에 없다.

"그 치인 차가 바로 싣고 시내로 나갔으니까, 병원으로 연락을 한번 보세요."

친절한 사람이었다. 묘지에서 내려오는 길에 띄엄띄엄 서너 가구의 민가가 있었는데 그중에 한 집 사람인 듯 여자는 흥분된 목소리로 영감의 사고 소식을 전했다.

사고라니, 예상 못 한 복병이었다. 할멈의 인생에 그런 사고는 애초에 예상되어 있지 않았다. 꿈에도, 생각으로라도 그런 일은 할멈의 인생에 있을 수 없는 탈선된 기차 같은 오류였다. 그래도 가장 믿을 만한 이는 역시 큰 딸이었다. 뭐하니, 응, 그냥 인우가 아직 학교에서 오지 않아서 기다리고 있어. 아버지는 벌초 다녀오셨소?

응, 그게……. 할멈이 어떻게 설명을 했는지, 그나마 전화번호를 제대로 눌렀다는 것이 신기했다. 딸은 알았어요. 내가 가서 보고 다시 연락할게요. 걱정하지 말고 기다리고 계세요. 하고 전화를 끊었다.

역시 딸이었다. 당황하지 않고 침착하게 일단 할멈부터 진정을 시켰다. 딸이 가보면 어떤 상황인지 알게 될 거야, 뭐 큰일이야 있으려고, 할멈은 그렇게 스스로를 위로했다.

아, 그 극심한 허기가 어디로 사라졌을까, 무엇으로 비어있던 속이 채워졌는지 목까지 차오르는 답답함이 그 무엇도 목으로 넘어가지 못하게 꽉 막고 있었다.

그 후에 할멈에게 닥친 일들로 인해 할멈은 더 이상 걷던 길을 계속하지 못했다. 대폭적인 진로의 수정이었다. 영감과 같이 당연히 가야 할 줄로 알았던 노년의 인생이 어느 날 갑자기 영감의 부재로 인해 뒷걸음질 치게 되었고 할멈은 한동안 그 자리에 주저앉아 있었다.

한정 없이 병원 침대에 누워만 있던 영감, 오매불망 좋아하던 이미자의 노래를 아무리 많이 틀어주어도 영감은 꿈쩍도 하지 않았다. 할멈은 병실에서 이미자의 노래를 영감이 평생 들은 것보다 더 많이 들었다. 전축이 아니어도 노래만 듣는 녹음기를 통해 끝도 없이 되풀이를 거듭해도 영감은 손 끝 하나 움직이지 못했다. 이미자의 노래가 그토록 애닲고 서러운 곡조와 가사를 담고 있다는 것도 병실에서 느낀 느낌이었다.

동백 아가씨를 그리워했을 영감의 감정에 새삼 질투가 나기도 했다.

"얼른 일어나 보시오. 이녁이 그리 좋아하든 이미자 맹키로 나도 멋지게 한 번 불러줘 볼텐게."

할멈은 미동도 없는 영감의 얼굴을 보며 중얼거렸다. 병실에 영감이 좋아하던 화분도 한 기씩 늘어났다. 자다가도 벌떡 일어날 만큼 좋아했던 이미자도, 어여쁜 화분의 꽃도 영감을 다시 일으켜 세우는 데에는 아무런 도움이 되지 못했다. 할멈의 인생에 병원이라는 장소가 그리 가까운 영역이라는 것도 할멈은 그때 알았다. 죽을 날을 받아놓고 한정 없이 병원에서 살아가는 사람들이 그토록 많다는 것에 할멈은 자신이 지금 꿈을 꾸고 있겠거니 했다.

병원생활이 길어졌다. 처음엔 뻔질나게 드나들던 자식들의 발길도 뜸해지고 이웃들, 친지들의 발길도 끊겼다. 영감도 할멈도 그들의 생활 속에서 잊혀진 존재들이 되어 가고 있었다. 살아있는 사람이 사람들의 의식 속에서 지워져 가는 것이 그리 쉽다는 것도 할멈은 그때 알았다. 영감과의 병원생활이 일 년이 넘고 이 년이 다 되고 있었다. 병원이라는 곳이 그런 곳이라는 것을 알게 해준 영감, 태어나서 칠순이 가깝도록 병원 한 번 다녀보지 않았던 부부의 일상이었다. 하지만 이제 영감의 의식은 영영 돌아오지 않을 것이라는 것도 알고 있었다.

세상에 잘 죽는 죽음은 어떤 것일까. 이웃들이나 친지들, 하다 못해 자식들까지도 영감의 죽음을 두고 그런 감정을 갖고 있었다.

잘 죽어 주는 것, 그것이 할멈은 못내 서운했다. 등에 방바닥을 지고. 살아만 있어도 의지가 될 것 같은 당신의 속마음을 할멈은 내비치지 못했다.

그래, 이제 그만 하고 가시우. 당신도 편하고 자식들도 편하게 그냥 가서 편히 쉬는게 좋지 않겠소?

할멈은 그렇게 눈물을 그렁이며 영감에게 말했다. 그것이 진심은 아니었지만 누군가는 그 말을 해야 했고 말을 할 수 있는 이는 오직 자신뿐이라는 것을 할멈은 알고 있었다. 언제라고 자신이 영감에게 그렇듯 살가웠던가 싶었지만 마지막 가는 길이라 생각해서인지 마음이 달랐다. 영감도 알아들었는지 눈에서 눈물이 흘렀다.

미련 두지 말고 잘 가시우. 저승에서 만나 봅시다. 영감은 이미 자의 노래와 함께 그렇게 2년여의 식물인간 상태에서 저승으로 갔다. 여한은 없었다. 집으로 돌아왔다는 반가움과 병원을 벗어났다는 홀가분함만이 할멈을 반겼다. 집에서 영감이 기다리고 있지 않아도 할멈은 무심할 수 있었다.

할멈은 그렇게 영감을 저세상으로 보냈다.

영감 대신 약간의 돈이 여유로 찾아왔지만 그마저도 자식들의 사업 자금으로 다 들어가고 말았다. 많이 가르치지 못했기에 그나마 마지막 가면서 자식들에게 남겨 주는 유산이라 여기고 할멈은 영감의 보상금의 반을 두 아들들에게 공평하게 나누어 주었다. 그 나머지로 딸들에게 얼마씩 떼어주고 나니 할멈의 수중에 남은 것은 기껏 기백만 원이 전부였다.

노인정에서 노인들의 말을 빌리자면 죽을 때까지 자식들에게 돈을 물려주면 안 된다고 하지만 이미 자식들이 눈독을 들이고 대 놓고 돈타령을 하는데 무슨 배짱으로 그 돈을 내 돈입네 끌어안고 있을 것인가, 싶어 선선히 아이들에게 분배했다. 그것에 대해서는 할멈은 더 이상 미련 갖지 않으려 했다. 어차피 없었던 돈이었기에.

할멈은 영감의 전축을 물끄러미 바라본다. 하마터면 영감의 유품을 정리할 때 버릴 뻔했던 물건이다. 자식들은 쓸모도 없을뿐더러 오래된 물건이라 고장 나면 수리비가 더 들것이며 크기가 간단하지 않는 그 전축을 고물상에 내줘 버리자고 했다. 40년을 넘게 그 자리를 지키고 있는 전축이다. 할멈보다 그 전축을 더 애지중지했던 영감이 남긴 유품이다. 사실 할멈도 내버리고 싶은 마음이 굴뚝이었다. 그런데 할멈은 그러지 못했다. 살아오면서 그리 살갑게 대해보지 못한 영감에 대한 미안함을 그 전축을 버리지 않는 걸로 조금은 위안을 가지고 싶은 마음이었다.

할멈은 아직 그 전축을 한 번도 사용해 보지 않았다. 고장이 난 것이 아니니 한 번쯤 판을 돌려 영감이 들었던 이미자의 구슬픈 목소리를 듣고 싶지만 어떻게 하는지 잘 모르니 그저 바라만 볼 수밖에 없다.

오늘 별이 집에 다녀간 것도 그 때문이었다. 음악에 관심이 있는 녀석이니 전축을 보면 무슨 말이건 할 거라는 생각이 들었다. 아니, 내게 이리 오래되고 좋은 전축이 있노라 자랑하고 싶었다. 그 무어로도 별의 눈에 띄지 않는 초라하고 볼품없는 자신을 그런 물건을 통해서라도 존재를 알리고 싶었는지도 모른다.

전축은 스피커가 아주 컸다. 할멈의 몸피만큼이나 큰 스피커가 둘이나 작은 전축을 위협하듯 내려다보고 있었다. 전축은 영감이 혼자 들 수 있을 만큼의 크기였는데 스피커가 더 크다는 것에 대해서도 할멈은 이해되지 않는 부분이었다. 영감은 늘 전축에 이미자의 레코드판을 올려놓고 눈을 지그시 감고 감상을 하였다. 그 황홀해 하는 표정을 보며 할멈은 이미자랑 결혼해서 살아가시구랴, 그렇게 질투 섞인 말을 해대곤 했다.

에이, 자네만한 사람이 또 어디 있을라구? 이미자보다 자네가 더 이뻐. 영감은 그렇게 할멈의 기분을 풀어 주곤 했다. 그래, 목소리도 곱고 노래도 저토록 애달프게 잘 부르는 사람이 얼굴까지 예쁘면 세상이 너무 공평하지 않지, 할멈은 영감의 그 한마디에 기분이 좋아지곤 했다. 자신이 미인은 아니지만 유명한 가수보다 예쁘다는 것에 자부심이 생기곤 했었다.

이미자는 죽으면 일본에서 목을 잘라 간대,

뭔 소리유, 사람 목을 잘라가서 뭐하게?

목소리가 워낙 좋으니 연구를 해 보겠다나 뭐래나, 이미 거액을 주고 목을 샀다네,

그게, 누가 그런 말을 해요?

누가 그래서 아나 소문이 이미 쫙 퍼졌어.

영감은 새로운 사실을 자신이 알고 있다는 것을 자랑하듯 그렇게 할멈에게 얘기했다.

참 할 일 없는 사람들도 많네. 목소리가 좋다고 산 사람 목을 사서 죽을 때를 기다리다니.

어떤 한 사람이 죽기를 기다리는 마음은 어떤 심보일까, 그것은 자신과 무관한 먼 이방 남들에게나 해당되는 말인 줄 알았다.

생각해보니 이미자의 목을 기다리고 있을 사람들이나 영감의 죽음을 기다리던 자식들이 무에 다를 게 있나 싶었다. 아니, 할멈 자신의 심정도 그와 별반 다르지 않았음을 누가 알 것인가, 그랬다. 아무리 그것과 이것을 같은 기준으로 생각하지 않아야 한다고 자신을 위로해 보지만 살아있는 사람의 죽음을 기다리는 것에 다른 핑계가 있을 수 없었다.

독한 년, 무정한 년, 할멈은 자신을 향해 애면 타박을 하곤 했지만 그것도 스스로를 위로하는 겉치레였다. 유품을 정리하면서 자식들은 이미자의 레코드판을 다 치웠다.

평소에 할멈과 영감의 다툼의 근원이 이미자였던 것을 감안했던 자식들은 이미자에 관한 것이라면 깡그리 치워 없애버렸다. 마지막으로 전축을 고물상에 내버리려고 하는 것을 할멈이 막았다. 그것만은 두고 싶었다. 그 전축을 장만하려고 기울인 영감의 그 심정을 알고 있었기에 할멈은 그것마저 내 버리면 나중 저승에 가서 영감을 만나 면목이 없을 것 같았다. 사실 심정적으로는 백번도 더 버리고 싶던 흉물이었지만 그래도 50여 년을 같이 살아온 정을 봐서라도 할멈은 영감의 가장 아꼈던 것에 마지막 선심을 썼다.

별을 만나게 된 건 세상 살아갈 아무런 재미가 없던 할멈의 마른 삶에 한 줄기 여우비 같은 갈증이었다. 그런 갈증이라도 느껴야

목을 축일 의지가 생길 것 같아 영감이 보내준 여우비인지도 몰랐다.

별의 몸맵시는 선녀 같았다. 사내놈에게 선녀라고 표현하는 것도 우습지만 아무튼 별은 날아갈 듯 하늘거리고 수려했다. 그렇게 녀석과 노래를 배우고 박자를 맞추며 춤을 춘 지도 벌써 석 달이 지났다. 다른 할망구들은 깔깔거리며 별에게 짓궂은 장난을 걸어 보기도 하지만 아직 할멈은 별에게 말 한번 제대로 붙여 보지 못했다. 별을 대하면 가슴이 두근두근하고 심장이 울렁거렸다. 자신이 여자였던가 싶을 만큼 할멈의 가슴에 감정이 사라진 지 오래인 줄 알았건만 별의 노래를 듣고 있으면 자신도 모르게 얼굴이 홍당무처럼 달아올랐다.

별은 중에서 가장 음치에 박자치, 몸치인 할멈을 향해 많은 지적을 해 댄다. 할멈은 그것이 별이 자신에게 관심을 두고 있는 건 아닐까 하는 은근한 설렘을 즐기고 있다. 집에서 연습할 때는 그런대로 잘 나오는 목소리가 별과 함께하게 되면 덜덜 떨려 목소리가 밖으로 나오지 않는다. 발도 움직이지 않는다. 할멈으로서는 멋들어지게 헤일 수 없는 수많은 밤을…… 곡조를 뽑아 간드러지게 불러 보고 싶지만 그것이 마음먹는다고 될 일이던가, 할멈은 다른 할멈들보다 더 열심히 연습을 한다. 일주일에 한 번 오는 별을 기다리며 할멈은 한시도 쉬지 않는다.

그렇게 열심이었던 밭일도 그만큼은 아니다. 할멈에게 농사일만큼 중요한 일은 없다. 하지만 최소한 밭일은 일단 집에 들어오면 그것으로 끝이다. 비가 오거나 춥거나 너무 더워도 쉬어야 했고 밥을 먹거나 짬짬이 쉬는 시간도 제법 많았는데 노래 연습은 단 한시도 머릿속에서 떠나지 않는다 오매불망 노래 생각뿐이다.

밭일도 집안일도 심드렁하다. 조금씩 익숙해지는 할멈을 향한 별의 찬사도 할멈을 황홀하게 한다.

"전축이야, 영감이 쓰던 거지."

할멈은 오래되어 고물이 되어 버린 전축을 내보이며 조금 부끄러웠다. 그래서 쓸 만하냐고, 그렇게 물었다.

"할머니, 너무 좋은 전축을 가지고 계시네요. 이런 건 이제 돈을 주고도 못 사요."

그 말이 무슨 뜻인지 모르지만 할멈은 그래도 별이 좋은 거라니 기분이 좋았다. 그것으로도 자신이 인정받는 기분이 들었다.

별은 퇴근길에 집에 들러 전축을 살피곤 했다. 어느날은 레코드판을 들고 와 이미자의 동백 아가씨를 틀어 줬다.

"자꾸 들으세요. 그리고 따라 부르시면 조금씩 익숙해지실 거예요."

별이 아직은 쓸 만하다는 표현을 그렇게 했다.

"줄까?"

"할아버지 유품이라면서요?"

"그게 뭐 대순가, 필요한 사람 주면 되지."

사실상 그랬다. 할멈으로서는 별이 욕심낸다면 무엇이든 내 주고 싶다.

그래도 별은 웃기만 한다. 선뜻 할멈의 마음을 받아들이고 싶지 않다는 의사를 그렇게 표현하는 것 같아 내심 할멈은 서운하다. 살아오면서 내 것을 준다는데 그리 반기지 않는 녀석은 처음이다. 하다못해 껌 하나도 건네면 고맙다는 인사를 받았다. 아니, 과연 할멈의 인생에 있어 누구에게 껌 하나 건네 본 적이 있었을까 싶으니 그것도 아닌 듯하다.

별은 자주 전축의 안부를 물었다. 잘 되느냐, 혹 고장은 나지 않았냐? 자식들이 가져간다고 하지 않느냐, 등등

별이 군청과의 계약이 끝났다는 이유로 마지막 인사를 하고 가버린 후 할멈은 영 서운하고 마음이 휘휘하고 추웠다. 별이 할멈에게 특별했던 것도 아니었고 그렇다고 매일 만났던 것도 아니었고, 또 따뜻한 그 무엇인가를 주었던 것도 아닌데 이제 별이 오지 않는다고 생각하면 가슴 한 켠이 서걱하고 시리다.

(그럴 분은 안 계시겠지만 혹 더 배우고 싶으신 분이 계시면 저에게 전화를 주시든지 노래교실로 찾아오시면 됩니다.)

아무도 그럴만한 사람이 없다는 걸 알고 있는 별이 배슬배슬 웃으며 그렇게 얘기했었다. 할멈은 별이 책상 위에 놓고 간 명함을 한 장 들고 왔다. 텔레비전이 놓여 있는 서랍장 위에 올려놓고 아침저녁으로 전화를 한번 해 볼까 망설이기도 한다. 하지만 막상 전화가 연결된다 하더라도 딱히 하고 싶은 말도 없다.

잘 있냐고 물어볼 것인가,

시내에 나갈 일이 있으면 한 번쯤 찾아가 봐야지,

그러나 그것은 현실 가능성 있는 생각은 아니다.

요즘 할멈은 살아감의 낙이 없다. 근래 들어 부쩍 외롭고 쓸쓸하다. 밭에 나가는 것도 심드렁하고, 텔레비전을 보는 것도 재미가 없다.

그날, 아침부터 동네가 북적거렸다. 전날부터 이장이 마을 방송으로 노인회에서 노래교실도 잘 마쳤으니 기념으로 가을 단풍을 보러 간다고 했다. 점심도 다 준비했으니 몸만 따라오면 된다는데 못 갈 이유가 없다. 할멈은 생각 없이 미영이네가 이끄는 대로 버스를 탔다. 어디로 간다는 설명도 없이 그냥 타고 가보면 안다는 것이다.

할멈은 혹 별이 올지도 모른다는 생각을 한다. 노래 교실의 주인공은 단연 별이 아니던가.

예상했던 것보다 관광은 재미있고 즐겁다. 다음에라도 이런 기회가 생기면 빠지지 않고 따라나서야겠다고 할멈은 생각한다. 비록 별은 오지 않았지만, 또 거의 한 달 동안을 열심히 배운 동백 아가씨를 끝내 멋들어지게 부르지 못했지만 다른 할멈, 영감들이 부른 노래로 인해 버스 안은 화전놀이터를 방불케 했다.

마을에서 겪어온 영감들이나 할멈들이 버스 안에서는 어디 딴 세상에서 살다 온 사람들처럼 낯설다. 노랫가락에 맞춰 흔들어 대는 그들의 흥을 할멈은 같이 공유하지 못하면서도 참 재미있게 살아가고 있구나 싶다. 이웃의 영감들과 스스럼없이 손을 잡고 팔짱을 끼며 주거니 받거니 권하는 술잔도 어쩜 그리도 자연스럽고 멋들어지는지, 할멈은 자신이 달나라에 여행을 왔나 싶을 정도다.

하루가 그렇게 저물었다. 이제 불 꺼진 집에 들어가 외롭게 잠을 자야 할 시간이다. 할멈은 버스에서 내리면서 그런 생각에 우울해진다.

낮에 버스에서 들었던 노랫가락을 흥얼거리며 집 앞까지 왔다. 그런데 비어있을 집안에 불이 훤하다. 아무도 없을 집에 불이라니, 혹 별이 전축을 가지러 왔을까, 할멈은 일말의 희망을 가졌다. 말도 되지 않는 상상이지만 그럴 수도 있지 않을까 기대를 하며 대문을 민다. 와자지껄, 집안이 소란스럽다. 큰딸의 우렁찬 목소리, 큰아들의 웃음, 그리고 올망졸망한 손주놈들의 신발이 현관에 어지럽게 얽혀 있다.

문득 며칠 전의 큰며느리와의 통화가 떠올랐다.

"어머님 몇 시까지 갈까요?"

"바쁜데 오긴 뭐하러 와."

"어머님은 아무것도 준비하지 마세요. 제가 다 알아서 준비해 갈게요."

할멈은 새삼스레 시어미의 안부를 묻는 며느리의 전화에 시큰둥했다. 거기다 시어미를 보러 오면서 몇 시까지 가면 되느냐고 묻는 태도 또한 불손하기 짝이 없다.

언제라고 자식들이 찾아온다고 진수성찬을 해 놓고 기다렸던 자신도 아니었기에 그 전화가 그리 의미 있다고 여기지 않았다. 언제든 와서 얼굴 보고 가면 되는 걸, 부담스럽게 언제 갈 터이니 준비하고 기다려라 하는 것 같았고 생색내는 것처럼 여겨졌다.

"세상에 남편 제삿날 관광 가는 사람은 엄마뿐일 거유. 엄마가 진짜 관광 갈 거라고 생각도 못했네. 그래 재미 있읍디까?"

큰딸이 그리 밉지 않은 표정으로 현관문을 열고 들어서는 할멈에게 눈을 흘기며 말했다. 할멈은 그제야 정신이 번쩍 들었다. 아, 오늘이 영감의 제삿날이구나, 구름도 없는 맑은 하늘에 밤 별들이 반짝였다.

바람이 지워버린 흔적

화장을 해도 어색하지 않고 떳떳할 수 있는 나이, 스무 살을 기린 목으로 기다리던 초등학생 시절에 느끼는 십 년 세월은 하늘길만큼이나 멀었다. 견디고 느끼기에 지옥 길 같았을 마지막 왕조의 몰락과 일제치하 36년의 터널을 건너오신 내 할아버지의 생이 어린 내게는 산신령이 살았다는 시절을 얘기하는 것만큼이나 실감될 수도, 헤아릴 수도 없는, 그런 아슴한 소설 같은 느낌이었다.

　　그것은 클릭 한 번으로 사지 못할 물품이 없는 현세대를 살고 있는 딸이 자신의 할아버지와 교감할 수 없는 6·25라는 피비린내 나는 전쟁의 시간을 얘기하는 것과 별반 다르지 않음일 것이다.

　　아이의 할아버지는 배고픔을, 헐벗음을, 그리고 입이 있어도 표현 할 수 없었던 억압을, 어쩌면 그보다 더 현실적인 아궁이에 장작을 넣어 난방을 하고 밥을 지어 먹는 추억과 돛단배나 노를 저어 바다를 항해하는 배를 얘기하지만 그것이 스무 살을 갓 넘긴 딸에게는 역사소설 한 편을 읽거나 영화 한 편을 감상하는 정도로 치부되어 버릴 터였다. 아니, 거기까지 거스를 것도 없이 아이는 내가 겪었던 광주에서 벌어진 시민을 향해 무차별 총격을 가하고 그런 정부군에 대항해 총칼을 들었던 시민군과의 유혈 충돌을 실감하지 못한다. 아니, 그런 사실이 있었다는 것을 받아들이지 않는다. 혹은 정치인들이 씌우는 북한의 공작쯤이려니 생각할지도 모른다.

아이는 배가 고프면 배달 앱으로 음식을 주문해 먹으면 해결될 것을, 추우면 구스다운 패딩을 한 겹 더 껴입으면 해결될 일로 알고 있다.

고광택의 빛나는 고급승용차가 집 앞 공터에 주차했을 때에도 잠시 쉬어 가는 차려니, 또는 분재를 가꿔 팔기도 하고 선물도 해서 짭짤한 재미를 보고 있는 뒷집에 작품을 얻으러 오는 잘 꾸며진 정원을 가진 도시인이려니 심상했다.

시골에 가면 누구나 자신이 상전이 되어버리는 저런 오만함을 도시인들은 언제쯤 버릴 수 있을까? 분명 그 공터는 사람들이 살고 있는 집의 마당과 연결된 공간이다.

울타리를 치지만 않았을 뿐 누가 보더라도 도로와는 구별된 개인의 집 바깥마당이다.

그런데 그들, 도시인들은 누구의 허락이나, 양해를 구할 생각을 하지 않는다. 무조건 빈터라고 생각하며 차를 디밀어 놓는다. 그런

무례함을 하루 이틀이 아니라, 도시로 연결되는 도로가 뚫리고부터 지금까지 거의 매일을 같은 느낌으로 바라보고 있던 터였다. 당연한 듯 시골에는 아무 곳에나 주차를 해도 이해해 주어야 함을 그들은 행동으로 보여주고 있었다.

참으로 몰염치한 사람들이겠거니, 그런 생각을 하고 있었다. 애써 담담한 척했다. 차에서 버버리 체크 점퍼를 입은 노신사가 내렸고, 그가 우리 집으로 오는 손님일 거라고는 생각하지 못했다.

그가 주춤거리며 현관문을 연다. 이층으로 올라가는 계단은 가파르게 높다.

"누이, 저를 몰라보겠어요?"

그는 완전한 서울 사람이다. 말씨만큼은……

50년의 세월과 함께 사라져버린 젊음을 누이는 읽어내지 못하고 있다.

관념 속의 나이보다 더 팽팽한 젊음을 간직한 얼굴이건만 50년의 세월을 건너뛴 동생을 누이는 받아들이지 못하고 있었다. 생소한 듯 덤덤하게 동생을 바라보던 누이의 얼굴에 실없는 웃음만이 스친다.

"누구?…… 나는. 동생도…… 아무도 없는데…….."

그랬다. 누이에게는 혈육이라고는 없다고 했다.

"그 곱던 누이가 이렇게 많이 변했구려!"

사내는 자신을 알아보지 못하는 누이를 향해 거의 울 듯한 얼굴로 세월을 탓하고 있다. 이 노인네가 치매에 걸린 건 아닐까? 잠시 사내는 그런 생각을 하고 있는지도 모른다.

"왜, 개성에서 살았지요? 고향은 황해도 연백!"

조금은 수긍이 가는 듯 누이는 고개를 끄덕였다. 고향 이름은
잊어버리지 않은 듯했다.

"누이가 날 키웠잖우, 성만이를 모른단 말이우?"

잠시의 어색했던 긴장감이 순간적으로 풀어진 건 누이의 얼굴
에 엷은 미소가 스쳤기 때문이었다.

"피난 내려올 때 누이가 나를 업고 내려오지 않았수?"

누이의 얼굴에 18살 처녀의 화사함이 얼핏 스쳤다.

"그…… 그래……. 성만이……"

기억의 꼬리가 잡혔을까, 누이의 주름진 미간이 조금씩 풀어지
기 시작했다. 중얼거리는 누이는 반가움이었을까, 세월의 무상함
이었을까, 눈매가 파르르 떨렸다.

누이가 아니었으면 자신은 피난길에 죽었을 거라고, 사내는 혼
자서 잃어버렸던 시간을 끌어 내렸다. 하지만 사내의 독백은 공허
하다.

누이는 묵묵히 듣고만 있다. 할 말이 없어서인지, 감정이 격해
목이 메이는지…….

누이의 며느리가 녹차를 내왔고, 그것이 다 식을 때까지 아무도
그 찻잔에 손을 대지 않았다. 사내는 혼자서 눈빛을 그렁하게 적시
며 얘기를 계속했다.

누이랑 헤어지고 고생도 많이 했노라고, 그 고생을 얘기하자

면 몇 날 며칠을 해야 할 거라고…… 이제 돈도 많이 벌었고 2남 2녀의 자식들도 다 자라 의사에, 교사에, 대기업의 간부에 다들 제 몫을 할 만큼 키웠다고 말했다. 단 하루도 누이를 잊어 본 적이 없었다고, 이제는 세상도 많이 좋아졌으니 조금만 더 기다리면 고향엘 갈 수도 있을 거라고, 지금 그렇게 되어가고 있지 않느냐고, 지금까지 고생고생하며 살아온 보람이 있었다고, 사내는 이제야 누이를 찾아온 것에 대한 핑계를 자기 자신이 그 모든 것을 다 이루느라 늦어졌다는 듯, 모든 것을 자신의 공로처럼 얘기하며 들떠 있다.

그래! 사는 게 얼마나 치열한 전투 같은 건데……. 자신도 그렇게 살아왔지만 그 어린 나이에 일가붙이 하나 없는 서울살이가 얼마나 고달팠겠냐고, 누이는 자신과는 아무런 상관이 없는 남의 인생인 듯, 침전된 물처럼 깊은 우물 속에 갇혀있던 그 세월을 퍼 올리고 있는 사내를 위로해 주었다.

누이의 집 마당 한쪽 창고 건물의 슬레이트 지붕 처마 끝에 달려있던 고드름이 뚝뚝 소리를 내며 녹아내린다.

그에게서 전화가 왔다는 소식에도 나는 아무런 느낌이 없다. 친정어머니를 통해서 그는 나의 소식을 알고 싶어 했다. 그가 어떻게 엄마의 소식을 알게 되었는지, 아빠가 돌아가신 뒤 그와 연결될 수 있는 유일한 통로였던 태생지인 고향을 등 진 지가 벌써 강산이 세 번쯤 바뀌는 시간이 지나 버렸는데. 그는 어떻게 내 엄마의 연락처를 알아냈을까?

내 아버지의 죽음에 그는 통곡을 했다고 했다. 아버지의 오래된 죽음을 그가 슬퍼해 주었다해서 하등 이상할 게 없다. 그가 내 고향 마을에서 군복무 할 당시에 그는 매일 아버지를 찾아왔었다. 아버지의 취미인 낚시를 같이했고, 잡은 물고기로 요리를 해서 같이 먹기도 했다. 그와 아버지의 나이 차가 30년도 넘었지만 두 사람은 오랜 지기처럼 세상사에 대해 토론하고 걱정하고 통탄하기도 했다. 그러니 그 오랜 지기를 잃은 것에 대해 슬픔을 느끼는 것이 하등 이상할 것은 없는데도 나는 굳이 그 의미를 되새기고 있었다.

기억 속의 그가 흑백사진처럼 그렇게 아슴했는데 막상 내가 손만 내밀면 바로 잡을 수 있는 현실 속에 들어와 있다는 것이 왜 그리 생경스러웠을까?

그가 작은 기업체를 경영하고 있고 두 딸의 아빠요, 백화점 명품 코너를 순회하는 여인의 남편이라는 것에도 나는 담담하다. 사람의 관계라는 게 세월 속에 묻어버리면 그렇게 더께가 덮인다는 것에, 감정 속에 흔적이 어떤 형태로 남아 있는지 나는 굳이 생각하고 싶지 않다.

그러고 보면 지난해에 KTX를 타려고 서울역에서 줄을 서서 기다리다 우연히 맞닥뜨린 그의 옛 동료인 B를 만났을 때의 반가움에 비한다면 엄마를 통해서 전해 듣는 그의 근황은 늘 있었던 일상 속에서 조금 특별한 뉴스를 텔레비전을 통해 안방에서 시청하는 정도를 조금 벗어남의 동요를 줄 뿐이다.

어쩌면 나는 그를 현실로 받아들이지 못하고 있는 건 아닐까. 그가 어떤 모습으로 중년의 고느적함을 달래며 살고 있을지, 가끔씩 휴대폰에 문자로 걸려오는 특별한 만남의 일탈을 꿈꾸며 허리가 넉넉해진 바지를 훈장처럼 입고 다니고 있을까, 머릿속에 그의 그림이 그려지지 않음조차도 나는 무덤덤했다.

너무나 세상을 많이 알아버린 나는 이미 그가 나의 현실이 될 수 없음에 그를 내 기억 안에 가두어 두지 않고 놔 버렸기 때문이다.

하지만 손에서 놔 버린다고 연체동물의 촉수처럼 예민하게 눌려 있었던 그에 대한 얼룩이 깨끗이 지워지지 않음도 나는 운명처럼 받아들이고 있다. 그것은 언젠가는 온몸이 오그라 들만큼의 반응을 보이며 종양처럼 단단하게 뭉쳐져서 나의 일상을 깨 버릴지도 모를 일이다.

나는 그것이 두렵다. 절대로 무너지지 않을 것 같지만 한번 뚫리면 걷잡을 수 없이 무너져 내릴 수밖에 없는 저수지 둑처럼 나는 그 둑을 막을 힘이 없다.

여고 1학년이었던 80년의 광주는 내게 암흑이었고 절망이었다. 가난을 업보처럼 안고 살아온 섬마을에서 그래도 조금은 의식이 깨어 있었던 아버지의 교육열로 나는 광주에서 공부를 하고 있었다. 언니와 함께 중학교부터는 객지인 광주에서 학창생활을 해야 했던 나는 고등학교를 졸업한 언니가 대학진학을 위해 서울로 가버리고 혼자서 운암동의 먼지 풀풀 날리는 변두리에 방을 얻어 자취를 하고 있었다.

그날, 오월의 찬란한 햇살 아래서 나는 악몽을 꾸고 있었다. 그것이 꿈이 아니라 실제상황이라는 것을 나는 받아들일 수가 없었다. 역사책에서나 보았던 전쟁이 내 눈앞에서 벌어지고 있었다. 6·25전쟁을 소설 속의 역사로 인식하고 있었던 내게 그 소용돌이는 충분히 경악할 수밖에 없는 충격이었다. 죽음을 손끝으로 만져야 하는 그 섬뜩함은 공포, 그 자체였다.

친구와 충장로에서 샤프펜슬을 사고 송원백화점에 청바지 구경을 가고 있었다. 예고가 있었던가, 느닷없이 총성이 울렸고 앞서가던 친구 은숙이 쓰러졌다. 사람들은 비명을 지르며 흩어졌다. 본능적으로 친구보다 내 안위가 먼저였다. 도망하는 사람들을 좇아 건물 뒤로 피했다. 은숙을 돌봐야 한다는 의무감과 동시에 내가 죽을지도 모른다는 공포가 발을 붙잡았다.

은숙은 끝내 소생하지 못했고 나는 그 충격으로 말을 잃었다.

황망히 거둬들인 학업이 그때는 정말로 부질없는 것이었다. 피폐해진, 무명실 같은 꿈도 꿀 수 없는 혼란을 뒤로하고 돌아온 고향. 그 바닷가에 그가 있었다. 평화롭고 조용한, 세상과는 비껴 앉은 듯한 섬마을에 왜 그들이 상주하고 있어야 하는지 이해할 수 없었지만 그들은 주민들에게는 아군이었다. 군복만으로도 기겁을 하며 현기증을 일으키는 내게 손 내밀며 다가왔던 사람이 그였다.

제주도로 관통하는 바다 끝 마을 용두, 그곳이 나의 태생지였고, 내 부모가 살고 있던 고향이다. 끝이 보이지 않는 망망한 수평선이 길게 누워 있는 바다는 나의 상처 입은 마음을 품어주었다. 바닷가엔 숨을 곳이 많았다. 아주 어렸을 때부터 여름이면 그 바닷가에서 살다시피 했던 나는 전쟁이 나면 이곳에는 숨을 곳이 많아 좋겠다는 생각을 자주 했었다. 우뚝우뚝 솟아있는 바위섬들 속에 들어가 있으면 포탄이 떨어져도, 적들이 쫓아와도 찾을 수 없으리라. 그런 생각을 했었다. 6·25전쟁보다, 큰아버지를 잃은 여·순 사건의 피해가 더 큰 충격이었던 아버지는 자주 그 난리를 우리들에게 주지시켰다. 그래서 나는 다시 그런 −난리가 난다면……, 이라는 가정으로 유사시에 숨을 수 있는 곳을 눈여겨 살펴두곤 했었다.

나는 바위 사이에 숨어 하루를 지내곤 했다. 자갈밭도 없이 절벽으로 이루어진 바닷가엔 참나리 꽃이 처연하게 피어 있곤 했었다.

"개나리꽃은 뭐 헐라고 그리 끊어 왔싸냐!"

가슴에 한 아름 나리꽃을 안고 집으로 들어서는 내게 엄마는 그렇게 말했다. 그래서 나는 그 꽃이 우리들이 흔히 노래하고 봄을 상징하는 개나리꽃인지 알았다. 봄에 피는 개나리가 특별한 곳이라, 바닷가마을이라, 여름에도 그렇게 바다를 지켜주고 있는 줄 알았다. 나리꽃을 엄마는 개나리라고 표현했다.

"너를 닮았네!"

철모를 쓴, 구리빛을 넘어 검기까지 한 군복을 입은 그가 내게 말했다. 놀라 안고 있다 놓아버린 나리꽃을 파도가 바닷물 속으로 끌어 내리려고 애를 쓰고 있었다. 나는 그런 나리꽃을 잡을 생각도 하지 못하고 아득해지는 나 자신도 붙잡지를 못했다.

그토록 숨을 곳이 많았던 그곳에서도 나는 나를 숨기지 못하고 그대로 드러내 버리고 말았다. 주근깨 투성이의 사춘기 내 얼굴을……

아무도 찾지 않는 가을의 바닷가에 앉아 우리는 매기를 불렀다. 지천으로 쌓여있는 삭정이를 주워 모닥불을 피우고 그 불 속에 소라며 홍합을 던져 넣어 놓고 우리는 타닥거리며 타는 불꽃처럼 발개졌다. 그는 내게 어린 왕자를 얘기했고 헤르만 헷세를, 릴케를 읊조렸다.

그것이 사랑의 시작이었다는 것을 세월이 많이 지난 후에야 나는 알게 되었다. 시작도 하지 않았다고 생각하고 있었지만 그를 지우는데도 꽤 많은 시간 동안 가슴을 앓아야 했다.

참나리꽃도 다 지고 바닷가는 황량해졌다.

그가 군복무를 마치고 그의 일상으로 돌아가고 나 역시도 곧 그 섬마을을 떠났기에 우리의 인연은 더 이상 이어지지 못했다. 모닥불이 다 타고 그 불 속에서 익어가던 소라가 새카맣게 타버렸는지, 나는 궁금해하지도 않았다. 나는 그때 그가 내게 보인 관심과 보살핌이 아름다웠노라고 지금도 간직하며 살고 있다. 가끔씩 내 삶이 팍팍하고 허허로울 때 앨범처럼 차곡차곡 끼워진 그의 미소를 떠올리며 위로를 받기도 했다. 하지만 그건 현실이 될 수 없음을 나는 너무도 잘 알고 있었다.

남편을 만나기 전까지의 직장이었던 건축설계사 사무실에서 마주 보이는 산자락에 부대가 있었다. 예비군들 훈련이라도 있는 날이면 남자들의 우렁찬 목소리가 들려오곤 했었다.

그들이 입고 있는 옷만 쳐다보고 있어도 눈물이 났다. 지금 생각해보면 지워버린 그가 지금까지 내 가슴 밑바닥에 누룽지처럼 눌러 붙어 있었지 않았나 싶기도 했다.

"누이를 찾았다고!"

사내는 휴대폰으로 서울의 아내에게 전화를 했다. 그의 목소리는 힘이 들어가 있다.

그가 만드는 알리바이를 누이는 알 수가 없다. 누이는 그렁한 눈시울로 한 번도 본 적이 없는 피도 살도 섞이지 않는 동생댁의 전화를 받았다. 그것은 참으로 난감한 시간이다. 누이는 아직 그 동생댁을 부를 준비가 되어있지 못했다.

형님이냐고? 서울 한번 올라오시라고…… 아니, 아이들 데리고 언젠가 한 번 찾아뵙겠노라고……. 누이는 동생댁의 당당한 목소리를 들으며 덮여져 있던 세월의 더께를 씻어내고 있었다.

누이를 찾으러 여의도로, 방송국으로, 피켓 들고 얼마나 찾아다녔는지 알고 있느냐고, 너무 그리워 밤잠을 설치곤 했다고, 사내는 울먹였다.

그러나 그 말은 진실하지가 못하다고 누이는 생각했다. 촌부인 자신의 머리로 생각해봐도 자신을 찾을 마음만 있었다면 방송국이 아닌 이곳으로 왔어야 하지 않겠는가, 그들이 떠날 때부터 오늘까지 누이는 이곳에 살고 있었다.

누이는 그들이 어디로 가서 자리를 잡고 살고 있는지 알 수 없었지만 그들은 알고 떠났지 않는가 말이다. 그토록 사무치게 그리웠다면 헛걸음을 한다 할지라도 한 번 정도는 이곳을 찾아와 봤어야 하지 않았을까. 허긴 그래서 이렇게 늦게라도 자신이 죽기 전에 찾아왔지 않은가, 누이는 그것만으로도 감격해 마지않는다.

사내는 혼자 온 것이 아니라고 했다. 일행이 있노라고 했다.

"누구?"

동생의 아내와는 방금 통화를 했기에 일행이 그 아내는 아닐 터였다.

"누이 내 몸이 건강하질 않아요. 돌봐 줄 사람이 필요해서……"

승용차에 남아 있던 여자를 전화로 불러올린 사내는 누이에게 그녀를 소개했다. 사내에 비해 좀 더 젊은 여자는 처음 보는 누이를 덥석 안고 울먹였다.

"오빠가 누나에 대해 많이 그리워했어요. 이렇게 만나게 되어 너무 반갑고 기뻐요."

누이는 적응되지 않는 그 난감한 상황 앞에 어정쩡하게 앉아 그 여자의 인사를 받았다.

여자는 사내를 향해 오빠라고 호칭했다. 그들에게서 느껴지는 끈적한 불륜의 기운은 함께한 누이의 가족을 당황스럽게 했다.

소설로도 표현되지 않을 것 같은 자신이 걸어온 90년 세월이 천
정에서 그네를 뛰다 누이의 가슴으로 안겨들었다.

너무나 가난했던 어린 시절, 입에 풀칠도 못 한다고 했던가, 핏
덩이인 누이를 버리고 떠난 어머니 대신해 아버지는 새어머니에
게 누이를 맡겨 놓고 어느 기생의 오라비로 살아가고 있었다. 새어
머니에게서 들은 아버지는 천하의 난봉꾼이었다. 누이는 그런 어
린 시절을 보냈다. 마을의 대지주였던 성만네 부엌데기로 가기 전
까지 쌀밥 한번 마음 놓고 먹어보지 못했다. 딸이 없던 부잣집에서
는 누이를 참으로 예뻐해 주었다. 어린 아기를 업어 주는 일 외에
는 누이는 자유로웠다. 여자도 글은 깨우쳐야 한다며 야학도 보내
주었고 양장 옷도 입혀주곤 했다.

지금도 누이는 그것을 은혜라고 여긴다. 자신이 아무리 예뻤어
도 그들이 자신을 예뻐해 주지 않으면 그만이다. 그들은 누이의 모
든 것을 예쁘게 봐주었다. 누이는 그 은혜를 그들의 자손에게 돌
려주고 싶었다. 하지만 지금까지 서로의 소식도 모르고 살았고, 또
지금은 자신보다 성만의 생활이 더 여유로워 보여 자신이 성만에
게 은혜를 베풀 위치도 안 되는 것 같아 누이는 허허롭다.

6·25가 발발했고 부잣집에서는 누이의 등에 성만을 업혔다. 생
과 죽음이 공전하던 그 아수라장같은 피난길에서 누이는 성만의
부모를 놓쳤다. 후에 들은 소식이지만 성만의 부모는 끝내 월남하

지 못했다고 했다.

머리에 얹어진 피난 짐보다 더 무겁고 힘에 겨웠던 피난길의 동행들. 폭격에 부모를 잃은 열 살도 채 되지 않은 여자아이 둘과 이제 겨우 걸음마를 시작하던 성만을 업고 또 다른 여섯 살짜리 사내아이 천식에게 열여덟 살의 누이는 엄마가 되어야 했다. 죽음이 바로 발 앞에서 혀를 날름거리던 그 치열한 삶의 몸부림을 같이 견디어낸 아이들이었다.

산열매를 따서 먹었고 메뚜기를, 개구리를 구워 먹기도 했다. 때로는 안고 업고 부축하며 죽음의 공포를 이겨내며 떠밀려 내려온 이 남도 땅 여수, 삯바느질로, 밭일로 그 아이들을 거두어 먹였다. 피 한 방울 섞이지 않은 사이지만 누가 누이와 가까운 사이인지는 중요하지 않았다. 오로지 굶지 않고 살아남아야 했기 때문이었다. 그 막막함을 그 아이들은 몇십 년의 세월이 지난 지금 그때 누이의 심정으로 공유해줄 수 있을까.

그렇게 10여 년을 버티었다. 배고픔과 전쟁에서 해방되면서 그새 훌쩍 자란 아이들은 각자의 삶을 설계하기 시작했다. 누구랄 것도 없이 아이들은 점차로 누이의 품을 떠나갔다. 간간이 아이들이 편지를 했지만 그것도 그들이 어른이 되기 전까지뿐이었다. 그들은 곧 누이를 잊어버렸을 것이다. 그들은 누이를 잊었지만 누이는 그들을 잃었다.

잠이 올 리 없건만 누이는 잠을 청해 본다. 참으로 밤이 길다는 생각을 해 본다. 나이 들면서 부쩍 밤이 좀 짧았으면 좋겠다는 생각을 하긴 했지만 오늘 밤만큼 밤이 길게 느껴 본 적도 없으리라. 이마에 초가집을 지었다 헐고 기와집을 지었다 헐기를 얼마나 했을까? 여전히 밤이 깊다.

누이는 그들을 기다렸을까.

나는 그를 단박에 알아봤다. 30여 년의 시간을 건너뛰었는데도 그는 별로 변한 것 같지 않았다. 바이오렛빛 셔츠에 청바지가 제법 멋이 있는 그를 보며 살림에 찌든 내 모습이 조금 초라하게 느껴졌다.

"변한 게 하나도 없네요."

그가 먼저 내게 존대어로 말을 걸었다. 시간의 흐름에 따라 사람의 관계가 호칭으로 구분되는 듯싶었다.

그의 목소리는 변하지 않고 그대로다. 이제 내가 대답을 할 차례였는데 뭐라고 해야 할지 머릿속이 하얘졌다.

"더 멋있어진 것 같아요."

나는 주눅 들지 않고 그를 대했다.

"어머니로부터 소식은 들었지만 그래도 얼굴 보고 싶어서 연락했어요."

그가 집주변에 왔다며 잠깐 얼굴만 보고 가겠다고 했을 때까지도 나는 선뜻 그를 만나는 것에 대해 부담스러웠다. 그냥 서로 이렇게 추억 속에 존재하는 관계로 묻혀버리길 원했던 것 같다. 그런

데도 나는 그의 요구를 무시하지 못하고 자석에 이끌리듯 그를 만날 수 있다는 기대에 부풀었고 설렜다.

"참 오랜만이지요? 반가워요."

그가 라떼 한 잔과 아메리카노를 주문해 들고 와서 라떼가 든 잔을 내게 내밀며 말했다.

"네."

나는 짧게 대답했다.

그리고 대화는 이어지지 않았다. 그도 나도 더 이상 할 말이 없었다. 아니 할 말이 많아 무슨 말을 먼저 해야 할지 모르는 것일 수도 있었다.

"우리가 이렇게 만나는 거 부담스러운가요?"

그가 조심스럽게 물었다. 이 난감함을 어떻게 해야 하나, 잠시 고민했었는데 그가 먼저 그렇게 물어주니 차라리 다행이었다.

"아니, 그런 건 아니에요. 그냥 좀 새삼스러워서……"

몇 번의 거절을 그는 마음에 두었던 듯싶었다.

"가끔 잘살고 있나, 궁금했어요."

나는 고개를 끄덕였다.

그는 내 삶이 궁금했을 테지만 나는 그가 그리웠다. 형체가 없고 잡을 수 없는 그리움인 줄 알았기에 포기하는 것 또한 어렵지 않았지만 늘 마음 한 켠에 그에 대한 그리움이 눅진하게 가라앉아 있었다.

우린 우리의 얘기보다는 서로의 자녀에 대해 더 많은 얘기들을 나누었다. 대학교수인 딸은 작년에 결혼을 했으며 아들은 미국에 유학을 가 있다고 했다. 나 역시 두 딸이 있으며 한 아이는 간호사로 대학병원에 근무하고 있고 한 아이는 공무원이라는 것을 자랑삼아 얘기했다.

마치 이웃집 아낙과 수다를 떠는 것처럼 그렇게 아무 감정 없이 그를 향해 자녀에 대해 얘기를 나눌 수 있을 거라 생각조차 못한 일이다.

"가끔 연락하고 이렇게 봅시다."

그는 명함 한 장을 내게 내밀며 마지막 인사를 했다. 하지만 그나 나나 우리는 서로 다시 만나거나 연락할 일이 없음을 알고 있다. 서로에게 남아 있던 작은 찌꺼기가 말끔하게 씻겨 내려가는 것 같다.

바람이 잦아들고 있다. 꽃샘추위를 몰고 올 것 같았던 싸늘한 바람이 점차로 잦아들고 있다. 나는 길가에 마중 나온 햇살을 밟으며 집으로 돌아가고 있다.

동생이라는 사내와 여자는 첫날 누이를 찾아와 눈물을 펑펑 흘리던 날을 제외하고는 매일 주변 유원지나 시내를 돌아다니느라 밤에나 집에 들어와 잠만 잔다. 동생이라는 그 남자가 이 집에 돌아와 하는 일은 시어머니와 함께 앉아 서울에 있는 그의 부인과 화상통화를 통해 그의 알리바이를 확인시키는 일이다. 동생의 아내

는 몇 십 년 만에 해후한 누이와 맘껏 회포를 풀고 올라오라며 그
들의 만남을 축하해 주었다.

그와 동행한 여자는 이제 환갑쯤 되어 시어머니의 동생이라는
사내와는 나이 차가 있어 보였지만 당뇨가 있다는 남자를 살뜰히
보살폈다. 약 먹을 시간, 가려야 할 음식들을 체크하며 간병인의
역할을 다하는 듯 보이게 연극을 하고 있었다.

그들이 풍기는 누린내 나는 불륜의 행각이 역겹지만 며느리는
그냥 시어머니의 친지로서 감정 없이 대한다.

"누이 이제 여기 살고 있는지 알았으니 자주 찾아 올기요."

"형님 건강하세요."

여자는 그새 시어머니를 향해 형님이라는 호칭을 썼다. 굳이 그
들의 관계를 숨길 이유가 없다 여겼던 것 같다. 뻔뻔하다는 생각이
들었지만 그들의 사생활이니 뭐라 할 입장이 아니다.

그들은 그렇게 홀연히 찾아왔다 또 홀연히 떠났다. 맵찬 꽃샘바
람이 휘몰아쳐 간 듯 집안 곳곳에 그들의 흔적이 남겨져 있다.

며느리는 마당에 내려온 햇살을 지그시 밟고 서서 빨랫줄 위에
묵은 빨래들을 널고 있다.

간병인

통증이 간헐적으로 이어지고 있다. 나는 그런 여자의 고통을 방치한다. 통증도 공유할 수 있다면 나는 그녀의 고통에 동참할 수 있을까, 생각해보니 그것은 아니다. 아무리 내가 그녀에게 속죄할 것이, 또는 용서받아야 할 것이 많다 한들 죽음보다 극심한 그녀의 통증까지 공유한다는 것은 매우 주제 넘는 생각일 터였다.

간병 초기, 그녀는 통증이 오면 머리를 침대에 파묻고 엎드려 30분쯤 죽은 듯 꼼짝을 하지 않았다. 마치 두 손을 모으고 간절하게 기도하는 것처럼 오롯이 그 고통의 시간을 혼자 견뎌냈다. 그녀는 그 시간을 병마와 익숙해지는 시간, 병을 느끼는 순간이라고 표현했다. 아마 그 시간을 견디고 나면 점차로 병마와 친해져 통증이 찾아오더라도 그 통증에 익숙해지지 않을까 생각하는 것 같았다. 익히 봐온 다른 환자의 예를 들지 않더라도 나는 그녀의 그 기대를 무참하게 꺾어버리고 싶지 않았다. 그저 그 기대로나마 병과 익숙해지기를…… 라고 고개를 끄덕이며 흐릿한 미소를 보여 줄 수밖에 없었다.

어쩌면 그녀도 자신의 그 바람이 부질없을 거라는 것을 알고 있는지 모른다. 그 미세한 통증이 전쟁의 시작이라는 것을, 다만 거부할 수 있다면 그렇게 감정적으로라도 각오를 하면 조금 덜 고통스러울 거라 스스로를 단련하고 있었을지 모른다.

처음 한 마리의 병균과 싸워 이기고 나면 다음은 열 마리, 그다음은 백 마리, 그리고 천 마리…… 통증의 간격은 점차로 좁아지고, 종래는 감당하지 못할 만큼 많은 수의 군병이 그녀를 쓰나미처럼 덮쳐 올 것을 알면서도 애써 받아들이고 싶지 않은 것이다. 아니, 모른 척했다.

이제 그녀는 점차로 불어나는 수많은 병균의 수에 기력이 다해가고 있다. 조금씩 지쳐가는 그녀의 얼굴에서 더 이상 싸울 전의가 상실되고 있다. 나는 그녀를 묵묵히 지켜볼 뿐 위로하지 않는다. 공감되어지지 않는 위로가 얼마나 가소롭고 허망하다는 것을 익히 알고 있는 나로서는 그저 곁에 있어 주는 것, 그 이상은 아무것도 해줄 수 있는 게 없다.

"패치를 좀 바꿔 달라고 할까요?"

좀 더 강한 진통제를 써 보면 어떻겠냐는 나의 의견을 그녀는 애써 거부했다.

"아직은 견딜만해요."

그녀는 나팔꽃 같은 표정을 지었다. 햇살이 떠오르면 쪼그라질 것 같은 어린 표정이 물 위에 뜬 거품처럼 뽀글거렸다.

견딜만하다는 것은 어떤 유형의 통증일까, 그녀는 오기를 부리고 있다. 약한 진통제를 고집한다고 해서 자신을 찾아오는 통증의 강도가 그만큼 약할거라 생각하는 것은 오류다. 이제 내성이 생겨 들지도 않는 진통제를 고집한다고 해서 암세포가 약해지는 것은 아닐진대 여자는 극구 강한 진통제를 거부했다.

'얼어붙은 달그…… 물 …… 자고, 한겨울에 거센…… 머무…… 섬, 생각…… 저 등대를 지키는 사람에…… 사랑…… 마음을……'

그녀가 등대지기라는 노래를 읊조린다. 띄엄띄엄 가사를 건너 뛰기도 하고 아예 입을 다물기도 하며 등대지기를 불러 댄다. 노래를 부르므로 고통의 여운을 빨리 보내버리고 싶은 안간힘이다.

겨울바다 위에 서 있는 외롭고 서러운 등대가 그려진다. 그녀는 자신의 처지를 그 등대에 투영하고 있는 건 아닐까 하는 생각이 든다.

참으로 오랜만에 들어보는 노래다.

나의 대학 생활 첫 축제 때 민아는 그 노래를 불렀다. 분위기에 맞지 않는다는 학생들의 핀잔에도 민아는 그 노래밖에 아는 노래가 없다며 끝까지 그 노래를 불렀다. 등대지기라는 노래가 그렇게 처량하고 슬픈 노래인지 나는 그날 민아의 노래를 듣고 알았다.

방안은 밝다. 여자는 24시간 밝음으로 지낸다. 여자의 방은 밤이 없다.

"죽으면 영원히 어둠 속에 갇혀 있겠죠?"

물음인지 짐작인지 애매한 어조의 그녀 물음에 나는 대답하지 않았다. 사후환경에 대해 그것을 그녀와 논하는 것 자체가 어쩌면 고문일지 모른다는 생각이 들었다.

"배고프지 않아요?"

내가 물었다.

여자는 통증을 견디고 나면 허기를 못견뎌했다. 수많은 적군과 싸워 기진맥진한 그녀는 뭐라도 먹고 그 기를 보충하려 했다.

"이제 먹어도 힘이 나질 않아요."

지난주부터 여자의 식사량이 급격하게 줄어들고 있었다. 날이 지날수록 밥상의 음식물이 거의 비워지지 않고 그대로 나왔다. 겨우 한 숟가락 삼키고 나면 얼마 지나지 않아 구토를 하고 음식물을 게워내는 일이 다반사였다.

며칠 전의 정기 검진에서 이미 소화 기관이 제 기능을 하지 못하고 있다고 담당의는 마른풀처럼 까슬하게 진단했었다. 병원에서는 대처할 그 어떤 것도 없는 환자에 대해 무관심했다. 그들은 자신들이 내린 시한부 선고 기간을 얼마나 더 견뎌내는가 그것만 관심이 있는 것 같았다.

"오늘은 그 사람이 올지도 몰라요."

여자의 남편은 여자가 이곳에 입원한지 일 년이 지났지만 단 한 번도 여자를 찾지 않았다. 아니, 가족 그 누구도 여자를 찾아온 사람이 없었다. 여자는 이 암 전문 요양병원에 입원하던 날부터 누군가를 내처 기다렸다. 그 대상이 남편이건 그 자녀건, 또는 부모 형제건 대상은 중요하지 않은 것 같았다. 다만 여자는 누군가에게 아직은 잊혀지지 않은 존재이고 싶어 했다.

가끔 여자는 내가 알 수 없는 혼잣말을 중얼거렸다. 마치 꿈을 꾸는 듯 현실 가능성이 없는 상상을 하며 혼자 행복해하곤 했다. 여자의 얼굴에 기다림의 설렘이 봄 아지랑이처럼 피어올랐다.

요즈음 부쩍 여자는 그 사람을 기다린다. 그 기다림은 여자를 조금 예민하게 했다. 통증의 빈도가 잦아진 것도, 식욕이 급격하게 저하된 것도 그런 여자의 예민함 때문이 아닐까 짐작해본다. 기다리는 사람이 예상했던 것보다 조금 더 빨리 그녀를 찾아오지 않을까 내심 기대하는 눈치다. 부질없는 기대다.

짐작건대 그녀가 기다리는 사람은 쉬 올 것 같지 않다. 혹 여자의 상태가 최악으로 치닫는 상태까지 가게 된다면 그녀의 마지막을 같이 보내 줄 수는 있지 않을까, 나는 그렇게나마 애써 그녀의 염원을 응원한다. 그 대상이 그녀의 자녀이건, 남편이건, 형제 자매건.

여자는 머리맡에 두었던 책을 펼친다. 책갈피에 끼워져 있던 볼펜이 또르르 굴러 침대에서 바닥으로 떨어졌다.

나는 허리를 굽혀 볼펜을 주워 그녀의 책 위에 올렸다. 앙상하게 마른 그녀의 손가락이 볼펜대보다 가늘다. 여자는 동요하지 않고 엷은 미소를 보이며 계속 책을 읽는다. 그 미소가 낮익다.

미음을 끓여 두어 숟갈 그녀의 입에 흘러 넣어주고, 입을 헹궈주고, 머리를 감겨 드라이의 약한 바람으로 한 줌도 되지 않는 머리를 말린다. 항암제에 내생이 생기고부터 여자는 항암을 포기했다. 이제 머리카락이 조금씩 민머리를 덮어주고 있다.

"예뻐요."

나는 필요치 않은 말을 덧붙인다.

여자와 나는 말 없이 텔레비전을 응시한다. 세상 소식을 전하는 앵커의 목소리가 밤이슬처럼 스며든다. 나는 앙상한 그녀의 얼굴을 내 어깨에 얹는다. 무게가 느껴지지 않는 낙엽 같은 고갯짓이 서글프고 애닯다.

여자가 잠이 들었다. 그녀를 안아 침대에 눕힌다. 적막이 먹물처럼 번져 온다. 그녀의 이마에 입술을 대 본다. 열이 느껴지지 않는 서늘한 차가움이다. 낮빛이 치자 물처럼 누렇게 변한 여자를 두고 그 방을 나온다.

날씨는 흐리고 가을비가 올 것처럼 꾸물거렸다. 이제부터 우린 서로 자신에게 집중해야 한다. 그녀도 나도.

비염이 조금 심해졌다. 기온이 점점 내려가면서 내 몸의 면역력도 그만큼 저하되고 있다는 반증이다. 눈이 가려워 충혈될 만큼 비볐더니 이물질이 생긴 듯 눈동자가 꺼끌거렸다. 가능하면 약의 힘에 의지하지 않는데 어쩔 수 없이 처방받아둔 비염약을 한 봉지 꺼내 물과 함께 삼킨다. 그래야 그녀와의 하루를 견딜 수 있을 것 같았다. 그것이 돌봐줘야 하는 환자에 대한 간병인의 예의다.

"산책 나갈까요? 바깥 풍경이 너무 좋아요."

나는 호들갑을 떨었다. 그녀를 무료한 방안에서의 짙은 침묵으로부터 벗어나게 해주려 애를 썼다.

숙소를 나서면 환자들을 위한 작은 공원이 있다. 나는 그녀의 휠체어를 끌고 공원엘 나온다. 수용인인 암환자들이 숙지해야 할 하루 일정표에 기재된 활동 과제다. 그녀는 휠체어에 앉아 먼 산을 보기만 했다. 침엽수였던 산들이 아열대식물인 활엽수로 뒤덮인 가을산은 마치 물감을 뿌린 듯 화려하다. 아직 푸른빛이 많았지만 그래도 조금씩 물들기 시작하는 가을산은 죽음을 앞두고 있는 사람과 같이 나누기엔 너무 잔인하다.

여자와 나는 각기 그 산을 바라보며 서로를 외면한다. 같은 풍경을 바라보고 있지만 나와 그녀가 바라보는 풍경은 그 색감도 다를 것이며 느낌도 다를 것이다.

"하늘이 너무 어둡죠, 꼭 밤 같아요. 어느 날부터인가 하늘이 검은색이라는 것을 알았어요."

그녀는 푸른 하늘은 착각이라고 나를 설득했다. 그녀가 내게 건넨 첫 한마디가 그런 설득이었다. 그녀는 내게 네가 알고 있는 것, 믿고 있는 것은 착각이다, 라는 것을 은연중에 알리고 싶어 했다. 가끔은 하늘이 검기도 했다. 그러나 하늘이 늘 검은 건 아니다. 푸른 하늘도 있고 회색하늘도 있고 그녀의 표현대로 검은 하늘일 수도 있다. 그것은 변하는 것이다. 변하지 않는 것이 없듯 하늘도 그

색깔이 변하는 것이다. 굳이 내게 하늘이 검은색이라고 주지시킬 이유는 없다. 그녀가 느끼는 하늘과 내가 느끼는 하늘은 또 다른 것이니까.

"하늘의 색은 검은색이에요. 블랙. 하늘이 파랗다는 것은 색맹이기 때문에 그렇게 보이는 거에요. 원래 내 시력이 참 좋아요. 시력이 좋은 사람한테는 하늘이 검게 보여요. 원래의 색이죠."

"그런가요?"

나는 여자의 이론에, 또는 억지에 고개를 끄덕여 동의한다. 끈질기게 하늘이 검다고 고집부릴 여자를 감당할 자신이 없기 때문이다.

그녀가 미소를 지었다. 예쁘진 않다. 여자의 얼굴은 산화된 사과껍질처럼 푸석하고 초췌하다.

민아의 가정환경은 불우했다. 교통사고로 아버지를 일찍 잃고 그 어머니는 식당의 주방 일을 해서 민아와 남동생 둘을 키워야 했다. 그런 환경은 민아를 일찍 철이 들게 했고 대학을 다니면서도 동동거리며 알바를 찾아다녔다.

민아를 알게 된 건 서양화를 그리는 대학 동아리에서였다.

22살의 민아는 키가 컸다. 그녀의 첫인상은 얼굴이 아니라 키였다. 168이 될까말까한 내 키에 비해 여자인 민아의 키는 하이힐을 신었을 때 내 키를 훌쩍 넘어갈 만큼 훤출했다. 나는 그녀가 배구 선수거나 농구 선수가 아닐까 생각했다.

군에서 제대를 하고 복학한 대학, 서양화를 취미로 그리는 학생 동아리에는 원래 내가 알고 있던 얼굴보다 새로운 신입생들이 더 많았다. 그중에 한 명이었던 여학생 민아. 민아는 원래 미대를 진학하고 싶었다고 했다. 하지만 집안 형편상 예술전공은 어림도 없는 욕심이었고, 그녀는 그나마 동아리 활동으로 자신의 숨겨진 재능을 발산하는 것에 만족하고 있었다. 별 재능이 없으면서도 예술이라는 그럴듯한 포장지에 끌렸던 나와는 애초에 그 열정이 달랐다.

비교적 유복했던 내게 등록금 걱정을 하는 민아는 인간이 얼마나 경제적 궁핍 앞에 비굴해질 수 있는가를 적나라하게 보여주었다. 나는 민아의 마음을 돈으로 샀다. 외모적으로 나는 민아에 비해 열등했다.

당시 나는 시내에서 대형 안경점을 운영하는 아버지의 재력으로 경제적으로 제법 여유로웠고 가난이 뭔지 전혀 공감하지 못하던 시기였다. 물론 지금도 가난이 뭔지 그것을 실감하지 못하고 살지만 그때는 가난이 얼마나 삶을 지치게 하는지 전혀 공감하지 못하던 때였다.

늘 생활고에 시달리며 알바로 근근이 학업을 이어가는 민아와의 만남은 가끔씩 나를 짜증나게 했다. 처음엔 그녀의 그런 환경이 마음 아팠고 그녀에게 힘이 되어 주고 싶다고 생각했지만 그 짐을 내가 같이 지기엔 너무 무겁고 부담스러운 것이라는 것을 알아 가고 있었던 것 같다.

특별히 결핍을 모르고 살아왔던 내게 민아의 환경은 쉽게 극복하기 어려운 늪이었던 것 같다.

나는 대학을 졸업하고 회계사 시험을 준비 중이었고 민아는 그런 내가 얼른 시험에 합격해 그녀를 가난에서 구해주기를 간절히 염원하고 또 공부하는 나에게 헌신했다. 하지만 민아가 내게 기댈수록 나는 점점 두려워지기 시작했다. 그녀를 감싸고 있는 환경, 가난과 그 부모의 무지와 천박함에서 헤어 나오지 못하고 같이 빠져 허우적일 수밖에 없을거란 두려움이 나를 민아로부터 도망치게 했을 것이다.

구구절절이 설명하기엔 나 스스로 너무 부끄러운 부분이 많지만 결론은 내가 그녀를 배신했다는 것이다. 나는 시험에 합격하고 그녀와 헤어졌다. 그리 큰 문제도 아닌 것으로 말다툼을 하고 나는 그녀와 연락을 끊었다. 어쩌면 그 말다툼 자체가 핑계였을 것이다.

솔직히 나는 민아의 사랑에 대해 반신반의했었다. 민아의 사랑을 신뢰했다면 우리의 관계가 조금은 더 진지했을지 모른다. 어쩌면 그것은 외모의 열등감에서 오는 피해의식이었는지 모른다. 나는 조금 가벼운 사람이었다. 돌이켜보니 그랬다. 우린 결혼을 약속했지만 나는 그녀를 책임지지 못했다. 후에 그녀가 나와 헤어지고 낙태까지 했다는 소식을 들었지만 나는 그녀에게 돌아갈 수 없다. 그것을 책임질 만큼 나는 도덕적인 남자가 아니었다.

그리고 나는 그녀 민아를 잊고 살고 있었다.

"영혼이 있다고 믿나요?"

여자는 조금씩 자신의 죽음을 받아들이고 있는 중이다. 휴대폰에 저장된 주소록의 전화번호를 뒤적이던 그녀가 대뜸 내게 물어왔다.

"영혼이 없을까요?"

내가 되물었다.

"나는 영혼 같은 건 없었으면 좋겠어요. 나란 존재가 영혼으로 지속되는 건 원하지 않아요."

"신앙을 가지고 있는 사람들에게 그 얘길 해주면 그들은 뭐라고 설명해 줄까요?"

사람이 죽으면 천국이나 지옥으로 갈 수밖에 없다고 믿는 종교인들은 영혼의 존재를 굳게 믿어 의심치 않는다. 나 역시 내가 죽으면 내 영혼은 어떻게 될까 생각하지 않았던 것은 아니다. 기독교인들의 설명대로라면 나는 믿음이 없기에 지옥에 갈 것이다. 또, 불교인들의 설명대로라면 나는 죄를 지었기에 짐승으로 다시 태어날지 모른다. 아무리 종교인들이 그렇게 말해도 솔직히 나는 종교인들의 기준에 합당한 존재로 살 수 없었을 것이다. 그렇게 생각하면 차라리 홀가분하다. 살아있는 동안 나는 영혼은 없다고 여기며 살아야겠다 싶다.

그래, 그래서 그녀가 이렇게 묻는구나. 이해가 된다. 그녀는 내가 죽으면 꼭 지옥에 가길 원하고 있는지 모른다. 혹 인간이 혐오하는 짐승으로 태어나길 바랄지도 모른다. 그게 공평하다 여길 것이다.

"그들은 아직 죽음을 몰라서 그래요. 나는 그냥 사라지고 싶어요. 육체도, 영혼도…… 뭐든 나란 존재가 이어지는 건 원하지 않아요."

그녀는 사라지고 싶어 했다. 아무런 미련 없이, 태어나지 않은 것처럼, 없음이 되고 싶어 하는 것이다. 나는 그 심정을 이제 이해한다.

"가장 아쉬울 때 떠날 수 있어서 그나마 다행이에요. 봄이 아니어서 더……. 모든 게 다 지고 있잖아요. 모든 자연이 다 같이 지고 있으니 외롭진 않을 것 같아요."

여자는 그렇게 삶을 정리하는 중이다. 흙색으로 변해가는 여자의 얼굴에서 피어나는 웃음은 가늘고 여리다.

돌아보면 나의 인생은 시행착오의 연속이었다는 생각을 한다. 민아와 헤어지고 나는 얼마 지나지 않아 아버지 지인의 딸과 중매로 결혼을 했다. 집안의 경제력이나 수준이 엇비슷해 민아에 대한 트라우마가 있었던 내게 마침맞는 상대라 여겼던 것 같다. 그러나 나의 결혼생활은 그리 순탄치 못했다.

아내의 직업은 고등학교 교사였다. 결혼을 하고 나서 안 사실이지만 아내는 같은 학교의 유부남 교사와 불륜 관계였다고 했다. 그 것이 문제가 되어 일 년 정직이 되었고 그 기간 동안에 나와 결혼을 한 것이었다.

유부님의 아내라는 여자로부터 그 소식을 전해 듣고 나는 적잖이 충격을 받았다. 당장 결혼을 무르고 싶었지만 차마 그러지 못했다. 솔직히 내가 그녀를 비난할 처지가 아님을 누구보다 내가 더 잘 알고 있었기 때문이었다. 물론 남녀가 서로 사랑하다 헤어짐이 그리 큰 문제는 되지 않을 수 있다. 가정이 있는 남자를 사랑해 그 아내에게 씻을 수 없는 상처를 주었던 것에 비한다면 말이다. 어쩌면 민아와 나는 흔히 있을 수 있는 남녀 간의 만남과 헤어짐의 수준을 벗어나지 않을 수 있다는 변명이 그것이었다.

아내는 늘 허공에 떠 있는 것처럼 나와의 결혼생활에 적응하지 못했다. 나도 아내를 사랑하지 않았지만 아내 역시 나를 사랑하지 않았다. 사랑 없는 결혼생활은 5년간 이어졌지만 끝내 아내는 그 남자를 잊지 못하고 나와의 이혼을 결정했다. 나는 무기력하게 아내가 원하는 대로 이혼에 동의했다. 굳이 결혼이라는 굴레에 매이고 싶지 않았다. 조금은 나태하게, 그리고 많이 방탕했던 지난날을 돌이켜 보면 내 인생은 부끄러움뿐이다.

그리고 3년 전, 거칠 것 없는 인생을 살았던 내게 느닷없이 폐암이라는 녀석이 찾아왔다. 다행인 것은 죽음에 이를 정도로 병기가 진행된 게 아니었기에 나는 수술을 받고 새 생명을 얻었다. 다만 나는 아직도 암 환자이다. 완치가 아닌 치료 중이고, 회복 중이다.

"옛 습관대로 또 그렇게 생활하시면 다시 재발할 수도 있습니다. 이젠 모든 것에 조심하며 살아야 합니다."

담당 의사가 내게 당부했던 말이다.

이 암 전문 요양병원은 내가 폐암 수술을 하고 한 달여를 요양했던 곳이다. 지리산 자락에 위치한 이곳은 70여 명의 암 환자가 요양 중이다. 이 중에는 나처럼 회복기인 환자도 있을 것이며, 그런가 하면 곧 죽음을 앞두고 있는 환자도 있을 것이다.

이곳에 와서 처음 친해진 환자는 혈액암으로 투병 중인 아직은 어린 친구였다. 대학을 갓 졸업한 청년이 암으로 죽음과 싸우는 모습을 보면서 나는 나의 행운을 감사했다. 단 한 번도 신의 존재를 받아들여 보지 않았던 내가 나도 모르게 누군지도 모를 신에게 감사의 인사를 하게 됐다. 암은 그런 존재였다.

암은 젊고 건강한 사람에게 오히려 치명적이었다. 청년은 투병 3개월 만에 호스피스 병동으로 실려 갔다. 그곳에서 아까운 청춘이 그렇게 저 갔다.

사람은 암을 겪은 사람과 그렇지 않은 사람과 나누어지는 것이 아닐까. 나는 그렇게 생각한다. 나는 내 인생의 궤도 수정을 했다.

책임질 자식도 없음에 가능한 선택이었다. 조금 연장되어진 생명에 대한 보답이라고 생각하고 나는 회계사 사무실을 정리하고 이곳으로 아예 이주를 했다.

그렇게 경멸했던 가난이 암이라는 병을 겪고 나니 차라리 사치스런 투정이었음을 고백하게 되었다. 죽음 앞에서 선 나약한 인간에게 가난은 오히려 아무것도 집착하지 않을 수 있는 홀가분함이었다. 가진 게 많을수록 죽음이 두렵고, 세상에 미련이 많음을 나는 그때야 깨달았다.

그녀, 민아를 이곳에서 마주치게 될 거라고는 상상도 하지 못한 일이었다.

그녀는 흰색 SUV 승용차를 직접 운전하고 요양병원에 나타났다. 그날, 가랑비가 조금 내리고 있었다. 여름의 끝자락이라 기온은 그리 덥지 않았다.

민아는 차에서 내려 작은 백팩 하나를 등에 걸머메고 요양병원 로비로 걸어 들어왔다. 나는 하마터면 민아야, 라고 그녀의 이름을 크게 부를 뻔했다.

그녀의 큰 키가 조금 구부정하다 생각되었지만 그녀가 민아임에는 틀림이 없었다. 나는 그녀가 이 요양병원에 입원한 환자를 면회하거나 이 병원에 업무 차 들렀거나 또는 직원으로 취업이 되었거나 하지 않았을까 짐작했다.

나는 돌봐주고 있는 60대의 담낭암 환자인 원식 씨와 로비에 앉아 바깥 풍경을 구경하고 있던 참이었다.

그녀는 나를 보지 못했다. 아니 봤더라도 나를 알아보지는 못했을 것이다.

그녀는 담당 여직원인 미정씨의 안내를 받아 엘리베이터를 타고 위층으로 사라졌다. 그녀가 어느 층에 무슨 일로 가는지 알 수 없는 나는 왠지 설레는 기분을 감출 수 없었다. 잊고 살았던 30여 년 전의 대학 시절이 병원 앞의 흐드러진 백일홍처럼 화사하게 피어올랐다.

우리는 자주 마주쳤다. 조금씩 단풍물이 드는 가을 산책길에서, 식당에서, 휴게실에서, 마치 약속이나 한 듯 우리는 자주 마주쳤지만 서로를 외면했다.

그녀는 늘 혼자였다. 나는 애써 그녀를 피해 다녔지만 그녀는 내가 피해 다니는 길만 찾아다니는지 곳곳에서 우린 서로를 마주했다.

원식씨가 그녀를 향해 어디가 아프냐고? 그리 많이 아픈 사람 같지 않다고 말했다.

"기다리는 사람이 있어서요. 그래서 예쁘게 하고 있는 거예요."

뽀얗게 화장을 한 그녀가 그렇게 대답했다.

"오겠죠. 올게예요. 기다리다 보면……"

원식씨는 그녀를 위로했다.

"저는 곧 죽는데요."

원식씨가 불쑥 말했다.

"사람은 누구나 다 죽죠."

"그렇기는 하죠. 죽는 시기가 조금 빠를 뿐."

"저도 오래 살진 않을 것 같아요."

그녀가 대답했다. 원식씨와 그녀는 그렇게 서로를 인정했다. 죽음을 앞둔 두 사람은 생각보다 담담하게 서로를 인정했다.

원식씨는 원래 말이 좀 많은 사람이었다. 오지랖이 넓다는 표현이 적절했다. 그는 이 요양병원에서 모르는 사람이 없을 정도로 이것저것을 참견했고 또 환자들과 친했다. 그런 성격이 왜 암이 생겼을까 나는 조금 의아해했다.

원식씨는 여자와 제법 자주 어울렸다. 뷔페로 차려진 식당엘 같이 다니고 입맛에 맞는 음식을 서로 권하고 같이 주변을 산책하기도 하고 음악을 공유하기도 했다.

우리 세 사람은 매일 그렇게 희망없는 연명의 계절을 보내고 또 맞았다. 그렇게 가을이 가고 겨울이 다 지나도록 여자를 찾아오는 가족은 한 사람도 없었다. 그리고 지난 봄이 되기 전에 원식씨는 호스피스 병동으로 옮겨져 일주일을 견디다 하늘나라로 갔다. 호스피스 병동으로 옮겨지기 전, 숨이 질 듯 위태로우면서 원식씨는 여자에게 너무 급하게 오려하지 말고 가능하다면 하루라도 더 견뎌보라고 조언했다.

그렇게 원식씨를 보내고 나는 망연했다.

"평안해졌겠네요."

여자는 진심으로 그렇게 느끼는 것 같았다.

나는 여자의 얼굴을 물끄러미 바라만 보았다. 여자도 나도 서로의 시선을 외면한 채 모르는 사람으로 서 있었다.

"제가 불쌍한가요?"

언젠가 여자가 내게 물었다.

그녀는 내가 그녀가 불쌍해서 자신을 돌봐주고 있는 거라 생각하는 것 같았다. 그녀는 처음부터 내가 그녀 곁에 남아 있겠다는 말에 반대했다. 그럴 이유가 전혀 없다고 말했다.

민아는 나를 옛 남자로 받아들이지 않았다. 우리는 서로에게 옛 인연에 대해 침묵했다. 새삼스레 아름답지도 않은 추억팔이를 할 만큼 그녀의 상황은 여유롭지 못했다.

나는 어차피 누군가를 간병해야 하는 내 입장을 핑계됐지만 사실은 민아를 혼자 둘 수가 없었다. 우리는 서로 모르는 사이의 환자와 간병인으로만 존재했다.

나는 끝까지 나를 거부하지 않아 준 민아에게 고마워했다.

"아들이 하나 있어요. 남편의 아들인데 내 아들이기도 하죠."

"……"

"난 아이를 가질 수가 없대요. 그래서 아이가 있는 남자랑 결혼을 했어요."

민아가 처음으로 그녀의 상황을 말했다.

"한 남자를 사랑했어요. 내 나이 22살 때, 그 남자는 내게 동아줄이었어요. 그 남자를 붙들고 있으면 내 인생도 다른 사람들처럼 평범해지거나, 또는 조금 더 운이 좋으면 상류 상회로 진출할 수도 있지 않을까 기대했었어요. 사람들은 그것은 사랑이 아니라고 하죠. 하지만 나는 그게 사랑이라 믿었어요. 아니 그만큼 내게 절실한 게 없었고 내 인생의 목표는 그것이었으니 사랑이 아니라고 말할 수 없잖아요. 누가 뭐라고 해도 나는 그 남자를 간절히 원했으니 사랑이죠. 그 남자가 떠나고 나는 더 이상 사랑을 하지 않았어요. 아무도 사랑하지 못했어요. 그리고 참 악착같이 살았어요."

나는 민아로 부터 등을 돌렸다. 차마 그녀의 불임의 원인을 물어볼 용기가 나지 않았다.

"많이 힘들어요?"

처음으로 내가 그녀의 상태에 대해 물었다.

"힘듦을 견디는 게 인생이라는 생각을 해요."

그녀의 인생이 그만큼 힘들었다는 것을 그녀는 그렇게 표현했다.

"견딜만은 한가요?"

내가 그렇게 물었던 것 같다.

"내가 찾을 수 있는 곳에 있어 줘서 고마워요."

여자는 내 말에 대답 대신 그렇게 말했다.

"처음이에요. 간절히 원했던 일이 이루어져 본 적이……"

여자는 해설피 웃음 지었다.

등줄기가 서늘하다. 꿈을 꾼 건 아닌데 온몸에 전율이 느껴졌다. 알 수 없는 불안감이 엄습했다.

ㅡ삐리리리 삐리리리ㅡ

호출음이 다급하다. 나는 불길한 예감에 화들짝 놀라 자리에서 벌떡 일어났다. 옷을 챙겨 입은 시간이 채 1분도 걸리지 않았지 싶다.

로비는 부산스러웠다. 민아의 방이었다. 언제 도착했는지 구급대원들이 민아를 침상 채 밀고 나왔다. 나는 뛰어가 민아의 손을 잡았다. 앙상한 손이다.

"민아."

나는 신음처럼 민아를 불렀다. 처음으로 우린 대학 시절의 그 이름과 조우했다. 눈이 마주쳤다. 초점 잃은 눈이다.

그녀의 감겨지는 눈에서 눈물이 주르르 흘러내렸다.

"안······녕······ 날······찾······아······줘······서······ 정······말······고마······워."

소리는 들리지 않았지만 민아의 입술을 그렇게 말하고 있었다. 마지막 인사다. 다급하게 그녀가 구급차 안으로 밀려들어 갔다. 이제 그녀는 편안할 것이다. 그녀가 그토록 기다리던 가족을 만나 마지막 인사를 나눌 수 있을 거라고 나는 스스로를 위로한다.

황망하게 그녀가 사라진 좁다란 도로를 바라보며 나는 차라리 홀가분하다.

"먼저 가서 기다리고 있어."

나는 혼잣말처럼 중얼거렸다.

소리 없이 첫서리가 뽀얗게 산을 적시고 있다.

비보호 좌회전

차는 더 이상 직진할 수 없다. 시장 골목이다. 시장 공영 주차장에 오래된, 곧 폐차를 해야 할 프라이드를 주차한다.

민식은 늘 이곳에 그의 발인 이 차를 주차한다. 집이 있는 산동네까지 차를 타고 올라갈 수 없기 때문이다.

여기서부터는 시장이 시작된다. 설탕과 간장이 어우러져 졸아드는 달콤 짭짤한 냄새가 콧속으로 파고든다. 좋은 날의 추억 같은 푸근함이다. 그리운 냄새는 시장기를 동반한다. 눈앞에 순대, 곱창에 소주병이 어른거린다.

일당벌이 노동자들이 퇴근 후 부담 없이 하루 일과의 피로를 풀 수 있는 곳 중의 한 곳이 이 시장 먹자골목이다. 네댓 명이 만 원씩 각출을 하면 입도 즐겁고, 배도 즐거울 수 있는 곳이다. 눈길이 자꾸 그쪽을 향한다. 일행들과 자주 가던 단골집 간판이 대교집이다.

그 집의 문은 언제나 열려 있다. 민식은 일부러 고개를 반대편으로 돌리고 얼른 그곳을 지나치며 발걸음을 서두른다.

"어이 민식씨!"

귀에 익은 목소리다.

"한잔하고 자."

반갑다. 민식은 몸을 돌려 목소리의 주인공을 확인한다.

새벽마다 인력 센터 대기실에서 만나 안면을 튼 영배씨는 그보다 세 살이 많다. 민식은 주춤주춤 영배가 앉아 술잔을 기울이고 있는 난전이나 다름없는 순댓국밥집 천막 안으로 들어선다.

"집에 빨리 가 봐야 뭐 할 일이 있나?"

영배씨가 입구 쪽 의자를 가르키며 앉으라는 제스처를 한다.

"여태 어디 돌아 댕기다 이제 들어가는 거야?"

민식은 멋쩍은 웃음을 지어보지만 마음 한쪽, 숙제를 못해낸 학생처럼 움츠러 있다.

"왜 혼자 이러고 있어요?"

민식이 순대 한 조각을 입에 넣으면 묻는다. 영배의 얼굴은 이미 불콰하게 술기운이 올라 있다.

"그러게, 일도 공친 주제에 술이나 마실 군번은 아니지."

"아니, 내 말은 그게……"

민식은 변명을 하려다 입을 닫는다.

"나이, 그거 눈 깜짝할 사이에 먹어 지는 거더라니까. 어영부영하는 사이에 벌써 꺾어진 백 살이야."

영배는 소주병을 들어 민식 앞에 놓인 잔에 따르며 혼잣말처럼 한탄했다.

"죽을 때까지 이러고 살거라 생각하니까 이제 슬퍼져."

영배는 돌파구 없는 자신의 인생을 에둘러 그렇게 표현한다. 영배의 눈시울이 붉어졌다. 애써 자신의 속내를 감추려 해보지만 이미 드러낸 추레한 인생의 단면이 숨겨지지는 않을 터였다.

영배의 원래 직업은 제빵 기술자였다. 제과기술 자격증을 가진 빵집 사장님이었다. 10여 년 전까지는 그럭저럭 동네에서 빵집을 운영하면서 밥은 먹고 살았다.

"돈이 돈을 벌지, 대기업에서 돈으로 밀어대는데 배겨낼 장사가 없더라고……."

그는 권리금도 한 푼 챙기지 못하고 빵집을 접었던 자신의 처지에 대해 서글프게 읊조리곤 했다. 아직 공부를 해야 하는 아이들이 둘이나 되니 놀 수 없어 이것저것 해봤지만 되는 일이 없더라는 푸념을 18번처럼 노래했다.

"여기서도 밀려나면 이제는 더 갈 데가 없어. 죽어야지……."

영배는 현실에 대한 답답함을 그렇게 토로했다. 막막한 심사를 그나마 그렇게라도 털어 내놓으면 기분이 조금은 나아지는가 싶었다.

영배를 보내고 집으로 올라가는 민식의 발걸음이 돌덩이를 매단 듯 무겁게 끌린다. 유독 길이 더 가파르게 느껴진다. 알파카인지, 구스패딩인지 겨울을 지낸 무채색의 옷들이 줄줄이 걸린 세탁소를 지났다. 유독 핑크색을 좋아하는 딸아이가 신으면 딱 어울릴 것 같은 리본 달린 구두가 유난히 눈에 띄게 진열되어 있던 신발가게 앞을 지났다. 이제 딸아이는 핑크색을 좋아하지 않는다는 걸 민식은 모르고 있다.

10년이 다 되도록 얇고 낡은 모직 코트 하나로 견디면서도 도톰한 패딩점퍼 한 장 사지 못하던 그의 아내, 그 휑한 목에 둘러 주고 싶었던 털목도리가 걸려 있던 악세사리 가게 앞을 지나친다. 이제 털목도리는 치워지고 그 자리에 얇고 하늘하늘한 스카프들이 그 색상의 다양함을 자랑하고 있다.

비좁은 통로 양쪽으로 시들어빠진 채소 나부랭이를 한줌씩 묶어놓고 파는 노쇠한 할머니들의 애처로운 눈길이 죽 이어진다. 그 노점이 끝이 없을 듯 길다.

퇴근길의 아내는 꼭 떨이라는 것을 힘주어 강조하며 파 한 단이나, 시금치 따위의 푸성귀를 봉지에 넣어 들고 왔었다. 아무런 감정 없이 자신의 알뜰함을 드러내고자 하는 아내의 자랑이지만 그 자랑을 듣는 민식에겐 무능하기 이를 데 없는 가장인 자신의 초라함만 드러날 뿐이다.

시장은 거기까지다. 노점을 벗어나면 철길이 있다. 이미 선로로서의 역할이 끝난 폐철길이다. 민식은 거기 잠시 멈춰서 뒤를 돌아본다. 왁자하던 사람들의 아우성이 시장을 덮은 천막과 함께 묻혀버린다.

철길은 검은 자갈들이 자그락자그락 발소리를 낸다. 철조망으로 사람들의 왕래를 금지했지만 애초에 철조망 같은 건 산동네 사람들에게 무용지물이다.

땅거미가 내린다. 철길을 내려 골목을 들어섰다. 월세나 원룸 전단지가 덕지덕지 붙어있는 간이 복덕방 같은 전봇대. 정보지의 광고비를 아끼려 전봇대에다 써 붙인 −골목 맨 끝 집−이라거나, −파란 페인트 대문 집−이라는 안내와 함께 전화번호가 적힌 안내문이 무심하다. 도롯가에 널려있는 생활 정보지 속을 빽빽하게 채우고 있는 전세나, 월세를 놓는 셋방의 행렬에도 끼어들지 못하는 신세가 꼭 자신을 닮았다고 민식은 생각한다. 골목을 숨이 차게 채 오른다. 언제 써 붙여 놓았던 것인지 시간도 가늠하지 못할 만큼 희미해져 버린 개 조심이라는 청색 페인트 글씨가 무색하다.

풍경이 현실로 턱하니 다가와 있다. 된장찌개 보글거리는 냄새가 골목을 휘감는다. 그 냄새가 서럽다. 민식은 미세한 현기증을 느끼며 길 쪽으로 난 새시문에 호주머니에서 꺼낸 열쇠를 맞춰 넣는다. 딸깍, 유일하게 그를 반기는 장소가 이 도시의 변두리 산동네 열 평짜리 허름한 원룸이다. 말이 원룸이지 일반 가정집을 개조해 원룸이라는 형태를 갖췄을 뿐이다.

공간이 좁은 원룸은 썰렁하다. 미처 추스르지 못한 설거지 그릇이 싱크대 개수대 안에 그대로 담겨있다. 가스레인지, 냉장고, 냄비 두 개, 그릇 여남 개에 덩치만 큰 세탁기가 좁은 주방을 차지하고 있다.

밥통을 열어본다. 아침에 남긴 밥이 그대로 있다. 냉장고에서 꺼낸 알맞게 익은 깍두기를 꺼내놓고 허기를 채운다.

TV를 켜려다 민식은 멈칫한다. 난시청 지역인 산동네.

─치지지지직─

텔레비전 화면은 무심하게 치직거리기만 한다. 민식은 리모컨을 눌러 텔레비전을 끈다.

아내가 케이블 요금을 연체해 송신이 차단되었다는 걸 알면서도 습관처럼 TV를 켜는 자신이 어리석다는 생각을 한다. 굳이 그런 궁상을 떨 만큼 형편이 어렵지 않는대도 텔레비전을 시청하는 시간에 비해 요금이 비싸다고 아내는 생각한다.

지금부터 뭘 해야 하나…… 찬 기운이 있는 방바닥에 등을 대고 누웠다. 기름 값이 무서워 3월이 되기가 무섭게 아내는 보일러에 기름을 넣지 않는다. 도시가스가 들어가는 지역으로 이사를 했으면 잠이라도 따뜻하게 잘 수 있지 않을까 계산해보지만 다달이 부담해야 하는 원룸 비를 생각하면 그래도 이런 산동네가 비용 면에서는 더 절약이지 싶어 이내 포기한다. 천정을 올려다본다. 형광등 불빛이 흐리다.

'저것도 갈아 넣어야 하나……'

평상시 같으면 아내의 퇴근시간이다.

옆방 청년들의 깔깔거리는 웃음에 왠지 모를 주눅이 든다. 자신이 초라하게 느껴진다. 고등어 굽는 냄새가 지글하게 그려진다. 오롯이 네 식구가 모여 앉아 밥을 먹어본 지가 언제였던가, 기억나지 않는다.

집 밖으로 나와 본다. 사방은 벌써 어둑해져 있다. 길가의 가로등 불빛이 썰렁하다. 갈 곳도 없고, 찾아올 사람도 없는 곳, 울컥 고향 어머니 집에 맡겨둔 두 아이 생각이 간절하다. 내년에는 무슨 일이 있어도 아이들을 데리고 올라와야 한다. 아이들 생각에 마음이 무거워 누워 있을 수가 없다.

철길 가에 쪼그리고 앉아 조금 전에 지나온 아래 세상을 내려다본다. 아직은 제 빛을 내지 못한 가로등 불빛이나 어느 집 창문에 비치는 불빛에 와락 외로움이 밀려든다. 철길아래 사는 사람들은 이 저녁때 무엇을 하며 보낼까?

"제기랄."

누군가를 향한 건지도 모를 욕지기가 입에서 나왔다.

내년이면 중학교를 졸업할 큰딸 지영이, 두 살 터울의 지민, 꽃잎 같은 두 아이의 얼굴이 빙그르 눈시울을 타고 날아든다. 휴대폰을 꺼내 화면을 채운 아이들의 얼굴을 물끄러미 바라본다. 가슴이 저리게 보고픈 아이들이다.

"경기가 살아나는 모양이야."

어묵 꼬지를 플라스틱 종지에 담긴 간장에 찍으며 문씨가 말했다.

"아직 멀었어."

그 곁에 서 있던 영배가 담배를 뻐금거리며 고개를 흔든다.

"이번 겨울처럼 어려웠던 때가 없었던 것 같아."

"그르게…… 겨울이라고 이렇게 일이 없는 때도 없었을 거여."

큰딸이 아르바이트로 번 돈으로 최신 폰을 선물했다며 자랑을 해 대던 정씨가 그 휴대폰을 들여다보며 심드렁하게 대꾸했다.

"4월부터는 페인트칠만 해도 한 해 벌이는 너끈해."

원래 페인트칠 업자였던 문씨가 자신만만하게 장담했다. 노름빚으로 하루아침에 모든 것을 다 잃었다는 문씨는 지금도 돈만 생기면 경마장엘 달려간다.

"자네들은 걱정하지 말어. 벌써 내가 대여섯 건 맡아논 게 있으니까 4월부터 공사 들어가자고……"

문씨의 말을 전부 믿는 건 아니지만 전혀 근거 없는 얘기가 아니라는 건 알고 있다.

작년에 문씨를 따라 다니며 서너 달 공사를 했는데 민식의 손에 들어온 돈이 2,000만 원이 넘었다. 페인트 공사는 일당제가 아니라 한 건당 얼마씩 분배를 받는 도급제여서 벌이가 꽤 쏠쏠했다. 다른 업자는 일당으로 인건비를 계산하는데 문씨만 유일하게 나눠 먹기 도급제를 고수한다고 했다.

같은 일을 하는데 인건비도 같아야 한다는 게 그의 지론이다.

사실 작년에는 운이 좋았다. 올해도 문씨의 바람대로 작년만 같다면 조금만 더 견디면 일감이 들어와야 할 시기다. 작년에도 일감이 조금씩 들어오기 시작한 건 4월 중순경부터였다. 아이들에게 당당한 아빠가 될 수 있다는 것, 아내의 눈치를 보지 않아도 된다는 그 상황이 그를 설레게 한다. 민식은 그게 제일 기쁘다.

오늘은 아내가 들어 올 것인가, 기다림은 견딤이다.
아내가 집에 들어오지 않은 지 일주일이 지났다. 관계개선을 위해 노력을 해 보지 않은 것은 아니다. 문제가 무엇인지 정확하게 모르는 것도 아니다. 그런데도 아내의 마음을 풀어줄 능력이 없다. 아내가 문제로 인식하고 있는 숙제를 해결할 능력이 없다는 게 맞는 말이다. 민식의 힘으로 풀 수 없는 문제를 던져 놓고 아내는 북극 같은 한기를 남기고 집을 나갔다.
말다툼의 시초는 생각하기에 따라 너무 사소한 것이었는데 그녀는 화를 내며 민식을 무시했다.
이 주일 전, 고향 어머니로부터 전화가 왔다. 사촌 여동생의 결혼에 관한 것이었다. 서울에서 하는 결혼식인지라 어머니는 이 기회에 아들네가 사는 모습도 볼 겸, 아이들을 데리고 올라오겠다는 의사를 밝혔다. 어머니로서는 자식이 어떻게 사는지 그 형편을 모르니 당연히 그런 생각을 할 수 있었다.
민식은 조금 누추하지만 그래도 어머니가 그러고 싶다면 그것도 괜찮겠다 싶었다. 기회가 좋은지도 모른다. 언제 어머니를 모시고 밥 한 끼 사드리겠는가, 늘 어머니 신세만 지고 있는 아들로서 그런 기회를 통해 아들 며느리 노릇 좀 해 보고 싶은 마음도 있었다. 무엇보다 아이들이 보고 싶었다.
"안 된다고 해."

아내는 단박에 거절했다.

"왜?"

"여기가 사람 사는 방이야? 여기서 어떻게 다섯 식구가 복닥거리냐고?"

"밥은 그냥 사 먹으면 되고 잠깐 저녁에 모여 앉아 얘기하다 우리는 밖에 모텔이나 잡아서 자고 어머니랑 아이들만 여기서 자면 되지 뭐가 그리 어려운 일이야?"

"아무튼 난 싫어."

"그게 싫을 일이야? 당신은 애들 얼굴도 보고 싶지 않아?"

"어찌 될지 모르는데 괜히 애들 바람 넣지 마."

"어차피 곧 올라와야 하는데 미리 올라와서 적응하게 하면 좋잖아."

"이사를 해야 오게 하지 이 상태로는 안 돼."

아내는 단호했다.

"그래도 나는 애들 데리고 어머니 올라오시라고 할 거야."

고민도 하지 않고 무조건 반대하고 나서는 아내에 대한 반감이었을까, 민식은 고집을 굽히지 않았다. 솔직히 아내를 이해 할 수 없었다. 아내와의 대화는 벽에 대고 얘길 하는 것 같은 피로감을 느끼게 했다. 아내는 아이들보다는 어머니가 이곳에 오는 게 싫은 것 같았다. 어떤 명분으로도 어머니의 방문을 용납하지 않겠다는 태도였다.

시간만 있으면 아이들을 그리워하던 아내였다. 이전까지 민식은 아내가 아이들에 대한 그리움 때문에 시들어 가고 있다고 생각했다. 그런데 그 아이들과 하루를 보낼 수 있는데도 극구 거부하는 아내가 이해되지 않았다.

근래 들어 아내의 시선은 허공에 머물러 있다. 민식은 고정되지 않는 아내의 눈빛이 늘 위태롭다는 생각을 하곤 했다.

결혼 십칠 년 차의 부부가 도시의 산동네 변두리에서 아이들과의 교감도 없이 하루하루 생활에 찌들어 있는 모습은 자신이 생각해도 한심하게 생각되었으리라. 아내는 이제 한계가 온 것인가.

지난해까지만 해도 아내는 무던한 사람이었다. 민식이 대기업은 아니지만 그럭저럭 유지되던 중소기업을 그만두고 농사나 짓자고 일가족을 이끌고 어머니가 살고 있는 소읍인 시골 마을로 내려갔을 때에도, 5년 동안의 귀농생활에서 빚만 잔뜩 지고 다시 도시 일용근로자로 인력시장을 서성거릴 때에도, 일거리를 구하지 못해 그냥 들어와도 다음날을 기약하며 남편을 위로해 주던 사람이었다.

젊어서 고생은 사서라도 한다며 방실방실 아침 나팔꽃처럼 웃던 사람이었다. 둘이 조금만 고생하면 전셋집이라도 얻어 아이들과 한집에서 같이 살아갈 수 있을 거라는 희망의 설계를 하던 사람이었다. 그런 아내가 달라졌다.

5여 년의 고생 끝에 이제 아이들과 같이 살 수 있는 아파트 전세금이 모아졌나 싶었을 때 아이들을 돌봐주고 있는 어머니의 허리 수술비로 한 뭉텅이의 돈이 나가버렸을 때, 다시 또 몇 년의 고생으로 모았던 돈이 처남의 파산으로 담보로 잡혀 있던 장인 장모님의 집이 경매에 넘어가게 생겼을 때, 아내는 자신이 꿈꾸며 설계했던 시기가 속절없이 흘러가고 있음에 이제 미래를 꿈꾸지 않는다.

민식은 그것을 탓했다. 예기치 않는 돌발변수 앞에 속수무책일 수밖에 없는 그 삶에 대한 무기력이 아닐까 짐작하곤 했다.

가끔씩 멍하니 허공에 머물러 있는 아내의 시선을 대할 때마다 가슴에서 쿵 하고 돌덩이가 떨어지는 충격을 받는다. 남편과 공유하지 못하는 아내만의 고민은 어떤 건지 가늠조차 되지 않는다. 멀고도 깊기만 한 아내의 마음을 그는 헤아릴 수 없다. 그녀는 민식과 대화하는 것을 곤혹스러워하는 게 느껴졌다.

아내가 변한 이유가 꼭 그 때문일까, 민식은 점점 자신을 향해 밀려오는 최악의 시나리오를 애써 밀어내고 있었다.

민식은 아내가 도시 여자 같다는 생각을 한다. 어느 순간, 아내는 도시 여자가 되었다. 아직 촌스러움을 그대로 유지하고 있는 남편인 그와 시내를 나가면 사람들은 아내를 보고 동생이냐고 묻는다. 아내는 예쁜 얼굴은 아니다. 그렇다고 밉상도 아니다. 그리 작지 않는 홑겹의 눈이지만 웃을 때 눈꼬리가 살짝 치켜 올라가는 묘한 매력이 있다. 생글생글 웃을 때 아내는 천사처럼 해맑다. 예쁜 것보다는 해맑다는 표현이 어울린다. 거기에 결정적으로 아내는 날씬하다. 키는 160이 겨우 간당하게 미칠 정도지만 몸매는 날씬하다. 웬만큼 먹어서는 살이 찌지 않는 체질이다. 아직도 처녀 적 옷을 입을 수 있는 몸매다. 그래서인지 아내는 나이를 먹지 않는 것 같다.

　고향 후배인 성식을 만난 것은 2년 전, 여름이 거의 끝나갈 무렵이었다. 5층짜리 오피스텔 신축 공사장에서였다. 그 오피스텔의 공사 주가 성식이었다. 민식은 성식과는 같은 마을에서 태어났고 유년 시절 골목에서 마을 아이들과 어울려 전쟁놀이를 잠깐 했을 뿐, 특별히 친하거나 잘 아는 사이는 아니었다. 더구나 성식은 중학교 졸업 후 가족 전체가 마을을 떠났기 때문에 신원조회를 하지 않는 이상 서로를 알아볼 사이는 아니었다. 그런데도 성식은 단박에 민식을 알아봤다.
　"너 성공했구나."
　민식은 감탄해 마지않았다.
　"이제 시작이죠, 뭐. 이거 성공하면 5년 바짝 벌어서 호텔이나 하나 경영해 볼까 해요."
　"와, 이만해도 성공인데 호텔까지?"
　진심으로 성식이 부럽고 대견했다. 어쩌면 성식을 만나게 된 게 행운이 아닐까 하는 기대가 모락모락 가슴에 아지랑이처럼 피어올랐다.
　"어려운 일이 있으면 연락해요. 서로 힘닿는 대로 도우면서 살아야죠."
　지나가는 말이지만 그 말이 진심이기를 바랐다. 솔직히 겉으로는 짐짓 대범한 척했지만 민식은 절박했다.

고향이 같다는 것만으로 새끼줄 같은 끈을 만들어 연결할 수 있다면 어떤 수단방법을 가리지 않고 잡고 싶었다. 성식이 그를 고향 형으로 인식하느냐, 그냥 공사장 인부 중 한 사람으로 인식하느냐의 차이는 하늘과 땅 차이다. 민식은 성식을 구세주로 여길 수 있지만 성식은 그를 고향 까마귀는커녕, 스쳐 지나가는 행인보다 못하게 여길 수 있었다.

고향 후배의 오피스텔 공사에 5개월여 동안 일감을 얻게 된 것, 또 그 고향 후배가 자신을 먼저 알아봤다는 것을 신이 나서 설명하는 민식을 향한 그 아내의 반응은 심드렁했다. 민식은 아내가 제일 기뻐할 줄 알았다. 계산해보니 동향인 아내와 민식이 동창이 아닐까 싶었다.

"당신 혹시 성식이랑 동창 아냐?"

"……."

아내는 대답을 하지 않았다.

"당신이랑 나이가 같던데?"

"걔가 나 좋아했었어."

예상치 못한 아내의 돌출 발언에 민식은 순간 귀를 의심했다.

"걔 첫사랑이 나라구."

아내는 아무렇지 않게, 지나가는 얘기처럼 툭 그 말을 던졌다.

"그래? 뭐 그럴 수 있지……"

중학교가 남녀 공학이었던 것을 감안하면 그도 이해되지 않을 것도 없었다.

민식은 스스로 생각해도 옹색한 반응으로 아내를 대하고 있었다.

"그게 뭐 중요해?"

아내의 일침이었다. 그래, 그게 뭐 중요하지는 않지, 민식은 조금 멋쩍어졌다.

"그런 거 관심 가질 시간에 걔가 어떻게 성공했는지 그거나 배워."

아내의 그 한마디에 잠시 정신이 아득해졌다. 풀잎에 맺혀있는 새벽이슬처럼 청초했던 아내의 입에서 그런 말이 거침없이 나왔다는 것은 부부의 삶이 그만큼 거칠어졌다는 것의 반증이다. 민식은 손바닥을 펴서 가리면 한 줌도 되지 않을 아내의 얼굴이 밀어낼 수도 없이 큰 집 채 만한 바윗덩이처럼 느껴졌다.

부부가 살아가다 보면 매사에 할 말 안 할 말 다 가려서 할 수는 없겠지만 최소한 지켜줘야 할 마지노선 같은 건 있지 않을까, 아내는 지금 남편인 그에 대해 짜증스러워했다. 자신의 삶에 아무런 희망이 되어 주지 못하는 남자에 대해 싫증이 나 있는지도 모른다. 느끼기에 아내의 표정은 싫증이 아니라 경멸에 가득 차 있는 것 같았다. 민식은 그런 감정이 불길했다. 파도처럼 넘실대며 밀려오는 불길함이 종래는 그를 그 파도 속으로 끌고 들어갈 것 같아 어질한 현기증이 느껴졌다.

오피스텔 공사가 끝나고도 성식은 자주 전화를 걸어와 아내의 안부를 물었다. 혹 아내와 성식이 사람들의 눈을 속이고 둘만의 만남을 이어가고 있는 건 아닐까, 애써 부정해보지만 장담할 수 없는 일이었다. 민식은 그런 그의 예상이 현실이 될까 두렵고 무서웠다.

사실 민식이 타고 다니는 구형 프라이드도 성식이 그 아내가 타던 것이라며 차가 없이 어찌 다니냐며 폐차하려고 하는데 끌고 다니겠냐고 물어 민식이 덥석 받아 온 것이다. 그에 대해서도 아내는 별 타박을 하지 않았다. 자존심도 없냐고 짜증을 낼 줄 알았는데 아내의 반응은 그저 그랬다. 생각해보니 그것도 조금 이상했다.

그날 아침, 아내는 여전히 냉랭했다. 새벽 밥상을 마주하고도 부부는 대화가 없었다. 일방적인 민식의 물음에 아내는 그것이 긍정이든 부정이든 고갯짓으로 대신했다.

서로가 서로의 인내심을 시험하는 것 같았다. 네가 얼마나 참나 보자 그런 오기 같은 게 느껴졌다. 한 번쯤 악다구니해대며 싸워보자는 심산인지도 모른다. 어쩌면 아내는 희망 없는 이 생활을 청산하고 싶은지도 모른다는 생각을 했다.

"계속 그렇게 입 닫고 지낼 거야?"

아내는 민식의 물음을 무시했다. 얼핏 아내의 입가에 비웃음이 번지는 걸 민식은 놓치지 않았다.

"도대체 뭐가 그렇게 불만이야?"

아내가 잠시 민식을 바라보더니 툭 한 마디 던졌다.

"이렇게 사는 거 이제 지겨워."

지겹겠지, 이해 못 할 바 아니다.

"돈 걱정 없이 애들이나 키우면서 아프면 푹 쉬고 여행 다니고 그러고 살고 싶어."

"그러려고 지금 이렇게 고생하고 있는 거 아냐."

"언제? 나 죽고 나면?"

그건 꿈에서나 가능하다는 것을 아내는 에둘러 그렇게 표현한다.

"그래서 성식이처럼 사업이라도 하라는 거야?"

"사업할 밑천이라도 있어? 그럴 능력이 있어? 한 가지라도 가능성이 있냐고?"

이건 핵폭탄이다. 민식은 그렇게 받아들였다. 어쩌면 예견되어 있었는지 모른다.

"그래서? 성식이가 부럽겠네. 나랑 결혼한 걸 뼈저리게 후회하고 있겠네?"

"당연한 걸 왜 물어?"

"그럼 지금이라도 성식이한테 가."

"그래, 갈 수 있으면 가고 싶다 나도."

감정이 극에 달했다. 살면서 그렇게 분노해보기도 처음이었다. 아내에게 손찌검했는지 그것은 기억되지 않는다. 몸싸움이 조금 있었던 같기는 했다.

아내는 "우리 이제 그만 살자." 그렇게 말했다. 세상에서 가장 불행한 표정을 지으며 민식을 향해 벼리지 않은 칼로 너무 어설퍼

서 더 아플 수밖에 없는 상처를 내놓고 집을 나갔다.

가로등 불빛이 방안으로 스며든다. 그 침묵을 견딜 수 없는 민식은 어둠이 없는 벽에 그림자 그림을 만들어 내고 있었다. 여우를, 토끼를, 부엉이를, 늑대를…… 그리고…… 그 형체를 잡을 수 없는 아내를……

그랬다. 아내는 자신이 손만 거둬버리면 사라져 버리는 그림자 같은 존재일지도 모른다는 불길한 느낌이 든다. 스위치를 눌러 불을 끈다. 그 어둠만큼 그의 마음도 캄캄하다.

이틀 후 주말이면 어머니가 아이들을 데리고 올라오기로 한 날이다. 날씨는 어제부터 가랑비가 내리다 그치기를 반복하고 있었다. 날이 궂은날은 현장의 공사도 잠정 중단된다.

민식은 원룸을 청소했다. 비록 다섯 식구가 엉덩이 붙이고 앉으면 꽉 차버릴 공간이지만 그래도 최대한 넓게 보이고 싶다. 사계절 옷이 다 걸린 행거를 접고 옷들을 리빙박스에 넣어 베란다로 내놓았다.

그의 아내는 가전제품의 부품을 조립하는 공장에 다니며 공장 유니폼을 입고 출퇴근을 한다. 딱히 외출복이 필요 없는 생활이기도 했다. 몇 가지 되지 않는 옷을 정리하고 보니 아내의 젊음이 그 오래된 옷들처럼 묵혀 있다는 생각이 든다.

어떻게든 아내와의 문제를 해결하고 싶다. 뭐가 불만인지, 어디서 잘못된 건지, 아내와 진지하게 대화를 해 봐야 실타래를 풀 수 있으리라는 생각에 민식은 집안 정리가 끝나자 옷을 갈아입었다. 그 역시 변변한 옷이 없지만 작업복만 아니면 상관없다.

오늘은 아내를 만나야 한다. 설마 아이들이 온다는데 그대로 마음의 문을 닫고 있지는 않을 거라는 자신감이 민식에게 용기를 준다. 할 수만 있다면 다시 되돌아가고 싶다. 처음으로, 결혼을 하고 직장 생활을 하던 신혼 시절로, 실직을 했지만 무서울 것이 없었던 그 시절로 돌아가고 싶다.

고향에서 정부 지원금을 받아 양돈장을 시작할 때만 해도 그들의 꿈은 거창했다. 3~4년만 고생하면 부농의 꿈을 이룰 수 있으리라 꿈꾸었다. 구제역만 아니었으면…… 아니, 비록 전 재산을 땅속에 파묻었지만 그곳에서 다시 시작했더라면 실패를 교훈 삼아 다시 일어설 수 있었는지도 모른다. 너무 빨리 포기했던 건 아닐까 민식은 후회하고 있었다. 도시로 나오는 게 아니었어. 그래, 고향으로 다시 돌아가자. 아이들이, 어머니가 계신 고향으로 가서 다시 시작하자. 민식은 부질없는 꿈을 꾸고 있다.

민식의 아내가 근무하는 한영실업은 생각보다 근사했다. 시내 외곽이라 아내는 셔틀버스로 출퇴근을 한다. 공단지대라 끝도 없이 판넬로 지어진 건물들이 늘어서 있는 속에 아내가 근무하는 한영실업만 6층짜리 빌딩이다.

아내는 서울로 상경 후 죽 그곳에서 근무했다. 다행히 그녀는 회사에서 나름대로 성실함과 능력면에서 인정을 받고 있는 듯했다. 그녀 말마따나 자식새끼들까지 떼놓고 돈을 벌자고 나섰는데 못할 일이 없다는 것이 빈말은 아니다.

추적추적 봄비가 내린다.

공단이라 그런지 기계 소리가 소란하다. 민식은 공장 맞은편 편의점에서 커피 한 캔을 사들고 바깥 탁자에 앉아 아내가 퇴근하길 기다렸다.

오후 6시, 퇴근 시간이다. 삼삼오오 직원들이 퇴근을 시작하고 있었다. 민식은 얼른 편의점 건너 공장 입구로 걸어간다. 아무도 그를 눈여겨보지 않았다. 셔틀버스에 직원들이 오르고 있었다. 공장 전체에 불이 꺼졌다. 하지만 아내는 나오지 않았다.

민식은 막 버스에 탑승하려던 두 명의 여자를 붙잡고 물었다.

"혹시 황경아씨 아실까요?"

"경아언니요?"

"예."

아내를 언니라고 하는 걸 보면 그녀보다는 나이가 어린 사람이라는 걸 알 수 있다. 남색 작업복 호주머니에 손을 넣은 여자는 어리둥절한 얼굴로 민식의 얼굴을 빤히 쳐다봤다. 뭐 이리 한심한 남자가 있나, 싶은 표정이다.

"언니랑 무슨 관계세요?"

"제 집사람……"

대답을 듣지 않고 여자가 다시 물었다.

"언니 얘기 못 들으셨어요?"

"무슨……"

순간적으로 여자들의 눈이 길을 잃고 허공에 맴돌았다.

"언니 병가 냈는데 모르셨어요?"

갑자기 눈앞에 몇백 톤의 트럭 한 대가 덮쳐 오는 것 같았다.

"……"

두 여자는 서로 눈빛을 교환하며 난감해 했다.

"언니 회사 건강검진에서 유방암이라고…… 수술해야 한다고 해서 병가 냈어요."

마치 소리 없는 폭탄이 터지는가 싶었다. 다리가 후들거렸다. 이건 현실이 아닐 거야.

차라리 그가 상상했던 대로 성식과 그렇고 그런 관계였으면 나을까, 그게 아니라 다행이라고 해야 할까.

차들이 쌩쌩 질주하는 도로가 태풍 몰아치는 바다처럼 혼돈스럽다.

핸들을 잡은 손이 덜덜 떨렸다. 아내가 입원해 있다는 병원엘 찾아갈 것이다. 도대체 자신이 무얼 그렇게 잘못했기에 수술을 해야 할 큰 병을 앓으면서도 의논 한마디 하지 않았을까, 아내에게 그는 그렇게 무능한 인간에 지나지 않았을까, 배신감과 치욕스러움, 염려와 불안감이 엄습했다.

애초에 서울로 올라오는 게 아니었다. 이런 삶을 살려고 한 게 아닌데 왜 이토록 신은 자신에게 가혹할까. 원망과 절망이 눈물에 섞여 빗물처럼 흘러 내렸다.

비보호 좌회전, 마음이 급하다. 민식은 잠시 머뭇거리다 이내 핸들을 돌렸다.

돌발 상황이다. 골목에서 트럭 한 대가 브레이크 없이 도로로 질주했다. 민식은 미처 대처하지 못한다.

―쾅―

민식의 눈앞에 한 마리의 노랑나비가 손에 잡히지 않을 것처럼 훨훨 날아가고 있다.

25Km

"끄으으응. 끄으으응."

회끄무레한 어둠 속에서 간헐적으로 들려오는 신음소리에 귀를 세운다.

"꺼어어엉, 꺼어엉, 꺼어어어엉."

이번에 형체가 다른 소리다. 한 사람이 다른 소리를 내고 있다. 소리의 근원지는 바로 옆에 붙어 있는 병상이다. 나는 긴장한다. 처음 듣는 소리가 아니며, 앞으로 벌어진 상황을 머리로 떠올리며 배를 덮고 있던 모포를 걷었다. 보호자용 간이침대에 잠깐 엎드려 있었지만 잠이 든 건 아니었다. 소리도 나의 기척을 느꼈는지 조금 더 커진 목소리로 신음한다.

"기저귀 갈까요?"

"커커컹, 커커컹."

이젠 밭은기침 같은 소리를 내 지른다.

"알았으니까 그만 하세요."

나는 담담하게 머리맡의 미등을 켠다.

소리가 멈췄다. 대답 없음이 소리의 반응이다. 소리의 주인은 몸무게가 70킬로그램이나 나가는 70대 덕자씨다. 나는 덕자씨가 돌돌 감고 있던 모포를 풀어낸다. 기다리고 있었다는 듯 덕자씨는 몸에서 힘을 뺀다. 허벅지까지 말려 올라간 환자복 바지 밑으로 다리가 덜렁 드러난다. 그 다리는 아직도 피둥하다. 명태 살 같은 덕자씨의 육신은 서른 살이나 어린 나보다 희고 탄탄하다.

덕자씨의 엉덩이에서 젖은 기저귀를 꺼내고 새 기저귀를 밀어넣었다. 흰색 팬티를 올리고 바지를 올리자 덕자씨는 아무 일도 없었다는 듯 눈을 감고 죽은 듯 반응하지 않는다. 나는 미등의 스위치를 내리려다 잠깐 병실 안을 둘러본다.

시체들, 둘러보니 침대에 누워있는 여덟 명의 수용인들이 시체로 보인다. 내일 새벽이면 눈을 뜨자마자 밥을 달라고 아우성을 칠 것이며, 기저귀를 갈아 달라고 짜증을 부릴 것이며, 운동을 가야 한다며 성화를 부릴 생명체이지만 과연 그들을 살아 있는 생명체로 인식하고 있을 사람이 몇이나 될까.

늘 그렇듯 나는 다시 잠들지 못한다. 수용인들의 치다꺼리를 끝내고 12시쯤 잠을 청하면 내처 새벽까지 잠을 잘 수 있는 날은 손가락을 셀 만큼 드문 일이다. 오늘밤처럼 중간에 누군가의 수발을 들기 위해 잠에서 깨면 다시는 잠을 이루지 못한다. 그게 습관처럼 굳어졌다.

진동모드로 전환되어 있는 휴대폰이 부르르 몸을 떤다. 카카오 스토리의 영상 메시지는 정체를 알 수 없는 음식이다. 딸아이가 전송한 사진이다. 호주에 유학 중인 딸아이는 지금 식사를 하고 있음을 내게 알리고 있다. 그 사진을 보며 나는 기분이 좋아진다. 힘이 불끈 솟는 것 같다.

"좀 더 자."

건너편 침상에 누워있던 순임씨가 자신은 시체가 아니라는 듯 내게 말을 걸어온다. 잠을 설치는 게 당신 때문이 아닌데도 그녀는 내게 미안해한다. 그녀의 말투가 또렷하다. 치매를 앓고 있는 그녀의 상태는 시시각각 변화무쌍하다.

"잠 잘 시간을 넘겼어요."

거의 들리지 않을 정도의 낮은 목소리로 대답하는 내 말을 알아듣고 그녀가 어둠 속에서 빙긋 웃었다. 공동묘지 같은 죽음의 공간에서 살아 있는 사람으로서의 반응에 나는 고무된다.

남편이 타고 온 택시가 시내 외곽에 있는 내 직장인 은빛요양원 정문 앞에 도착했을 때는 오전 10시가 조금 넘어있었다. 24시간 근무했던 나의 퇴근 시간을 두 시간쯤 넘겨 있었다. 하늘은 금방이라도 눈물을 뚝뚝 흘릴 듯 잔뜩 흐려 있다.

운전면허가 없는 남편은 중학교 후배가 운영하는 개인택시를 자신의 자가용처럼 이용하고 있었다. 활어 유통 사업을 하면서 기사를 고용해 자가용을 탔던 남편다운 발상이다.

연한 카키색 캐주얼 재킷을 입은 남편의 얼굴이 조금 야위어 보인다. 당뇨가 있어 살이 많이 빠진 대신 중년의 훈장 같던 뱃살이 쏙 들어가 옷 테가 헐렁하다.

체면이나 품위에 목숨을 거는 남편은 가벼운 나들이 길에도 입성만큼은 소홀하지 않았다. 인구 5,000도 채 되지 않는 읍내의 변두리, 흑백사진의 퇴색된 그림 같은 마을에서 명품에 가까운 D사의 옷만 고집하는 남편의 허영이 내 눈에 슬프기조차 하다. 그런 남편의 생활 패턴은 제 자리를 찾지 못해 돌출된 퍼즐만큼 생뚱해 보이기조차 하지만 남편은 죽을 때까지 그 습성을 버리지 못할 것이다. 과연 마을 주민 중 그 브랜드를 아는 이가 몇이나 있을까 싶지만 남편은 타인의 눈을 의식함이 아니라 자기 자신에 대한 예의이자 자존심이라고 변명하곤 한다.

그의 품위를 지켜주던 사업도 이제 부도로 정리가 되고 부모님이 물려준 마지막 유산인 오래된 한옥 한 채만 짊어지고 살아가고 있는 그가 지킬 수 있는 게 그것밖에 없음을 나는 이해한다.

"식사는?"

택시에 올라 아침 식사를 챙겨 먹었느냐는 내 말에 남편은 대꾸하지 않는다. 출근을 하지 않는 남편이 혼자 밥을 챙겨 먹고 나왔는지 궁금하기도 했지만 내심, 마지막으로 아내인 나의 끼니에 대해 관심을 가져줄 줄 알았는데 남편은 끝내 그 대답을 하지 않았다. 이 상황에 밥 타령을 하는 나를 짜증스럽다는 듯 힐끔 돌아다

볼 뿐.

택시가 S시로 향하는 고가도로에 들어섰다. 고가도로에서 내려
다보이는 풍경은 미처 정리하지 못한 서랍처럼 어수선하다. 낙후
하기 이를 데 없는 소도시가 신도시로 도약하려 용트림 중이다. 주
변 산등성이가 흉측한 민둥산이 되고 도로가 파헤쳐지고 있었다.
오래된 주택들이 헐리고 부연 흙먼지가 부유하고 있다. 크릉크릉
덤프트럭의 움직임이 부산하고 어수선하다. 컥컥 트르륵, 컥컥 트
르륵거리는 포크레인 소리에 트트트트거리는 굴착기 소리까지 더
해져 마치 소리의 경연장 같다.

눈으로 보는 작업장이 멀어지고 귀에 들리던 소리도 점차로 엷
어지고 택시는 S시를 향해 달리기 시작했다.

기사가 라디오 볼륨을 올렸다. 한낮의 라디오 프로그램을 진행
하는 여자 MC의 목소리는 날씨에 상관없이 햇살 맑은 날 들리는
파도 소리처럼 활기가 넘친다. 반질반질한 자갈돌이 구르는 것 같
은 웃음소리가 세상에 그 어떤 우울도, 슬픔도 날려 버리겠다는 의
지처럼 견고하다. 나는 그 여자 MC의 웃음을 공유하지 못하고 멍
하니 차창에 시선을 맡긴다. 솔직히 일상의 감정을 즐길만한 여유
가 없다. 지금의 내 심정은 바삭거리는 가랑잎처럼 바싹 말라 바스
러질 것 같다.

―S시 25Km―

이정표에 목적지까지의 거리가 선명했다. 나는 그 거리가 얼마
인지 가늠하지 못한다. 이제 우리가 부부일 수 있는 시간은 그 거

리만큼만 허용된다. 심정적으로 이미 남남이 되었지만 물리적으로 우리에게 허용된 부부의 시간은 25Km라는 것이 서글프기 그지없다. 도로가에 시에서 조성해놓은 꽃밭에 아직 피지 않은 패튜니아가 추위에 새초롬하다.

"아직은 기온이 찹니다."

내가 창문을 조금 내리자 기사가 말했다. 바깥에서 확 들이치는 소소리 바람 끝이 맵찼다.

"날씨가 종잡을 수가 없어요. 엊그제까지도 풀리는가 싶었는데……."

나는 다시 창문을 올려 닫았다. 심리적으로 추위를 느낄 만큼 일상적이지 않았지만 기사의 말에 어떤 식으로든 반응을 해야겠다는 생각을 했다. 창문을 올려 닫자 택시 안은 진공상태의 정적이 흘렀다. 오로지 라디오에서 흘러나오는 대중가요만 가늘게 흐느적이고 있었다.

갑자기 두려움이 엄습했다. 더 이상 아무 느낌도 없이 곧 숨이 멎어 버리는 듯 잦아들 바람 끝에 서 있는 내가 보였다. 차라리 회오리바람이 계속 몰아쳐 그 바람에 날려 어디론가 날아가 버렸으면 좋겠다고 생각한다.

그런 감정은 자주 있었다. 감당하기 어려운 문제 앞에 있을 때 나는 천지가 개벽을 하든가, 천재지변이 일어나 내게 주어진 일상이 흐트러져 버리길 간절히 바라기도 했다. 가끔 집안 행사가 있거나 시댁 가족이 모이게 되는 날이면 전쟁이 일어나거나 시내에서 마을로 들어오는 도로가 유실되어 버렸으면 좋겠다는 생각을 종종 했다.

"두 분이 같이 나들이를 가시니 보기 좋습니다."

기사는 백미러로 힐끔 뒷좌석의 나를 돌아보았다. 언제나 혼자였던 남편에게 아내가 있었다는 것에 기사는 당황했는지 모른다. 아님 나의 존재가 생뚱했을 수 있었다. 부부가 같은 공간에 앉아 일상적인 대화 한마디 나누지 않는 비정상적인 상황을 기사가 이해할 리 없다. 그는 이 어색한 분위기가 조금은 부담스러웠을 터였다. 그의 공허한 인사가 먼지처럼 날렸다.

택시는 구불구불한 지방도로를 지루하게 달렸다. 라디오에서 흘러나오는 음악 소리가 아니라면 그 침묵을 견딜 수 없을 것처럼 차 안의 공기는 가라앉아 있었다.

기어이 흐리던 하늘에서 철 지난 진눈깨비가 흩뿌려지고 있었다. 봄이 오는 길목을 치열하게 막고 있는 바람의 안간힘이 느껴졌다.

"전화하면 다시 여기로 와 줄 수 있지?"

K지방법원 S지원 정문 앞 도로 쪽의 주차장에서 남편이 기사에게 말했다. 기사를 향한 남편의 말투는 반말 투다. 기사는 별 반응 없이 그러자고 했다.

남편은 내가 택시에서 내리기도 전에 기사에게 자신의 필요를 말하고 성큼성큼 차들과 사람들이 들고 나는 주차장을 걸어 법원 건물 쪽으로 걸어가고 있었다. 그의 손에 들려 있는 서류 봉투의 가벼움 만큼 그의 발걸음이 가벼워 보였다.

남편은 이제 자유를 향해 가고 있다. 그가 입버릇처럼 되뇌었던 자유가 이제 그에게 주어질 차례였다. 명분은 내게 자유를 주겠다고 하지만 그것은 내게 해당되는 말이 아니라 그에게 해당되는 말이다. 남편은 꼭 한 번 나를 돌아다보았다. 일부러 나를 보기 위해 서라기보다 먼저 출입문을 밀고 들어서면서 나를 기다리는 제스처의 일부분이다. 아마도 혼자 그 건물에 들어서기가 머쓱했던 모양이다.

−서 금 주.−

문득 그 이름의 활자가 새삼스럽다. 서 금 주, 내 이름은 서 금 주이다.

결혼과 함께 잊어버렸던 이름을 찾은 건 재작년 봄부터였다. 결혼 생활 내내 주변 사람들에게 나는 우울증 환자로 인식되어 있었다. 결혼 후 어느 날부터인가 나는 감정을 주체하지 못하고 발작을 할 때가 자주 있었다. 그리 녹록지 않은 시집살이와 원만하지 못했던 부부관계는 나를 우울증 환자로 만들었다. 그 모든 감정을 그나마 지금까지 조절하고 살 수 있었던 힘은 딸아이가 있었기에 가능했다는 것을 나는 알고 있다. 그런 아이가 대학에 입학하고 나는 더 이상 할 일이 없어졌다. 점점 깊어지는 우울한 감정은 캄캄한 동굴 속보다 더 길고 어둡고 추웠다.

친정 올케는 내게 일을 찾아보는 게 어떻겠느냐고 권유했다. 올케는 몇 년 전부터 노인 요양보호 시설에서 간호사로 근무하고 있었다. 요양보호사 자격을 얻기 위해 필요한 서류를 준비하면서 나는 내 이름이 서금주였다는 것을 상기했다. 딸아이의 엄마가 아니라, 남편의 아내가 아니라, 시어머니의 며느리, 시누의 올케가 아닌 자연인 서 금 주.

이미 협의가 된 이혼 신청은 너무 쉽게 이루어졌다. 순서가 되길 기다리는 시간이 지루했을 뿐, 담당 판사의 몇 마디 질문이 끝나고 서류에 도장을 찍고 이혼 절차가 끝이 났다. 조정기간이 있다지만 이미 우리 부부에게 그 시간은 유효기간이 아니다. 미성년의 자녀가 없는 부부는 형식이나 서류상으로 관계가 이어질 그 어떤 장치도 남아 있지 않았다. 그렇게 25년의 결혼 생활이 끝이 났다. 나는 잠시 어지러웠다. 문득 지금 서 있는 곳이 어디인가 싶었다. 분명 나는 이제 가야 할 길이 따로 있었다. 그가 개과천선을 하여 나를 사랑한다 할지라도 나는 이제 그를 잊을 것이다. 이제 나는 남편과 남이다. 다만 내 딸아이, 은수가 결혼하는 날, 한번쯤은 부부의 형태로 다시 만날 기약이 남아 있기는 했다.

택시를 기다리는 동안 나와 남편은 법원 로비의 휴게실 의자에 나란히 앉았다. 어색한 그림이었지만 생각보다 담담하다. 서러운 감정이 밀물처럼 격하게 밀려들 줄 알았는데 의외로 무덤덤하다. 남편은 무심히 텔레비전에 눈을 두고 있다. 표정을 읽을 수 없다.

지금 남편이 무슨 생각을 하고 있는지 나는 짐작하지 않는다. 이제 그의 생각 따위는 내게 의미가 없다. 우리는 서로에게 침묵했다. 막 그물에서 탈출한 물고기가 이렇게 홀가분할까, 정작 이혼을 당한 사람은 나였다. 그런데 나는 날아갈 듯 몸이 가볍다.

한참 후 휴대전화 벨소리가 울리자 남편은 의자에 의지했던 몸을 일으켰다. 택시가 주차장에서 기다리고 있다는 기별이었다.

"아직도 추위가 남았네."

돌아오는 택시 안에서 한낮인데도 바람 끝이 매서웠던지 기사는 고개를 저으며 말했다.

오전까지만 해도 내게 엄습해오던 공포의 실체가 전혀 아무것도 아닌 것처럼 봄바람처럼 가벼워졌다. 분명 마음이 무거워야 했다. 25년의 시간을 뚝 잘라 내어버리고 다시 원점에서 시작해야 하는 두려움이나 중압감이 나를 우울하게 해야 했다. 하지만 예상보다 나는 지금 너무 담담하다. 입고 있던 외투를 벗어버린 듯 홀가분하기까지 하다.

평온, 나는 이 평온함을 간절하게 기다렸는지 모른다. 문득 남편은 왜 이 아무것도 아닌 형식적인 서류정리에 그토록 목을 맸을까, 또 나는 왜 그토록 그 서류를 붙잡고 있었을까, 이토록 홀가분할 줄 알았다면 나는 좀더 빨리 결단을 내렸을 텐데…… 참으로 하찮은 것에 고집을 부렸구나 싶었다.

개나리는 늦은 추위에도 방실거리고 있었다. 이제 나도 자유를 얼었다.

　조금 추울지 모르지만 저만큼 다가오고 있는 봄에 대한 기대로 나는 벌써 가슴이 벅차다. 이 추위를 끝으로 진짜 봄이 올 것 같다는 생각을 한다. 이제 내게 소소리바람 같은 추위는 다시 찾아오지 않을 거라는 확신이 든다. 기사의 옆자리에 앉아 있는 남편의 귀밑이 움푹해 보였다. 그 뒷모습이 쓸쓸해 보여 나는 갑자기 그가 안쓰러워졌다.

　"잘 챙겨먹고 좋은 사람 만나……. 못 받은 사랑…… 받으면서…… 행복하게……. 이제…… 나 같은 사람…… 잊어버리고.……"

　이혼 절차를 마치고 집으로 돌아와 마지막으로 침대에 나란히 누운 남편이 내게 말했다. 남편의 말투는 마치 물수제비를 뜨는 것처럼 경중경중 건너뛰며 점차로 물에 젖어 들었다. 나는 이불을 머리 위까지 끌어 올려 얼굴을 덮었다. 남편의 그런 독백이 참으로 낯설어 그가 정말로 내 남편이었던 사람인지 궁금하기까지 했다. 길들여지지 않는 그 자분자분한 말투마저 그것은 평소 내가 알고 있던 남편의 것이 아니어서 나는 당황했다. 남편이 아닌 이방인과 한자리에, 모르는 남자와 같이 있는 느낌이었다.

　"그동안 고생했어요."

　이제부터 새로운 인생을 살아야 할 부부가 어떤 대화를 나눌지 생각해 보지 않았지만 왠지 그 말을 해 주고 싶었다. 결혼 생활 동안 특별한 용무가 없는 한 내가 남편에게 먼저 말을 건넨 적은 거의 없었다. 그렇다고 남편이 먼저 내게 말을 걸어오는 일도 흔하지 않아 우리 부부는 거의 말을 하지 않고 살았다고 해도 과언이 아니다. 나는 진심으로 그가 고생했다고 생각했다.

부부라는 이름으로 맺어져 같은 방, 한 공간에 누워서도 아내라는 여자를 만지지도, 품에 안지도 않는 남자가 과연 정상일까. 남편에게 여자일 수 없었던 나 자신의 처지를 생각한다면 그보다 황당하고 비극적인 인생이 있겠는가 싶지만 그런 여자와 같이 살아야 하는 그 남자를 향해 나는 진심으로 고생했다고 얘기해주고 싶었다.

"이제 좋은 사람 맘껏 그리워하고 살아요."

나는 오랫동안 마음에 두었던 말을 꺼냈다. 사실은 좋은 사람이 아니라 그 사람이라고 말하고 싶었다.

"......"

남편은 대꾸하지 않았다.

"그리고 미안해요."

그 말은 진심이다. 나는 결혼 생활 내내 그 짐을 안고 살았다. 남편의 인생을 방해하고 있는 장애물 같은 죄책감. 사람들은 남편에게 여자가 생겼다고 수군거렸지만 그건 아니었다. 그 여자는 남편의 첫사랑이자 전처였다.

혼인신고도 하지 못하고 사실혼 상태로 살았던 그들이 헤어질 수밖에 없었던 이유가 무엇인지 나는 자세히 알지 못한다. 다만 지역경제를 쥐락펴락할 만큼의 부를 소유하고 있던 남편의 집안에 내세울 것 없는 여자를 고집하는 아들을 이길 수 없었던 부모의 심정은 이해했다.

고등학교 교사라는 안정된 직장을 버리고 사업을 하던 당신의 아들이 전 재산을 다 탕진했어도 기가 죽지 않았던 시어머니, 집안의 기둥이었던 그 잘난 아들에게서 손자 한 명 안아보지 못했어도 남의 집안 열 명의 손자를 부러워하지 않았던 시어머니, 2년 동안 중풍으로 누워 며느리를 종 부리듯 하면서도 당신 집안은 대단하다는 착각에 빠져 살았던 시어머니였다. 그런 시어머니의 시집살이가 혹독했으리라는 것은 내가 살아본 경험자이기에 이해할 수 있는 수준이라는 것도 알 수 있다. 단언컨대 시어머니는 그 어떤 며느릿감을 맞았어도 흡족해하지 않았을 터였다.

사람들은 남편과 전처의 금실이 유별났다고 되새겼다. 다만 여자가 시댁 사람들의 부당한 구박과 요구를 참고 견딜만한 인내심은 없지 않았을까 추측해 볼 뿐이다.

사람들의 수군거림에 의하면 여자는 남편을 버렸다. 그것을 받아들일 수 없었던 남편의 집착은 홧김에 나와 맞선을 보고 결혼까지 감행하고서도 그 여자를 잊지 못했다.

남편과 같은 고등학교에 근무했던 친구의 소개로 만난 남편의 첫인상은 무난했다. 과묵하고 점잖다는 표현이 딱 남편에게 맞는 표현이었다.

고등학교 교사에 그 아버지는 꽤 큰 가전제품 판매장을 소유한 집안인 남편의 조건은 그가 한 번 이혼의 경력이 있다 해서 크게 흠이 될 조건은 아니었다. 더구나 혼인신고가 되어있었거나 아이가 딸렸다거나 하는 치명적인 결함이 있는 것도 아니었기에 마음을 정하는데 별 주저함이 없었다. 만난 지 두 달 만에 나는 남편과 결혼을 했다.

남편은 나와 형식적인 결혼식만 올렸다. 표면적으로 무늬만 부부인 셈이었다.

결혼식을 올리고 제주도로 신혼여행을 다녀왔어도 나는 여전히 처녀였다.

섹스를 하지 않는다고 해서 부부가 아닌 것은 아니다. 나는 섹스 없이도 남편을 사랑했고 25년을 살았다. 이혼 사유가 섹스리스가 원인이라면 그 이혼은 내가 요구했어야 맞는 수순이다. 이혼을 요구한 사람은 피해자인 내가 아닌 가해자인 남편이다. 남편의 일방적인 요구를 거부하지 못하고 그의 요구를 들어 줄 수 밖에 없었던 나약한 내게 책임 추궁을 할 수 없다.

그나마 남편에게 고마운 건 내게 은수를 허락해준 것이다. 술김에, 아니 더 정확하게 표현하자면 홧김에 딱 한 번 남편은 나를 안았다. 그 여자, 남편의 여자가 재혼을 했다는 소식을 듣던 날이었다. 그 한 번의 관계로 딸 은수가 태어난 것이다. 호주에서 유학 중인 그 아이로 인해 나는 지금까지의 삶을 지탱해 왔다. 앞으로도 그 아이는 내가 살아가는 유일한 이유가 될 수밖에 없다.

―우루루루……―

한 무리의 가족이 긴 통로를 소란스럽게 지나간다. 여자들의 따각거리는 하이힐소리, 남자들의 둔탁한 구두소리, 타닥이는 운동화소리가 엉킨다. 한낮의 단조로움을 깨우는 연습되지 않은 불협화음 같은 파동이다.

그 가족 무리 앞서 걸어 나가고 있던 내 몸이 거칠게 밀린다. 나는 그들을 알고 있다. 내가 담당하고 있는 요양병실 303호실의 순임씨 보호자들이다.

"엄마, 염려하지 말어. 엄마는 아직 호적상 미혼이니까 요양원비는 많지 않아."

회색 작업점퍼를 입은 큰아들이 위로처럼 순임씨를 이해시킨다. 순임씨의 흐린 동공이 크게 흔들린다.

"그래서 내가 아버지 위독했을 때도 호적정리를 못 하게 한 거지. 그때 괜히 아버지나 어머니 말대로 호적정리를 했으면 여기 입원비만도 얼마야, 다 우리가 걷어서 낼 뻔했는데 얼마나 다행이야."

그들의 표정은 처음 순임씨를 요양원으로 옮겨 오던 한 달 전에 비해 훨씬 밝고 활기차 보였다. 그런 자녀들의 표정을 물끄러미 바라보고 있던 순임씨가 할 말을 잃은 듯 멍하니 허공에 시선을 돌렸다.

"엄마, 이거 좀 드세요."

그나마 어미를 염려하는 눈빛의 여자는 순임씨의 큰딸이다. 그녀의 차림새로 보아 도시의 닳고 닳은 여자들과는 사뭇 다르다. 목소리는 투박하고 거칠지만 정이 묻어 있다.

순임씨는 딸이 건네주는 모시 떡을 오물거리며 먹는다. 그 딸이 병실의 다른 환자들에게 모시떡 한 개씩을 나눠 준다.

"가라."

순임씨는 단호한 어조로 자식들을 향해 잘라 말한다. 그 자식들의 얼굴이 그늘 없이 밝다. 이제 그들은 볼 일을 다 봤다는 듯 어머니를 향해 제각기 다른 말투로 작별 인사를 한다. 그리고 미련 없이 병실을 빠져나갔다. 마치 썰물이 빠질 때 구르는 자갈 같은 잔상이 남는다. 나는 그들이 머물렀던 자리로 돌아온다. 순임씨의 눈에서 가는 물줄기가 흘러내린다. 나는 말 없이 탁자 위에 놓인 티슈를 뽑아 그녀의 눈물을 닦아내 준다.

밤이 시작되고 있다.

"나…… 화장실 가고 싶어."

나는 얼른 문밖에 있던 휠체어를 밀고 들어와 순임씨를 부축해 휠체어에 태운다. 침대에 있던 모포를 그녀에게 둘러씌운다. 순임씨가 타고 있는 휠체어의 무게감이 육중하다. 요양원에 입원하던 첫날부터 그녀는 애써 병실에 있는 화장실이 아닌 복도 끝에 있는 화장실을 고집했다.

"밖에서 기다리고 있어. 혼자 일 보고 나올거니까."

오락가락하는 순임씨의 상태가 언제 나빠질지 알 수 없어 화장실 문 앞에서 나는 그녀를 기다린다. 화장실 곁에 있는 폐기물 처리실에서 크룽크룽 세탁기가 신음소리를 내고 있다. 내일을 기다리는 재생의 움직임이 소리로 표현되고 있다.

"병실에 안 갈래."

화장실에서 일을 보고 나온 순임씨가 병실로 돌아가려는 내 발걸음을 멈추게 했다.

"답답해."

내가 안 된다고 할 거라는 것을 이미 알고 있다는 듯 그녀가 이유를 설명하려 한다. 나는 잠시 멈칫 서 있다 고개를 끄덕이며 동의했다. 복도를 지나 엘리베이터를 타고 1층으로 내려간다. 1층은 병원 로비다. 관계자들은 이미 퇴근하고 희미한 미등만 싸늘하다. 세상은 죽은 듯 고요하다. 화장실만 다녀오려 가벼운 차림으로 나왔더니 오싹 한기가 든다.

장승처럼 버티고 서 있는 커피 자판기 불빛이 애처롭다. 바지 호주머니를 더듬어 본다. 동전 몇 개가 손에 잡힌다.

"여기 커피가 맛나다네요."

나는 커피 한 잔을 빼 그녀에게 건네며 간이 의자에 앉았다. 그녀는 빙긋 웃음을 지어 보인다.

"집에 가고 싶다."

순임씨가 입을 열었다.

"얼른 건강해져서 집에 돌아가세요."

"집에…… 갈 수…… 있을 까?"

순임씨의 질문은 바깥 어둠을 가로막고 있는 현관문에 부딪혀 허공에 흩어진다. 대답해 줄 이 없는 공허한 질문이다.

"영감이 호적에 올려 준다고 했었어."

"네."

나는 고개를 끄덕여 그에 동의한다.

"내가 아들을 낳았거든. 아들만 낳아주면 호적에도 올리고 식도 올려 준다고 약속을 했거든."

"그랬구나……"

나는 순임씨의 그 시절에 동참했다.

"그 여자가 아들을 못 낳았대. 딸만 둘인가 그랬대."

아들을 낳아주고자 본처가 있는 남자의 여자가 되어야 했던 순임씨, 아들을 둘이나 낳고도 그 자식들과 같은 호적에 올라보지 못한 여자의 기구했던 인생은 구구절절 설명을 하지 않아도 짐작이 되는 스토리였다.

"같이 살지는 않았어. 그 여자는 자기 딸들만 데리고 나가 시내에 살고 있었거든. 영감이 그 여자 재혼하면 호적에 올려 준다고 했는데…… 근데 그 여자가 더 오래 살았어. 영감 죽고 그 다음해에 그 여자가 죽었어…… 영감 죽은 지가 5년 됐나…… 6년이 됐나…… 그 여자도 참 불쌍한 여자기는 해…… 그래도 그 사람이 더 복이 있지, 나보다 박복한 년은 없어…… 그래도 다행이지. 자식들이 다 내 밑으로 있었으면 여기도 못 오고 자식들 고생만 시키다가 죽겠지…… 나는 혼인신고가 돼 있는 줄 알았지. 영감이 했다고 했거든……"

순임씨는 물 흐르듯 조근조근 오랜 친구처럼, 또는 혼잣말처럼 지나온 삶을 추억했다. 추억이나마 그녀에게 희망으로 남아 있는 게 다행이다. 순임씨가 씁쓸하게 웃는다. 나는 웃을 수가 없다.

순임씨에게 별명이 생겼다. 잠자는 은빛공주, 열흘 동안 순임씨는 눈을 뜨지 않았다. 자식들이 불러도, 손을 잡고 흔들어도 반응하지 않았다.

사실 나는 일주일 동안 병가를 냈다. 팽팽하게 당기고 있던 활시위를 가위로 싹뚝 자르는 것 같은 긴장의 끈을 놓고 나서 나는 심하게 앓았다. 이혼 전에 계약했던 원룸으로 거처를 옮기고 그 첫날밤을 하얗게 새우고 나서도 나는 쌩쌩했다. 마치 숨겨 놓았던 힘이 불끈불끈 솟아나는 것 같았다.

그리고 일주일 죽음 같은 무기력이 찾아 왔다. 밤인지 낮인지 비몽사몽이었다. 나는 눈을 뜰 수 없었다. 전화로 병가 신청을 하고 나는 일주일 동안 내내 잠을 잤다. 거의 먹지도 않고 굶다시피 했지만 배가 고프지 않았다. 정수기에서 뜨거운 물을 마시는 외에 아무것도 먹지 않았는데도 나는 죽지 않고 살아났다. 같이 근무하는 정 여사와 은선씨가 병문안을 오면서 사온 전복죽을 이틀에 나눠 먹고 기력을 회복했다. 그녀들이 아니었으면 나는 굶어 죽었을지도 모른다.

그리고 다시 일상으로 돌아온 첫날, 교대 근무자는 순임씨가 말을 하지 않는다며 내게 상황을 설명했다. 아프다는 표현이나 필요를 행동으로 표현하는 것 외에 자신의 의사를 내보이지 않는다는 것이다.

"왜 말을 하지 않는지 모르겠어."

며느리의 표정에 짜증이 묻어 있다.

"도대체 뭐가 불만인거야? 엄마, 말을 해야 우리가 알 거 아냐!"

아들도 대 놓고 그 어머니를 타박한다.

"아프면 치료해줘, 배고프면 먹여줘, 수발들어줘, 엄마랑 비슷한 형편인 할머니들도 많고 심심하지도 않을 것 같구만. 뭐가 문제야?"

막내딸이 한마디 거든다. 순임씨는 저마다 한 마디씩 내뱉는 지청구를 들은 척도 하지 않았다. 마치 얼마 동안 말을 하지 않고 버틸 수 있는지 시험을 하는 것 같은 긴 침묵이 이어진다.

"순임 할머니, 말씀을 해 보세요."

요양원장이나 관계자들이 아무리 순임씨의 입을 열어보려 안간힘을 써보지만 그녀는 입을 굳게 다문 채 요지부동이다.

"순임 할머니, 불편한 데는 없으세요?"

담당의가 아침 회진을 돌며 상태를 확인하지만 순임씨는 미동도 하지 않고 누워 있다. 이제 그녀의 몸피는 그 부피가 많이 줄었다. 죽기로 작정한 듯 그녀는 음식물을 거의 먹지 않는다. 목이 마르면 베지밀 두어 모금 마시는 것 외에 다른 곡물류의 음식물은 아예 거들떠보지 않는다. 생존에 필요한 최소한의 음식물 섭취도 부족할 지경이다. 그러다 보니 그녀를 위해 요양사들이 할 수 있는 일은 없다. 그녀는 몸을 씻는 일도 식사를 하는 일도 거부했다. 생리적인 배뇨 정도의 수동적인 행위를 할 뿐, 순임씨는 하루종일 침상에 죽은 듯 누워 있기만 했다.

"정밀 검사를 해 봐야 알겠지만 쉬운 병은 아닌 것 같아요."

주간 근무 조였던 주간의 토요일 오후, 퇴근 시간에 맞춰 직장인 은빛 노인 요양원으로 나를 찾아온 시누이는 그녀의 오빠 소식을 그렇게 전했다. 시누이는 처음으로 내게 존대어를 써서 말을 했다. 그녀는 이런 기막힌 일이 또 있겠냐는 투로 호들갑스러워 했다. 지난 25년의 결혼생활 동안 그녀는 오빠의 아내인 내게 언니라는 호칭을 쓰지 않았다. 늘 '저기' 라거나 '은수엄마'라거나 그랬다. 나는 그것을 알면서도 묵인했다. 그것을 따지고 한다는 것도 모양새가 우습기 짝이 없었다.

그녀는 습관이라 핑계하겠지만 그 습관의 저간에 깔린 그 집안 사람들 뼛속 깊이 박혀 있는 차별의식을 나는 알고 있었다. 허물어져 내리는 기와 서까래를 아직도 털어내지 못하고 지줏대를 덧대어 받치고 있는 그 자존감과 그들만이 갖고 있는 우월감의 발로였다.

요양원 로비에 설치된 대형 화면에 마지막 남사당패인 동춘 서커스의 현란한 묘기가 어지럽게 움직이고 있었다. 나는 시누이의 전달 사항을 귓등으로 들으며 화면에 눈을 준다.

나는 시누이의 말을 믿지 않는다. 그럴 리가 없다는 자신감 때문이다. 강철같이 강하고 제초제만큼이나 독한 그 남자의 삶이 그렇게 쉽게 마감되지 않을거라는 확신이다.

시누의 넉두리는 지루하고 따분하다. 나는 연신 고개를 끄덕여 그녀의 말을 들어 주는 척 연기한다. 나의 관심은 이혼한 남편의 투병에 있지 않다. 지금 내 머릿속에는 급격하게 상태가 악화되어 중환자실이 있는 3층으로 내려간 순임씨의 상태가 더 궁금하다. 관계자는 오늘밤을 넘기기 힘들지 않을까 예상했다.

"회복될 때까지는 간병을 해 주는 사람도 써야 할 것 같고 이런저런 일들이 산더미네요."

시누는 얼른 일어나 건강해지기를 바라는 마음보다 돈 한 푼 없이 자기에게로 부담되어진 친정 오빠에 대해 짜증이 나 있다. 그녀는 그 짐을 내게 부려 놓고 싶을 것이다. 표정은 간절하게 그것을 바라고 있다. 또는 책임 추궁 같은 것일 수도 있다. 부부로 살면서 남편의 건강이 그렇게 나빠질 정도가 되도록 뭐 했냐는, 무관심에 대한 힐난 같은 것, 시누의 목소리는 그래서 더 날카롭게 들린다.

"회복되기는 할 것 같아요?"

시누를 향해 그렇게 당당하게 되물을 수 있는 용기가 어디에 숨어있었는지 나는 나의 반응에 스스로 놀라고 있었다. 가족관계가 아닌, 여자 대 여자의 관계로 마주 서 있는 내게 시누는 그저 평범한 주부 그 이상도 이하도 아니다.

정작 모든 원인은 그 오빠에게 있음에도 만만한 올케를 향해 집안 몰락의 원인을 전가했던 여자, 남편의 사랑을 받지 못해 우울증에 걸려 있는 올케를 향해 미친년이라는 욕을 아무렇지 않게 내뱉을 수 있었던 여자, 나는 결혼생활 25년 동안 그녀의 불합리한 시누 짓에 단 한 마디의 반론이나 대꾸를 하지 못했다. 어쩌면 그녀는 내가 인간이 인지하는 모든 감정을 느낄 수 없는 존재로 여기고 있었는지 모른다. 그렇지 않고서야 어떻게 오빠의 아내인 내게 미친년이라거나 병신육갑이라거나 하는 육두문자를 대 놓고 할 수 있을까. 그녀의 그런 언어폭력에도 곰처럼 웅크리고 견뎌내던 내가 그녀는 만만했으리라.

시누는 짐짓 놀라는 표정이었지만 내게 내색하지 않는다. 예상하지 못했던 나의 반응에 그녀는 자존심이 상했겠지만 그런 자신의 감정을 무시했다. 그만큼 그녀는 지금 그 오빠의 존재가 버겁고 상황이 급박하다.

"경과를 지켜봐야 한다니까 기다려 보는 수밖에요. 어쨌든 한번 들리세요. 오빠가 속으로는 기다릴지 모르잖아요."

시누는 평소 남편과의 관계에서 을의 입장이었던 나의 약점을 들춰냈다. 그녀는 아직도 네가 그녀의 오빠로부터 감정이 정리되었음을 인정하지 못하고 있다.

"시간…… 보구요."

나는 심드렁하게 대답했다. 시누의 표정이 일그러졌다.

시누가 타고 온 승용차를 몰고 내 시야에서 멀어졌다. 그녀의 황망함이 가소롭다.

나는 아무 소식도 듣지 않은 사람처럼 담담하게 요양원 로비에 걸린 스크린에 눈을 고정시켰다. 외줄 위에 올라 얼마나 버텨내나 내기를 하듯 줄타기를 시도하는 광대의 묘기가 화면을 채우고 있었다. 외줄의 출렁임이 가슴을 부여잡을 만큼 조마조마했다.

돌이켜보니 25년간 나는 광대보다 못한 존재였다. 우레와 같은 박수는커녕 냉소와 비웃음 가득한 그 광대놀음을 견뎌낼 수 있었던 힘은 내가 정상적인 여자가 아니었기에 가능했을 터였다. 그녀, 시누의 표현처럼 나는 미친년이었으니까, 그때의 내 모습이 지금 저 줄 위의 광대를 닮아 있었다.

외줄을 내려오고 싶어도 누군가 내려주지 않으면 끝까지 그 외줄 위에서 위태하게 살아야 했던 내 모습이 화면을 가득 채웠다. 결혼이라는 세월의 줄을 타고 오는 동안 그 외줄은 너무 많이 삭았다. 그 줄은 올라가기만 하면 뚝 소리도 없이 끊어져 내릴 것처럼 위태로웠다. 그러면 나도 같이 바닥으로 곤두박질칠 터였다. 다만 그 줄이 끊어지기 전에 나를 놔 준 어름산이에 감사했다. 나는 다시 그를 볼 명분이 없다.

시누가 떠난 요양원 입구에 두 대의 승용차가 바쁘게 달려와 멈춘다. 그들이다. 순임씨의 자녀들, 그들이 부산하다. 응급상황이 그들의 표정에서 느껴진다.

'순임씨 안녕.'

나는 혼잣말을 중얼거리며 천천히 밖으로 나온다. 세상의 그 무엇도 움직이는 것이 없다. 바람에 날리던 흙먼지도, 휠체어를 타고 내 곁을 지나치며 빨리 들어오라던 중풍 노인네의 눈빛도 그대로 일시 정지된 화면 같다.

도로의 이정표가 새삼스럽다.

남편이 입원해 있다는 암전문병원이 있는 S시로 가는 길과 내 삶이 새로 시작된 Y시로 가는 길, 그 중간이다. 나는 주저하지 않는다. 버릇처럼 나는 Y시로 가는 버스에 몸을 싣는다. 나를 태운 버스는 미련 없이 달린다.

문득 온 세상이 멈춰버린 것 같은 전율이 느껴진다. 머리끝에서부터 발끝까지 500만 볼트의 전류가 흐르는 쾌감, 희열이다. 섹스보다 더 강렬한 감각의 오르가즘이다.